mtb

Umwelthinweis:
Dieses Buch wurde auf chlor- und säurefreiem Papier gedruckt.

Monica Murphy

Crave – Ich will dich!

Roman

Aus dem Amerikanischen von
Gabriele Ramm

mtb

MIRA® TASCHENBUCH
Band 35072
1. Auflage: März 2016

MIRA® TASCHENBÜCHER
erscheinen in der HarperCollins Germany GmbH,
Valentinskamp 24, 20354 Hamburg
Geschäftsführer: Thomas Beckmann

Titel der nordamerikanischen Originalausgabe:
Crave

erschienen bei: Avon Impulse,
an Imprint of HarperCollinsPublishers

Published by arrangement with
Avon Impulse, an Imprint of HarperCollinsPublishers

Konzeption/Reihengestaltung: fredebold&partner gmbh, Köln
Umschlaggestaltung: büropecher, Köln
Redaktion: Maya Gause
Titelabbildung: Thinkstock / Getty Images, München; egorr
Satz: GGP Media GmbH, Pößneck
Druck und Bindearbeiten: CPI books GmbH, Leck – Germany
Printed in Germany
Dieses Buch wurde auf FSC®-zertifiziertem Papier gedruckt.
ISBN 978-3-95649-285-3

www.mira-taschenbuch.de

1. KAPITEL

Archer

Es gibt wenige Dinge im Leben, denen ich widerstehen kann. Wahrscheinlich ein Grund dafür, warum ich mir in jüngeren Jahren so viel Ärger eingehandelt habe. Kontrolle ist alles – und das ist das Einzige, was ich von meinem Vater, diesem Bastard, gelernt habe. Du gewinnst nichts, wenn du dich gehen lässt, deine Emotionen zeigst, verletzlich wirst.

Wenn du nicht in der Lage bist, den Dingen, die dich in Versuchung führen, zu widerstehen, ist das Chaos vorprogrammiert. Davon hatte ich während meiner Kindheit weiß Gott genug. Verdammt, in meinem Berufsleben auch, obwohl ich während der vergangenen Jahre endlich in der Lage gewesen bin, das Blatt zu wenden.

Aber es gibt eine Sache, der ich wirklich nicht widerstehen kann, und das ist eine Herausforderung, eine Wette.

„Er ist so scharf darauf, verheiratet zu sein", meint Gage, und sein angewiderter Tonfall reißt mich aus meinen Gedanken. Gage Emerson ist einer meiner besten Freunde. Genau wie Matt DeLuca. Ich kenne die beiden schon seit der Highschool. Wir stehen gerade auf dem Hochzeitsempfang unseres Collegefreundes Jeff Lewiston, versteckt in einer dunklen Ecke des überfüllten Ballsaales, wo wir uns über den sogenannten *heiligen Stand der Ehe* auslassen.

Den Bund fürs Leben zu schließen ist für mich vergleichbar damit, sich einen Strick um den Hals legen zu lassen, der sich mit jedem deprimierenden Tag weiter zuzieht. Meine Eltern stellen ein wahrhaft glorreiches Beispiel für die schlimmste Ehe aller Zeiten dar. Sie hassen sich. Sie betrügen sich. Sie streiten sich. Und trotzdem sind sie noch zusammen.

Das ergibt doch überhaupt keinen Sinn.

„Er scheint glücklich zu sein“, entgegnet Matt, der Optimistischste von uns dreien, ehe Gage und ich ihn mit einem Blick zum Schweigen bringen.

„Seine Frau ist durchaus attraktiv, das muss man ihr ja lassen“, räumt Gage ein und nippt anschließend an seinem Champagner. „Aber sobald sie aus Tahiti von ihren Flitterwochen zurück sind, verwandelt sie sich in die schlimmste Zicke auf Erden – das garantiere ich euch.“

„Du kennst sie doch gar nicht“, murmelt Matt und schüttelt den Kopf.

„Ist auch nicht nötig. Die sind alle gleich. Wenn du

ihnen das erste Mal begegnest, sind sie sexy und hübsch, lieb und nett, und du weißt gar nicht, wie dir geschieht. Der Sex ist unglaublich – und natürlich habt ihr ständig welchen. Sie fallen vor dir auf die Knie, wann immer du sie darum bittest, und beglücken dich mit einem perfekten Blowjob. Und ehe du dich versiehst, kaufst du einen Ring." Gage macht eine kleine Pause und trinkt noch einen Schluck Champagner.

Wir haben bereits öfter über dieses Thema geredet. Im Laufe des letzten Jahres haben wir nämlich zusehen müssen, wie zahlreiche unserer Freunde der Ehe zum Opfer gefallen sind. Einer nach dem anderen, wie Soldaten, die im Krieg sterben.

„Du steckst ihnen einen Ring an den Finger, lässt den ganzen Scheiß mit der Hochzeitszeremonie über dich ergehen, und was bleibt dir hinterher? Eine nörgelnde Frau und ein schlaffer Schwanz. Sie hackt dann ständig auf dir rum, weil du nie zu Hause bist und viel zu viel arbeitest." *Verdammt.* Ich verziehe das Gesicht, weil das nach meinem schlimmsten Albtraum klingt.

„Allerdings beschweren sie sich nie, wenn sie all dein Geld ausgeben." Gage hebt sein leeres Glas und deutet in den Saal.

„Hört, hört", pflichte ich ihm bei und erhebe ebenfalls mein Glas, bevor ich es austrinke.

„Ihr zwei seid echte Zyniker. Es wirkt ja fast so, als hättet ihr das tatsächlich schon mal erlebt." Matt verschränkt die Arme vor der Brust. „Wann hatte einer von euch überhaupt das letzte Mal eine Freundin." Es klingt nicht nach einer Frage, denn er kennt die Antwort nur zu genau.

„Nie", erwidere ich höhnisch. Eine ernsthafte Beziehung stand für mich nie zur Debatte. Keine Frau hat mich je so sehr interessiert, dass ich sie länger hätte um mich haben wollen.

Es gibt bloß eine einzige Ausnahme, doch von dieser Frau muss ich auf jeden Fall die Finger lassen. Sie ist zu jung, zu nett, zu gut, zu … alles, was ich nicht bin. Sie ist so verdammt verführerisch und so absolut tabu, dass ich echt ein völliger Schwachkopf wäre, etwas mit ihr anzufangen.

Aber ich würde gerne. Verdammt gerne …

„Dieses ganze Gerede, dass eine Frau nichts weiter als ein Klotz am Bein ist, dass sie einem Ketten anlegen will, dass eine Beziehung einer lebenslangen Gefängnisstrafe ähnelt … Ich kann es kaum erwarten, euch beide einknicken zu sehen. Und ich bin überzeugt, ihr werdet so richtig verdammt hart fallen." Matt lacht.

Gage und ich funkeln ihn böse an. „Ich habe nicht die Absicht, mich in absehbarer Zeit zu verlieben", murmelt Gage.

„Nicht in absehbarer Zeit, nicht in diesem Leben", füge ich hinzu.

„Von wegen." Matt schnaubt. „Ihr zwei werdet irgendwann merken, dass ihr diese Sache, die man Leben nennt, nicht ohne eine Frau an eurer Seite durchziehen könnt. Und wenn ihr dann das Greisenalter von … ich sag mal, fünfundvierzig erreicht habt, seid ihr die ewigen Junggesellen, die verzweifelt nach einem heißen Feger zum Heiraten suchen. Allerdings wird euch keins dieser jungen Dinger auch nur eines Blickes würdigen – es sei denn, ihr öffnet euer Portemonnaie."

„Und wer ist jetzt der Zyniker?", kontere ich und ernte damit einen vorwurfsvollen Blick von Matt.

„Ich sage nur die Wahrheit", gibt er achselzuckend zurück. „Und das wisst ihr genau."

„Du nervst uns, weil wir Singles sind. Dabei bist du selbst einer", weist Gage ihn zurecht. „Wieso hast du dich denn noch nicht häuslich niedergelassen?"

Auf diese Frage reagiert Matt erneut lediglich mit einem Schulterzucken. „Hab die Richtige noch nicht gefunden."

Seine Antwort klingt so simpel und so verdammt logisch, dass ich ihm am liebsten eine reingehauen hätte.

„Die Richtige gibt es nicht", erkläre ich und hoffe, dass ich Matt, der immer noch vom großen, romantischen Happy End träumt, aufrütteln kann. „Irgendwann wirst du dich mit einer x-Beliebigen zufriedengeben. Glaub mir."

„Von wegen", sagt Gage, der mit mir einer Meinung ist. „Ich weiß, dass ich definitiv nicht vorhabe, mich niederzulassen oder mich an wen auch immer zu binden."

„Ich auch nicht", stimme ich ihm zu. „Das ist bloß was für Weicheier."

„Genau", bekräftigt Gage grimmig.

Matt richtet seine Aufmerksamkeit nun ausschließlich auf mich. „Ich wette – und zwar richtig fette Kohle –, dass du der Erste bist, der umfällt."

„Der umfällt, wie? Auf eine Frau?" Das bringt mir einen Lacher von Gage ein. „Soll ich wie ein Baum umfallen, oder was? Wovon zum Teufel redest du?"

„Du wirst der Erste sein, der sich in eine Frau verliebt und ihr einen Heiratsantrag macht", stellt Matt klar.

Mein Mund ist auf einmal ganz trocken. Es fühlt sich an, als hätte jemand eine unsichtbare Schlinge um meinen Hals gelegt und würde sie langsam zuziehen, sodass ich kaum Luft bekomme. „Ja, klar doch", bringe ich schließlich heraus.

„Ihr zwei wehrt euch so verdammt vehement gegen eine Beziehung. Ich kann mir schon richtig vorstellen, wie ihr einen Schlag vor den Kopf bekommt und hart aufknallt. Und das wird eher früher als später passieren", versichert Matt uns voller Selbstsicherheit.

Sein selbstgefälliger Ton nervt mich total.

„Auf keinen Fall werde ich mich in absehbarer Zukunft verlieben", beteuere ich.

„Na, und ich schon mal gar nicht", schaltet Gage sich ein.

„Wenn ihr daran glauben wollt, bitte schön. Ihr könnt die Tatsachen gern weiter verdrängen oder leugnen. Mir ist das egal." Unser Freund versucht, uns richtig aufzustacheln. Und es funktioniert.

„Na gut, willst du die Wette abschließen, die du vorhin erwähnt hast? Ich bin dabei. Ich werde es dir beweisen. Ich brauche weder eine Frau noch eine Beziehung." Ich verschränke meine Arme vor der Brust. Matt hat das schon häufiger gemacht. Er genießt es, uns beide auf die Palme zu bringen, und treibt mich echt in den Wahnsinn.

Wollen wir mal sehen, ob er nach dem Köder schnappt. Er nimmt den Mund gern zu voll. Wird Zeit, dass er zubeißt. Oder die Klappe hält.

Gage schnaubt. „Komm, fordere nicht nur ihn heraus. Lass uns drei die Wette abschließen."

„Von welcher Summe reden wir?" Matt reibt sich das Kinn. Der Kerl ist stinkreich. Sind wir alle; wir stammen aus wohlhabenden Familien, und wir haben während der

Highschool in derselben Nachbarschaft gelebt. Als wir innerhalb weniger Monate alle einundzwanzig wurden, fingen wir an, regelmäßig nach Vegas zu fahren und dort das dicke Geld zu verspielen, so wie andere Leute ihre 25-Cent-Stücke in die Spielautomaten werfen. Nachdem wir unseren Abschluss hatten und das richtige Leben begann, mussten wir mit diesem Quatsch aufhören. Offen gestanden, manchmal vermisse ich es.

„Eine Million für den letzten Single, der übrig bleibt", meint Gage triumphierend. Er scheint sich seiner Sache so sicher zu sein, als hätte er bereits gewonnen.

„Eine Million Dollar?" Matt fallen fast die Augen aus dem Kopf. Das Arschloch tut gerade so, als hätte er die Kohle nicht. Dabei hat er sich erst vor Kurzem wegen einer Verletzung, die sein Karriereende als Profi bedeutete, von einem lukrativen Baseball-Vertrag zurückziehen müssen – ohne allerdings einen einzigen Dollar dieses Vertrages einzubüßen. Der Kerl hat massenhaft Knete. Einen Teil davon hat er kürzlich in ein Weingut investiert, das nicht weit von meinem Wohnort entfernt liegt. Und das bloß, damit er es als Verlust von der Steuer absetzen kann.

Ihm geht es finanziell definitiv nicht schlecht. Ebenso wenig wie Gage. Er ist einer der führenden Immobilieninvestoren in der Bay Area und steht in der Rangliste gleich hinter seinem Vater. Sie verfügen beide über ein gewisses Gespür: Sie finden Grundstücke und Unternehmen, kaufen sie für einen Spottpreis und verkaufen sie dann mit enormem Profit weiter.

In der Hotelindustrie erzählt man sich, dass auch ich dieses gewisse Gespür besitze. Was meinen Vater jedoch maßlos ärgert. Ich kann ja nichts dafür, dass ich eine Marktlücke entdeckt und sie entsprechend gefüllt habe – mit dem heruntergekommenen Hotel, das er mir überlassen hat. Er war fest davon ausgegangen, dass ich scheitern würde.

Tja, da habe ich ihn eines Besseren belehrt. Jetzt bin ich so weit, dass ich expandieren kann, und das regt ihn richtig auf.

Es ist fast so, als würde mein eigener Vater es nur zu gern sehen, wenn ich auf die Schnauze falle.

„Was ist? Macht dir das Angst?“, frage ich, weil ich mir hundertprozentig sicher bin, dass ich diese Wette nicht verlieren werde. Keine Frau wird mich mit ihren Krallen so fest packen, dass ich nicht mehr fliehen kann.

Niemals, auf keinen Fall.

Gage lacht und schüttelt den Kopf. „Sei nicht so ein Schlappschwanz, DeLuca. Eine Million ist für dich doch nichts weiter als Kleingeld.“

„Nicht wirklich", murmelt Matt. „Wobei ich mir allerdings keine Sorgen mache. Ich gewinne sowieso."

Ha. Dass Matt diese Behauptung so selbstsicher von sich gibt, stachelt mich noch mehr an. Ich werde ihm beweisen, dass er falschliegt. „Glaubst du das im Ernst?"

„Ich weiß es." Matt lächelt. „Ich würde sogar weitere fünfzig Riesen wetten, dass die nächste Frau, mit der du sprichst, deine Ehefrau wird."

„Geile Wette, Kumpel. Nimm sie an", mischt Gage sich ein und stupst mich nicht gerade sanft gegen die Schulter. „Vergiss es, Matt. Ich sehe hier im Saal nicht eine einzige Frau, mit der Archer gern reden würde. Geschweige denn eine, die er *heiraten* würde."

Ich sage nichts. Es gibt eine Frau, mit der ich mich allzu gern unterhalten würde. Mit der ich gern zusammen sein würde. Damit meine ich natürlich keine ernsthafte, dauerhafte Beziehung, die womöglich auf eine Ehe hinausläuft. Nein, verdammt, so was ist in meiner Zukunftsplanung nicht vorgesehen. Ich wäre der armen Frau ein furchtbarer Ehemann, und das ist mir auch klar. Deshalb lasse ich sie ja in Ruhe.

Sie will nämlich das volle Programm. Einen Ehemann und Kinder, einen weißen Gartenzaun um ein hübsches kleines Häuschen, das sie einrichten kann. Ich weiß, dass sie das will. Sie ist eine Träumerin, eine Romantikerin.

Sie hat es verdient, dass man sie wie eine Königin behandelt. Ich würde ihr bloß wehtun, und es würde mich umbringen, wenn ich es täte. Gage würde mich ebenfalls umbringen.

Er kennt sie gut; schließlich handelt es sich um seine kleine Schwester.

Als sie noch jünger war, habe ich auch nicht mehr als Gages kleine Schwester in ihr gesehen. Doch als Teenager blühte sie auf einmal auf und war so heiß, dass ich in ihrer Nähe immer auf die unmöglichsten Gedanken kam. Die siebzehnjährige Ivy gab mir das Gefühl, pervers zu sein. Die Tatsache, dass sie jedes Mal gerade dann mit mir reden wollte, wenn ich versuchte, ihr aus dem Weg zu gehen, war auch nicht besonders hilfreich. Als hätte sie gewusst, dass sie mich verrückt machen kann, und als wäre sie entschlossen gewesen, mir richtig unter die Haut zu gehen mit ihrer süßen, nachdenklichen Art. Sie hat über meine Witze gelacht und mich betrachtet, als könnte sie direkt in mich hineinschauen.

Und als sie sich dann zu dieser schönen, sexy, selbstsicheren Frau entwickelte, wusste ich ohne Zweifel, dass ich sie unter allen Umständen meiden muss. Ich wollte sie nämlich … begehre sie bis heute. Sie ist die erste Frau, die mir wirklich etwas bedeutet. Ich will sie nicht verletzen, aber das würde ich tun. Ich habe bisher allen

Frauen in meinem Leben wehgetan. Fragt meine Mutter. Fragt sämtliche weibliche Wesen, die geglaubt haben, sie hätten auch nur eine winzige Chance, mit mir zusammen sein zu können.

„Geh und spiel den Babysitter für Ivy“, schlägt Gage vor.

Fassungslos drehe ich mich zu ihm um. Kann er in meinen Kopf sehen und Gedanken lesen, oder was? Das ist ja echt total abgefahren und beängstigend.

„Was meinst du damit?“, frage ich ihn misstrauisch.

„Willst du dir auf einfache Art und Weise fünfzig Riesen verdienen? Geh zu Ivy. Als ob sie so ein bemitleidenswertes Arschloch wie dich heiraten würde.“ Gage lacht, während mir das Lachen vergeht. Wieso bin ich ein bemitleidenswertes Arschloch? Ja, sicher hätte ich Ivy nicht verdient. Verdammt, seine Worte sind trotzdem verletzend.

Als ich darauf nichts antworte, fährt Gage fort: „Sie hat mit dem Typen Schluss gemacht, mit dem sie eine Weile zusammen war. Nicht dass er ihrer würdig gewesen wäre, aber seitdem ist sie ziemlich niedergeschlagen. Du könntest den Abend an ihrer Seite bleiben und sie sozusagen als Schutzschild benutzen, damit dich all die anderen Frauen in Ruhe lassen, die es vielleicht auf dich abgesehen haben. Ivy mochte dich schon immer. Wobei ich wirklich nicht verstehe, wieso. Immerhin bist du ein verdammter Idiot.“

Er hält kurz inne und kneift die Augen zusammen. „Mir ist schon klar, dass du hinter jedem Rock her bist, aber ich weiß, dass du dich an meiner kleinen Schwester nicht vergreifen wirst. Richtig?“

Der bedeutungsvolle Blick, den er mir zuwirft, lässt keine Fragen offen. Ich möchte ihm ja gern versprechen, dass ich mich an ihr nicht vergreifen werde. Doch er redet hier von Ivy … und ich will immer das haben, was ich nicht haben kann.

Vor allem sie.

„Sie zählt sowieso nicht“, sagt Matt lachend. „Es ist schließlich nur Ivy.“

„Richtig. Nur Ivy.“ Ich nicke und schaue mich um in der Hoffnung, sie irgendwo zu entdecken. Sie ist hier. Ich habe sie vorhin gesehen, obwohl sie mir aus dem Weg gegangen ist. Meistens ärgere ich sie nämlich gnadenlos, statt meine wahren Gefühle preiszugeben. „Du meinst, sie zählt nicht zu dieser idiotischen Wette, die du gerade mit mir abgeschlossen hast?“

„Natürlich zählt sie nicht dazu. Außerdem würde Gage dich umbringen“, erwidert Matt völlig gelassen. „Ungefähr fünfundzwanzig Frauen beobachten uns übrigens in diesem Moment. Sind, glaube ich, alles irgendwelche Frauen aus der Studentenverbindung der Braut. Die gieren bloß danach, dass du endlich in ihre Richtung guckst, Archer. Die Erste, die mit dir redet, die wirst du heiraten. Das garantiere ich dir."

„Schwachsinn", murmele ich. Mein Freund hat echt den Verstand verloren.

„Wie du meinst." Matt und Gage lachen, doch ich ignoriere sie.

Als ich mich noch einmal im Saal umsehe, finde ich sie: Ivy. Sie sitzt allein an einem Tisch und beobachtet die Paare, die auf der Tanzfläche zu irgendeinem schnulzigen Liebeslied ihre Runden drehen. Ihr langes braunes Haar ist heute gewellt – normalerweise trägt sie es glatt. Ich merke, dass ich am liebsten mit den Händen hindurchfahren und herausfinden würde, ob es sich so seidig anfühlt, wie es aussieht. Sie trägt ein dunkelblaues und trägerloses Kleid, das viel von ihrer weichen, zarten Haut entblößt. Mir jucken geradezu die Finger, weil ich sie unbedingt berühren will.

Ihr sehnsuchtsvoller Blick ist offensichtlich, und ich bin versucht, zu ihr zu gehen. Sie zum Tanzen aufzufordern. Sie in die Arme zu ziehen und zu spüren, wie sich ihre Kurven an meinen Körper schmiegen, während ich ihren süßen Duft einatme.

Verdammt.

Ja, klar doch. Wahrscheinlich schickt sie mich eher zum Teufel, als dass sie mit mir tanzt.

„Ich würde sie niemals anrühren", lüge ich, denn natürlich würde ich nichts lieber tun. „Du kannst mir vertrauen."

Noch eine Lüge. Gage würde mir allein schon dafür, dass ich nur an seine Schwester *denke*, einen Tritt in die Eier verpassen. Nicht auszudenken, was er mit mir machen würde, wenn ich tatsächlich … Na ja, mit ihr … Über ihr, unter ihr – in jeder Variation, in der ich sie kriegen kann. Sie ist die Einzige, die mich in Versuchung führen könnte, diese verrückte Wette zu verlieren, die ich soeben eingegangen bin. Die mich dazu bringen könnte, gegen all das zu verstoßen, woran ich seit Kindertagen glaube.

Aber das werde ich nicht tun. Ich weigere mich nachzugeben. Sie ist nichts für mich.

Egal, wie sehr ich sie auch begehre.

Ivy

Es gibt nichts Schlimmeres, als allein auf eine Hochzeit zu gehen – vor allem, da ich achtundvierzig Stunden vorher noch einen Begleiter gehabt habe. Bevor ich darauf gestoßen wurde, dass sich der Typ, mit dem ich liiert war, auch noch mit der Frau traf, mit der er angeblich schon vor sechs Monaten Schluss gemacht hatte.

Wie ich von dieser miesen Neuigkeit erfahren habe? Die vermeintliche Ex rief mich auf meinem Handy an und stauchte mich zusammen, während ich mit einem Kunden Tapetenmuster anschaute. Das war so was von peinlich. Und auf einmal war es, als wäre ich in einer Jerry-Springer-Episode gelandet. Die Frau gab mir das Gefühl, als wäre ich eine betrügerische Nutte, die bloß darauf aus ist, ihr den Mann wegzunehmen. Das ist wirklich das Letzte, was ich bin. Ich bin keine von denen, die anderen den Mann ausspannt. Ich weiß, dass es Frauen gibt, die sich vor allem zu Männern hingezogen fühlen, die eine Beziehung haben, aber zu denen gehöre ich nicht. Männer, die bereits vergeben sind, machen viel zu viel Ärger. Muss nicht sein, vielen Dank auch.

Während die angebliche Exfreundin noch herumjammerte, habe ich das Telefongespräch abrupt beendet und umgehend Marc angerufen, um ihn wissen zu lassen, dass die Sache zwischen uns beendet ist. Von ihm kam – kaum verwunderlich – so gut wie kein Protest. *Was für ein Mistkerl!*

Also sitze ich jetzt hier allein. Am Tisch für die Singles, denn als ich die Braut darüber informiert habe, dass ich nun leider doch niemanden mitbringe, ist Cecily ausgeflippt. Sie hat mir vorgeworfen, dass ich ihre sorgfältig ausgetüftelte Sitzordnung durcheinanderbringen würde. *Oh, mein Gott, kannst du den Typen nicht trotzdem einfach mitbringen und das irgendwie durchstehen?*

Ich schätze, mein ausdrückliches Nein auf diese Frage bescherte mir diesen Platz am Tisch der Verzweifelten und Einsamen. Sozusagen als Strafe.

Seufzend stelle ich meinen Ellenbogen auf den Tisch und stütze meinen Kopf auf die Hand, während ich den vielen Paaren beim Tanzen zuschaue. Braut und Bräutigam befinden sich in der Mitte der Tanzfläche und grinsen sich an wie Honigkuchenpferde. Sie sehen glücklich aus. Alle sehen glücklich aus.

Ich bin neidisch auf all das Glück um mich herum. Hochzeiten erinnern mich daran, dass ich allein bin. Das ist der Moment, in dem ich mir wünsche, jemanden zu finden. Schon mein ganzes Leben lang habe ich eigentlich bloß Pech mit Männern. Ich lande immer bei den Falschen, das hat mir auch meine Mom mehr als einmal versichert. Sie beschreibt mich als eine Frau mit Helferkomplex. Ich picke mir immer die kaputten Typen raus und versuche, sie wieder aufzurichten. Sie nennt es das Humpty-Dumpty-Syndrom – wegen des Kindergedichts, in dem das arme Ei Humpty Dumpty von der Mauer fällt und nicht wieder zusammengeflickt werden kann.

Na super. *Danke, Mom.*

Mein Bruder hält mich für viel zu jung, um mich häuslich niederzulassen, aber ich bin eben nicht wie er. Er will einfach nur rumvögeln und für immer Single bleiben. Gage hat keine Ahnung, was ich will. Aber weiß ich selbst es eigentlich? Ich bin mir nicht sicher. Ich dachte, ich wüsste es. Ich dachte, Marc hätte Potenzial.

Tja, wie sich herausstellte, landete auch er – wie Humpty Dumpty – krachend auf dem Boden. Den konnte ich definitiv nicht wieder zusammenflicken.

Vielleicht sollte ich nicht ständig alles so verdammt ernst nehmen. Vielleicht sollte ich mich mal locker machen und etwas total Verrücktes tun. Ich könnte mir zum Beispiel irgendeinen Typen angeln und mit ihm in einer dunklen Ecke herummachen. Ich vermisse es, dass ein Mann mein Gesicht zwischen seine Hände nimmt und mich langsam küsst. Ausgiebig. Leider war Marc kein sonderlich guter Küsser. Zu viel Zunge. Obwohl ich fest daran geglaubt hatte, ihm dabei helfen zu können, sich diese ärgerliche Angewohnheit abzugewöhnen.

Dazu hat er mir ja jetzt keine Gelegenheit mehr gegeben, was eigentlich ganz gut so ist, denn die Chemie muss stimmen. Wenn ich schon bei einem Kuss kein Knistern spüre, ist der Typ eindeutig nicht der Richtige für mich.

Wenn ich eine Beziehung mit einem Mann eingehe, dann will ich, dass es knistert. Das brauche ich einfach. Dieses Funkensprühen. Diese Chemie. Ein paar verstohlene Küsse; tastende Hände; geflüsterte Worte in einer ruhigen Ecke, wo die Gefahr besteht, dass wir erwischt werden. Er würde mich gegen eine Wand pressen, meine Wangen sanft umschließen und mich küssen, als würde er es wirklich ernst meinen …

Ich runzele die Stirn. Es ist nicht zu fassen. Da sitze ich allein an einem Tisch und male mir einen wilden Hochzeitsfeier-One-Night-Stand mit einem gesichtslosen Typen aus. Seit wann bin ich so verzweifelt?

„Was ist los, Küken?", fragt eine vertraute Stimme hinter mir, und sofort verspannen sich meine Schultern. Na super. Diese tiefe samtige Stimme würde ich überall wiedererkennen. *Archer Bancroft.* Er ist der absolut Letzte, mit dem ich mich heute Abend herumschlagen will.

Das ist tatsächlich mal ein typischer Humpty-Dumpty-Typ. Archer weiß, dass er kaputt und angeschlagen ist. Und er will definitiv nicht zusammengeflickt werden. Was das Verrückte daran ist? Es gefällt ihm so. Er schwelgt geradezu in seiner Zerrissenheit.

Nein danke. Selbst ich kenne meine Grenzen. Obwohl er schon fast erschreckend atemberaubend ist. Ehrlich,

Archer sieht fantastisch aus. Dunkles Haar, dunkle Augen, groß und kräftig. Sein Körper ist gestählt und muskulös, ohne dabei übertrieben aufgepumpt zu wirken. Er ist echt zum Dahinschmelzen.

Und er ist der beste Freund meines Bruders. Ich kenne Archer seit meinem zwölften Lebensjahr, als er mit seinen eiskalten Eltern bei uns nebenan eingezogen ist. Natürlich habe ich mich sofort in ihn verknallt. Damals war er das Exotischste, was ich in meiner beständigen und langweiligen Nachbarschaft, in der nie jemand wegzog, je gesehen hatte.

Diese Verliebtheit endete ziemlich schnell, als mir klar wurde, was für ein Playboy er war. Sogar als Zwölfjährige war ich in der Lage, die bittere Wahrheit zu erkennen.

Clevere Mädchen lassen sich nicht mit Archer ein.

Jetzt streicht er mit dem Finger über meine nackte Schulter und reißt mich damit aus meinen Erinnerungen … und lässt mich erzittern. „Du siehst ganz schön niedergeschlagen aus, und das trotz des glücklichen Anlasses, Küken."

Als ich ihn anschaue, wirft er mir sein berühmtes Lächeln zu; sein Markenzeichen, bei dem den meisten Frauen die Höschen feucht werden. Ich weigere mich jedoch, das auch nur eine Sekunde lang geschehen zu lassen. „Ich würde mir wirklich wünschen, dass du endlich aufhörst, mich so zu nennen“, erkläre ich genervt und starre ihn wütend an. Dass er mich zweimal innerhalb von genauso vielen Minuten Küken genannt hat, ist ein sicheres Zeichen dafür, dass er es darauf abgesehen hat, mich wahnsinnig zu machen.

Sonst noch was Neues?

Er lacht jedoch bloß, und seine dunkelbraunen Augen leuchten auf. Es ist echt nicht fair, wie gut er aussieht. Er hat ein kräftiges Kinn und diesen sinnlichen Mund. Und dann noch diese Grübchen, die sich allerdings eher selten zeigen. Wenn ich sie doch mal zu sehen bekomme, würde ich sie am liebsten küssen und mit der Zunge darüberlecken.

Ich verziehe das Gesicht. Ich sollte definitiv nicht darüber nachdenken, Archers Gesicht abzulecken. Was zum Teufel ist mit mir los? Zu viel Champagner, oder was?

Wohl eher zu viele Fantasien von dunklen Ecken und heißen Küssen, die dir den Atem rauben.

„Kein ‚Hallo, Archer, wie geht es dir‘?“ Er schüttelt den Kopf und legt seine Hand auf meine Stuhllehne, wobei seine Finger meine nackte Haut streifen. Ich versuche, das Zittern zu unterdrücken, das mich bei seiner beiläufigen Berührung überkommt. „Und dabei bist du doch sonst immer so überaus höflich.“

„Archer, hör auf mit dem Scheiß.“ Ich sehe ihn direkt an und stelle zufrieden fest, dass sein Lächeln erstirbt. Habe ich schon jemals so mit ihm geredet? Wahrscheinlich nicht, aber ich kann nicht anders. Heute Abend jedenfalls nicht. „Ich bin nicht in der Stimmung. Ich habe eine miese Woche hinter mir.“

„Ja, ich hab’s gehört“, erwidert er leise, und in seinen Augen flackert Mitgefühl auf. „Tut mir leid, die Sache mit dem Typen.“

Ich werde meinen Bruder dafür umbringen, dass er das ausgeplaudert hat. Nun komme ich mir richtig erbärmlich vor. Archer ist wahrscheinlich zu mir rübergekommen, weil er Mitleid mit mir hat. Vor ein paar Minuten habe ich ihn noch mit Gage und Matthew DeLuca reden sehen, auch wenn sie mich nicht bemerkt haben. Haben sie über meinen erneut gescheiterten Versuch gelacht, einen anständigen Kerl zu finden? Vermutlich. Diese drei machen sich bereits seit Jahren über mich lustig. Es ist ihnen richtiggehend zur Gewohnheit geworden. „Keine große Sache. Er war ein absoluter Idiot.“

„Würde ich auch sagen, wenn er dich so einfach gehen lässt.“

Hat er das eben wirklich gesagt? Was meint er damit? „Gibt es etwas, worüber du mit mir reden wolltest?“ Ich will ihn loswerden. Aus welchem Grund auch immer, doch mit ein paar Worten hat er es geschafft, mich heute Abend durcheinanderzubringen – und das gefällt mir nicht. Ich bin offensichtlich schon durcheinander genug, wenn ich mir insgeheim ausmale, wie es wäre, es in einer dunklen Ecke mit einem heißen Mann zu treiben.

Heiß wie Archer …

„Ja, gibt es." Das Lächeln kehrt zurück, jetzt ein wenig sanfter und nicht mehr ganz so selbstgewiss. „Willst du tanzen?"

„Mit dir?" Ich fasse es nicht. Und am liebsten würde ich lachen, weil ich ihn mit meiner Frage anscheinend total beleidigt habe.

„Ja, mit mir. Komm schon." Er streckt mir seine Hand hin. „Sei mein Schutzschild, ehe irgendeine dieser verrückten Frauen mich auf die Tanzfläche zerrt. Sie umkreisen mich schon, Küken. Sie sind kurz davor, sich auf mich zu stürzen, wenn ich nicht aufpasse."

Er hat recht. Ich beobachte, wie ein paar Frauen langsam auf uns zukommen. Mit einem Mal befällt mich das Bedürfnis, ihnen zu zeigen, dass er nicht zu haben ist. Und so lasse ich zu, dass er meine Hand nimmt, dass sich seine langen Finger um meine schließen, als er mich auf die Füße zieht. Unverhohlen mustert er mich und lässt den Blick über meinen gesamten Körper gleiten, bevor er an meiner Brust hängen bleibt. Am liebsten hätte ich ihm dafür eine gelangt, während ich gleichzeitig gern gefragt hätte, ob ihm gefällt, was er da sieht.

Ja, ich bin echt durcheinander.

Eine Frau taucht vor uns auf, mit einem so breiten Lächeln, dass ich überlege, ob ihr das Gesicht wohl schon wehtut. „Hallo, Sie sind doch Archer Bancroft, richtig? Von den Bancroft Hotels? Dem *Hush Resort und Spa*?“, fragt sie übertrieben munter.

„Bin ich, ja.“ Er zieht mich näher an sich, lässt meine Hand los, damit er den Arm besitzergreifend um meine Schultern legen kann, so als wollte er sagen, dass ich zu ihm gehöre. Mit dem Daumen zeichnet er kleine Kreise auf meine Haut und bringt mich dazu, ein wenig schneller zu atmen. Ich senke den Blick zu Boden und versuche, mich wieder zu fangen. „Sind wir uns schon einmal begegnet?“

„Einmal. Ist bereits eine Weile her, aber ich bin sicher, dass Sie sich nicht an mich erinnern.“ Ich schaue auf und erkenne, dass sie breiter lächelt. Wie ist das überhaupt noch möglich? „Ich wollte immer mal dorthin. Ins *Hush*.“

Hush Resort und Spa. Das Hotel, das Archers Vater seinem Sohn als eine Art Strafe überlassen hat, kaum dass er das College abgeschlossen hatte. Archer hat dieses

Resort, das nur für Paare gedacht ist, zu einem der exklusivsten und erfolgreichsten im Land, wenn nicht sogar auf der ganzen Welt gemacht. Damit ist er in kürzester Zeit berühmt geworden. Hinzu kam, dass er fantastisch aussieht, sexy, intelligent und rücksichtslos ist – und schon wollten sämtliche Frauen mit ihm zusammen sein, und alle Männer wollten wie er sein. Und Archer, dieser arrogante Mistkerl, wusste es genau.

„Dann schlage ich vor, Sie reservieren einfach ein Zimmer." Seine Stimme klingt ziemlich genervt. Er versucht, mit mir zusammen an ihr vorbeizukommen, doch sie weicht nicht von der Stelle.

„Kann ich leider nicht. Ich bin nicht Teil eines Paares." Sie klimpert doch tatsächlich mit den Wimpern. „Vielleicht können Sie mir da weiterhelfen?"

„Ich bin sicher, wir könnten sie mit einem deiner Freunde zusammenbringen. Was meinst du, Baby?" Ich lächle Archer an und werfe ihm einen bedeutungsvollen Blick zu, damit er begreift, worauf ich gerade hinauswill. Er blinzelt kurz, zweifellos verwirrt, weil ich ihn Baby genannt habe, und das finde ich ziemlich cool. Er ist nämlich echt heiß, wenn er verwirrt ist, und dabei ist es verdammt schwer, Archer aus der Ruhe zu bringen. Also beschließe ich kurzerhand, das Spielchen noch ein wenig weiterzutreiben.

Ich strecke mich, schmiege mein Gesicht an seinen Hals und atme seinen einzigartigen, würzigen Duft ein. Gott, er riecht unglaublich. Warum ist mir das vorher nie aufgefallen? Wahrscheinlich, weil wir sonst nie so eng beieinanderstehen. Im Moment bin ich allerdings echt versucht, mich wie eine Katze an ihm zu reiben.

Ich frage mich, ob die Frau uns schon abgekauft hat, dass wir ein Paar sind. Wenn ich das noch länger durchziehen muss, könnte es passieren, dass ich etwas Verrücktes tue. Wie zum Beispiel … ihn zu beißen.

„Ich bin sicher, dass sich das arrangieren ließe“, erwidert er mit rauer Stimme, während er mich an sich drückt.

Ich schlinge meinen Arm um seine Mitte. Er ist so solide wie ein Fels. Prompt grübele ich nach, wie er wohl unter diesen feinen Klamotten aussieht. Ich habe ihn seit meiner Zeit an der Highschool nicht mehr ohne Hemd gesehen, und seitdem hat er ordentlich an Muskeln zugelegt. „Wenn Sie uns entschuldigen würden“, sage ich mit einem widerlich zuckersüßen Lächeln zu Miss Hartnäckig, bevor ich mich an Archer wende. „Lass uns tanzen gehen, Baby.“

Er führt mich schweigend auf die Tanzfläche und zieht mich in die Arme, gerade als ein neues, langsames Lied angestimmt wird. Seine Hand liegt auf meinem unteren

Rücken, während wir uns im Rhythmus der Musik bewegen, und mein gesamter Körper kribbelt aufgrund dieser Nähe. Was total merkwürdig ist, denn erstens habe ich keinerlei Interesse, auf diese Art mit Archer zusammen zu sein, und zweitens bin ich seit Jahren immun gegenüber seinem Charme.

Sehr seltsam.

„Du bist gut. Diese kleine Show mit dem ‚Baby' und wie du deine Nase an meinem Hals gerieben hast – das war ziemlich überzeugend", murmelt er nahe an meinem Ohr. Sein heißer Atem lässt mich wohlig erschauern, und ich frage mich, ob er es wohl spürt. Muss er eigentlich.

Aber im Grunde ist es mir auch egal. Ich bin mir seiner Nähe so was von bewusst, seiner Größe, seiner Wärme und der schieren Kraft, die er ausstrahlt. Seine große Hand wandert noch ein wenig tiefer auf meinem Rücken, und als er mit den Fingerspitzen über meinen Hintern streift, schnappe ich nach Luft. Ich wette, er weiß ganz genau, wie er diese Hände benutzen muss.

Oh, mein Gott, das hier ist Archer. Hör auf, seinetwegen zu sabbern!

„Meinst du, sie hat uns das Theater abgekauft?", frage ich atemlos.

„Bin mir nicht sicher." Er zögert einen winzigen Moment lang und bringt mich damit dazu, ihn anzuschauen.

Sein leidenschaftlicher Blick bringt mich total aus der Fassung. Er sieht mich an, als wolle er mich mit Haut und Haaren verschlingen. Ich überlege, ob ich diesen Blick ebenso erwidere, denn mich überkommt plötzlich das dringende Bedürfnis, ihn zu küssen. Stundenlang, wenn möglich. „Aber ich weiß, dass ich es getan habe."

2. KAPITEL

Archer

Na, das war ja jetzt mal total unerwartet.

Ich bin noch immer ganz von den Socken und muss mir echt verdammte Mühe geben, damit Ivy nicht merkt, wie sehr sie mich aus der Ruhe gebracht hat. All dieses Gerede von wegen „Es ist doch nur Ivy“ war in dem Moment vergessen, als ich ihren entschlossenen Blick sah, nachdem sie erkannt hatte, dass sie mir helfen konnte, diese aufdringliche Frau loszuwerden. Wie sie sich an mich geschmiegt und mich Baby genannt hat … Wow. Und dann dieses verstohlene, sexy Lächeln, als wüsste sie genau, wie ich nackt aussehe, und als würde es ihr gefallen.

Als sie anschließend auch noch anfing, ihr Gesicht an meinen Hals zu pressen, wurde ich so was von hart, dass mir allein die Erinnerung daran noch wehtut.

Wenn das keine Folter ist. Kein Wunder, dass ich Ivy lieber aus dem Weg gehe. Kaum bin ich ein paar Minuten in ihrer Nähe, habe ich einen Ständer und überlege, wie ich sie am besten von hier entführen, sie nackt ausziehen und mich mit ihr vergnügen kann. Die ganze Nacht lang.

„Du ziehst mich doch bloß auf“, meint sie jetzt, während sie mich mit ihren hübschen haselnussbraunen Augen mustert. Es sind nicht viele Paare auf der Tanzfläche, doch Braut und Bräutigam tanzen in unserer Nähe, die Lichter sind gedimmt, und die Atmosphäre ist beängstigend romantisch. „Komm schon, du hast mir das nie im Leben abgekauft.“

Fuck, wer zieht hier wohl wen auf? Ich bin mir nicht sicher, ob sie überhaupt mitbekommt, wie sehr sie mir zusetzt. Doch, eigentlich *weiß* ich, dass sie es nicht tut. Ich frage mich, ob sie je an mich denkt. An den besten Freund ihres Bruders, an den Mistkerl, der ihr nichts als Scheiße erzählt. Da ich sie seit meinem sechzehnten Lebensjahr kenne, benehme ich mich in ihrer Gegenwart immer wie ein idiotischer Teenager. Es ist so, als könnte ich gar nicht anders.

Ich bin ein erwachsenes, milliardenschweres Arschloch, das eins der erfolgreichsten und exklusivsten Resorts im ganzen Land betreibt – nur darauf reduziert Ivy Emerson mich.

„Oh, ich habe es dir tatsächlich abgekauft“, erkläre ich schulterzuckend und bemühe mich um Nonchalance. „Ich bin bloß überrascht, dass du es nicht weiter auf die Spitze getrieben hast. Du hättest ja auch noch meinen Schwanz packen und behaupten können, er gehöre dir.“

Eine der dunklen Brauen schießt in die Höhe, und ihr Mund verzieht sich. Verdammt, sie ist heiß. Sogar, wenn sie sauer ist. Vor allem, wenn sie sauer ist. „Du bist echt so was von geschmacklos."

Wenn sie wüsste, *wie* geschmacklos ich bin. Ich will sie nämlich vernaschen.

Sie in den Armen zu halten macht die Sache nicht besser, aber sie ist so weich und duftet so verdammt gut, dass ich ihr nicht widerstehen kann. Ihr dunkles Haar schimmert im warmen Licht, und das Oberteil ihres trägerlosen Kleides sieht so aus, als könnte man es ganz leicht herunterziehen, falls man – in diesem Fall ich – den Wunsch danach verspüren sollte.

Was ich nicht tue. Nicht wirklich.

Lügner.

Es ist jedoch nicht nur ihre Schönheit, die mich so anmacht. Ivy hat so viel mehr zu bieten. Wie sie mir zuhört, wie stolz sie zu sein scheint, wenn ich ihr von meiner Arbeit erzähle. Es ist fast so, als würde es ihr wirklich etwas bedeuten.

„Du hast meine offene Art doch immer zu schätzen gewusst", entgegne ich und ziehe sie noch ein klein wenig näher an mich, während ich sie über die Tanzfläche führe. Ihre Brüste sind an meinen Oberkörper gepresst, ihre Hand gleitet über meine Schulter, und ihre Berührung verbrennt mich geradezu. Durch mein Jackett und mein Hemd hindurch, so als würde sie nackte Haut berühren und mich brandmarken.

Und ich will mich von ihr brandmarken lassen. Obwohl ich mich eigentlich mit keiner Frau einlassen will, ist Ivy die Einzige, mit der ich nicht nur zusammen sein, sondern vor der ich auch davonlaufen will.

Ja, das ergibt echt alles überhaupt keinen Sinn.

„Ehrlich? Wer sagt das? Wann hatten wir denn das letzte Mal eine vor Geist sprühende Unterhaltung, hm?" Sie schenkt mir ein Lächeln. Es ist zwar schwach, aber es ist da und ermutigt mich.

Außerdem klang das, was sie gesagt hat, irgendwie sexy. Die Frau ist entweder eine Art Sexgöttin, oder ich bin inzwischen total pervers. „Vielleicht müssen wir unsere Freundschaft erneuern. Uns noch einmal besser kennenlernen", schlage ich vor und versuche einmal mehr, nonchalant zu wirken.

„Als ob du auch nur irgendein Interesse daran hättest, mich besser kennenzulernen." Sie verdreht die Augen. „Wir kennen uns seit Jahren. Es ist ja nicht so, als hättest du jemals Interesse an mir gezeigt."

„Ich war immer an dir interessiert. Du hast es nur nie mitbekommen." Ich halte kurz inne und bemerke, wie sich ihre Augen ein kleines bisschen weiten. Ich wette, mein Geständnis überrascht sie. „Jedes Mal, wenn ich dich sehe, Ivy, erinnere ich mich daran, wie du bei unserem ersten Treffen ausgesehen hast. Damals warst du zwölf, total schlaksig und dünn, und du hattest eine Zahnspange." Und sieh sie dir jetzt an. Sie ist gereift und hat Rundungen an all den richtigen Stellen. Auf diesem blöden Empfang ist sie die Frau mit dem meisten Sex-Appeal.

„Na super. Das heißt, du siehst in mir die ewige Zwölfjährige", murmelt sie und verzieht das Gesicht.

Scheiße. Da bin ich mit ein paar ausgewählten Worten ja voll ins Fettnäpfchen getreten. Kann man es noch dümmer anstellen?

„Ich betrachte dich definitiv nicht als Zwölfjährige", gebe ich leise zurück und presse sie an mich. „Das ist dir doch wohl klar, oder?"

Sie begegnet meinem Blick voller Misstrauen und zieht einen Schmollmund. „Als was siehst du mich dann, Archer? Gages nervige Schwester? Die Kleine, über die du dich in ihrem ersten Jahr am College lustig gemacht hast, während du ja schon ein viel wichtigeres, höheres Semester warst? Erinnerst du dich daran?"

Verdammt, will sie jetzt etwa all meine Fehler auflisten, oder was? Ich bin nicht stolz darauf, wie ich mich früher aufgeführt habe. Ich war ein egoistischer Bastard.

Manche meinen, das wäre ich heute noch. „Ich war damals ein Arschloch“, sage ich.

„Soweit ich das beobachten kann, tendierst du manchmal noch immer dazu.“ Ihre braunen Augen funkeln, als sie herausfordernd das Kinn hebt.

„Was soll das denn heißen?“ Verdammt, vielleicht gehe ich ihr aus dem Weg, weil wir bei jeder Begegnung dazu neigen, aufeinander loszugehen. Trotzdem will ich sie. Ich will sie seit … Ewigkeiten. Aber sie tut so, als könne sie mich nicht ausstehen. Als würde allein meine Gegenwart sie anekeln. Keine andere Frau hat je so auf mich reagiert. Ich begreife es einfach nicht.

Ich begreife *sie* nicht. Und ganz sicher begreife ich nicht, wieso ich mich so zu ihr hingezogen fühle.

Womöglich hast du eine masochistische Ader?

Klar doch. Ich ignoriere diese leise Stimme.

„Vergiss es.“ Sie senkt den Blick.

„Sag mir, wovon du redest, Ivy.“

„Nichts.“ Sie schaut mich wieder an. „Lass gut sein, okay?“

Ich lasse es gut sein, und wir tanzen schweigend weiter, während die Haie mich weiterhin umkreisen. Ich entdecke mindestens drei Frauen, die anscheinend bloß darauf warten, dass ich an den Rand der Tanzfläche zurückkehre. Die bereit sind, sich auf mich zu stürzen, sobald der Song endet.

Ich muss hier raus.

„Lass uns nach draußen gehen“, bitte ich Ivy, als ich eine Frau erblicke, die mir irgendwie bekannt vorkommt. Ich könnte schwören, dass der Bräutigam irgendwann versucht hat, mich mit ihr zu verkuppeln. Wir sind mal zusammen essen gegangen, als Jeff und Cecilys Beziehung ernster wurde.

„Soll das dein Ernst sein? Ich werde einen Teufel tun und mit dir nach draußen gehen. Wahrscheinlich willst du bloß versuchen, mich zu vermöbeln.“

Das klingt gar nicht mal so übel, aber ich bin mir sicher, dass sie nicht viel davon hält. „Vielleicht brauchst du das mal, um den Stock aus deinem Arsch zu bekommen.“

„Was hast du gerade gesagt?“ Sie hört so abrupt mit dem Tanzen auf, dass sie fast über meine Füße stolpert. Noch dazu trägt sie ja diese verdammten High Heels.

Indem ich meinen Arm noch fester um ihre Taille schlinge, bewahre ich sie davor, dass sie lang hinschlägt. „Ich sage nur die Wahrheit, und das weißt du. Du musst mal ein bisschen lockerer werden, Küken. Kein Wunder, dass der letzte Typ nicht bei dir geblieben ist, so verklemmt, wie du bist.“ Sie starrt mich mit weit aufgerissenen Augen und offenem Mund an und sieht insgesamt so aus, als wolle sie gleich auf mich losgehen. Sofort bereue ich meine Worte. „Ivy, es tut mir leid", setze ich an, doch sie unterbricht mich.

„Fick dich", flüstert sie rau und stößt mich von sich, sodass ich gar keine andere Wahl habe, als sie loszulassen. Sie nutzt ihre Chance und flieht von der Tanzfläche.

Innerhalb von Sekunden stürmt eine Frau auf mich zu, und zwar die, mit der Jeff mich vor einer Weile verkuppeln wollte. Ich erinnere mich, dass sie schon damals Stalker-Tendenzen erkennen ließ. Sie hatte mich schon gegoogelt, ehe wir miteinander ausgegangen sind. Ich weiß, dass das heutzutage normal ist, aber ihr Geständnis fand ich völlig daneben. „Archer, wie schön, dich wiederzusehen. Wollen wir tanzen?"

Ich blicke zu den offenen Türen, die auf die riesige Terrasse führen. Ivy steuert geradewegs darauf zu … mit schwingenden Hüften und Beinen, die unglaublich lang erscheinen. Sie ist atemberaubend und höllisch sexy, und ich Idiot sage ihr, sie solle zusehen, dass sie den Stock aus ihrem Arsch bekommt.

Was zum Teufel ist bloß mit mir los?

„Archer?"

Jetzt richte ich meine Aufmerksamkeit wieder auf die Frau, die mich erwartungsvoll anschaut. Ich kann mich nicht einmal mehr an ihren Namen erinnern. Ivy hat recht. Ich bin noch immer ein Arschloch, und das habe ich ihr gerade von Neuem bewiesen. „Tut mir leid, das geht leider nicht. Ich muss mich bei einer Frau entschuldigen.“

Ivy

Kaum bin ich draußen, atme ich erst einmal tief durch. Die kalte Luft füllt meine Lungen, streicht über meine Haut und lässt mich erzittern. Ich bin wütend, aber zum Glück beruhigt die Kälte meine aufgeheizten Emotionen. Ich lehne mich ans Geländer und schaue über den Golfplatz, froh darüber, dass sonst niemand in der Nähe ist. Da ich am entlegensten Ende der Terrasse stehe, weit weg von den offenen Terrassentüren, ist das nicht so überraschend.

Ich fasse es noch immer nicht, was Archer gerade zu mir gesagt hat. Ich schwöre, er ist echt der größte Mistkerl unter der Sonne. Er behauptet doch tatsächlich, ich hätte einen Stock im Arsch. Ich meine, was denkt der Kerl sich? Gibt es noch schlimmere Beleidigungen, die er mir an den Kopf werfen kann? Scheiße, wahrscheinlich ja.

Kein Wunder, dass ich ihm möglichst aus dem Weg gehe. Das passiert nämlich immer, wenn Archer und ich uns sehen. Ich versuche, nett zu sein. Er dagegen benimmt sich beharrlich wie ein Idiot. Dann wehre ich mich. Er beleidigt mich. Wir streiten. Danach gehen wir uns so lange tunlichst aus dem Weg, bis wir aus irgendwelchen Gründen wieder aufeinandertreffen.

Wir sind wie eine kaputte Schallplatte. Egal, was passiert, wir kommen nicht weiter. Er ist der unmöglichste Mann, den ich kenne. Er macht mich verrückt. Und dass ich mich heute Abend auf seinem Territorium befinde – in Napa Valley, wo sich in nicht sehr großer Entfernung auch sein Resort befindet –, macht mich noch unsicherer. Warum, weiß ich auch nicht so genau.

Ich wünschte, ich wäre zu Hause in San Francisco, in meiner Komfortzone. In meinem kleinen Apartment, wo ich mir einen Film anschauen und dann überlegen könnte, ob ich an einem weiteren aufregenden Samstagabend früh ins Bett gehe.

Seufzend lasse ich den Kopf hängen. Innerhalb von wenigen Stunden habe ich mich in eine dieser bemitleidenswerten Kreaturen verwandelt, die keine Dates mehr haben. Was mich jedoch am meisten verwirrt, ist die Tatsache, dass ich trotz unserer Streitereien und der ständigen Feindseligkeit zwischen Archer und mir vorhin etwas verspürt habe. Etwas, das ich vorher nie in Erwägung gezogen hätte.

Sexuelle Anziehungskraft.

Ich schaue hinauf und genieße den Anblick des nächtlichen Himmels. Fernab der Großstadtlichter entdecke ich sogar Sterne … Unmengen davon erstrecken sich über die samtartige Schwärze der Nacht. Sie funkeln mich an, geheimnisvoll, aber voller Hoffnung und Möglichkeiten.

Mein Leben ist gut. Ich sollte es mir nicht von irgendwelchen Männern verderben lassen. Marc ist ein Mistkerl, noch dazu ein schlechter Küsser. Archer ist ein Arschloch, der mir beim Küssen wahrscheinlich weiche Knie bescheren könnte, aber das werde ich nicht weiterverfolgen.

Verdammt, ich sollte glücklich sein. Ich arbeite in meinem Traumberuf als Inneneinrichterin, und zwar für eine der besten Designerinnen in ganz San Francisco. Ich habe ein eigenes Apartment, brauche also nicht länger mit meinen Eltern zusammenzuleben und glücklicherweise auch nicht mehr mit Kommilitonen aus dem College. Ich habe tolle Freunde und eine Familie, die mich unterstützt. Ich sollte mich von so einer Sache nicht aus der Ruhe bringen lassen.

Was Archer gesagt hat, macht mir allerdings zu schaffen. Ich habe keinen Stock im Arsch, oder? Ich bin nicht verklemmt. Ich schwöre, ich bin nicht verklemmt.

Vielleicht neige ich manchmal dazu, alles zu sehr kontrollieren zu wollen. Das ist doch nicht so schlimm, dass man mir vorwerfen könnte, ich hätte einen Stock im Arsch.

Ich angle nach meinem Smartphone und gebe eine kurze Nachricht an meine Freundin Wendy ein, nur um dann ängstlich auf ihre Antwort zu warten.

Sie antwortet binnen Sekunden, was ich beeindruckend finde, denn sie hat heute Abend ein Date.

Nein, du bist NICHT verklemmt. Wer hat das denn gesagt? Lass mich raten … Marc. Was für ein Arschloch.

Lachend schüttele ich den Kopf. Wie lieb von ihr, dass sie mich sofort verteidigt. Dafür hat man doch Freundinnen, oder nicht?

Nicht Marc, antworte ich ihr. *Jemand anderes. Jemand, den ich seit der Highschool kenne.*

Da ich Wendy erst auf dem College begegnet bin, habe ich Archer ihr gegenüber vermutlich noch nie erwähnt. Glaube ich zumindest. Himmel, ich weiß es nicht. Wir reden ja über alles Mögliche. Sie ist meine beste Freundin.

Also habe ich natürlich auch Archer schon erwähnt.

Einer der Freunde deines Bruders? schreibt sie zurück.

Ja.

Welcher? Lass mich raten … Archer Bancroft? Er ist

echt heiß. Aber er muss auch ein totales Arschloch sein, wenn er dir so was an den Kopf wirft.

Lachend tippe ich eine schnelle Antwort. „Das ist wahr“, murmele ich.

„Was ist wahr?“

Erschrocken wirbele ich herum und sehe, dass Archer hinter mir steht. Die Hände hat er in den Taschen vergraben, und er wirkt ziemlich mitgenommen.

Gut so.

Oh, und außerdem sieht er absolut fantastisch aus, was irgendwie nervt. Wieso nur muss dieser Mann so verdammt gut aussehen?

„Dass du ein Arschloch bist?“ Ich lächle so ernst wie möglich und ignoriere das Summen meines Handys, das mir anzeigt, dass ich eine weitere Textnachricht bekommen habe. Ich stopfe es in die Tasche meines Kleides, dankbar, dass es eine hat. Eine Frau sollte sich niemals von ihrem Telefon trennen.

„Hör zu, ich bin hergekommen, um dir zu sagen, dass es mir leidtut.“ Er fährt sich mit der Hand durchs Haar, sodass es völlig zerzaust ist. Wodurch er natürlich noch verführerischer erscheint, und das ist so unfair, dass es geradezu lächerlich ist. „Es ist nur … jedes Mal, wenn wir zusammen sind, läuft es darauf hinaus, dass wir uns streiten.“

„Ich kann nichts dafür, wenn du so unhöflich bist“, antworte ich scharf. Ich klinge total pampig, aber das ist mir jetzt auch egal.

„Du machst mich wahnsinnig“, gibt er zurück. Seine Stimme ist leise und hat diese geheimnisvolle Rauheit, die mir einen wohligen Schauer über den Rücken jagt. Archer lässt mich nicht aus den Augen, während er immer näher kommt.

„Du mich auch.“ Wieso höre ich mich so atemlos an? Es ist auch nicht gerade hilfreich, dass er direkt vor mir stehen bleibt und sein großer, breiter Körper alles andere ausblendet, bis er das Einzige ist, was ich sehen kann.

„Ich hoffe, du kannst mir noch einmal vergeben.“ Er streckt mir seine Hand entgegen, und ich starre sie an, während ich überlege, was er nun von mir erwartet. „Bitte?“

Hat Archer Bancroft gerade *bitte* gesagt? Ich bin sicher, dass man diesen Tag rot im Kalender ankreuzen sollte. „Warum interessiert es dich überhaupt, ob ich dir vergebe?“ Ich lasse meinen Blick auf seinen Fingern ruhen, aus Angst, dass er sonst all die Verwirrung und die Gefühle in meinen Augen entdeckt.

Scheiße. Was ist bloß mit mir los?

„Fuck, Ivy, warum musst du immer so schwierig sein?“ Er lässt den Arm sinken.

Ich wage es aufzublicken und stelle fest, dass er irritiert und frustriert ist. Merkwürdigerweise löst das in mir das Bedürfnis aus, ihn zu trösten. Instinktiv mache ich einen Schritt auf ihn zu und will nach seiner Hand greifen, um …

Um was zu tun?

„Archer?“, ruft eine Frau ganz in der Nähe und bringt uns beide dazu, uns anzusehen. Der leicht panische Ausdruck in Archers Gesicht zeigt mir, dass er genau weiß, wer diese Frau ist.

„Wer sucht denn hier nach dir?“, frage ich.

„Niemand.“

Ich hebe eine Braue. „Ach nein? Und wieso ruft dann jemand deinen Namen?“

„Sie ist nicht wichtig. Ich bin mal mit ihr essen gegangen, zusammen mit Jeff und Cecily. Ist aber schon eine Weile her. Am Ende des Abends hatte sie uns gedanklich bereits verheiratet und geplant, wie viele Babys wir bekommen würden“, erwidert er genervt und schaut über die Schulter.

„Wie heißt sie?“

Er dreht sich wieder zu mir um. „Was?“

„Wie sie heißt. Die, die angeblich nicht nach dir sucht.“

„Ich, äh … Weiß ich nicht mehr.“ Er fährt sich wieder

durch sein sexy Haar, und einzelne Strähnen fallen ihm in die Stirn. Plötzlich verspüre ich den dringenden Wunsch, sie ihm aus dem Gesicht zu streichen, selbst mit den Fingern hindurchzufahren.

Hör auf damit!

Ich darf nicht vergessen, dass er ein totaler Idiot ist. Ich sollte schleunigst die Flucht ergreifen. Gerade will ich ihm mitteilen, für was für ein Arschloch ich ihn halte, als die Stimme der Frau erneut erklingt, diesmal noch näher. Sie ruft weiterhin Archers Namen – so wie eine besorgte Hundehalterin, die ihren Schoßhund sucht.

„Wir sollten … *Oh.*"

Er schubst mich gegen das Geländer, und der raue Beton bohrt sich durch den dünnen Stoff meines Kleides. Doch sofort schlingt Archer einen Arm um meine Taille, um meinen Rücken zu schützen. Um mich festzuhalten. Sein Oberkörper ist gegen meinen gepresst, meine Brüste sind an ihn geschmiegt. Ich schnappe nach Luft und fasse es nicht, dass ich ihm so nahe bin.

„Was soll das?", flüstere ich entgeistert.

„Pst." Er legt eine Hand auf meinen Mund und bringt mich zum Schweigen. Seine Handfläche ist groß und warm, seine Finger sind lang, und ich könnte schwören, dass seine Haut ein klein wenig salzig schmeckt. Was natürlich nicht heißen soll, dass ich seine Haut ablecke oder so.

Oh Gott, ich glaube … nein, ich *weiß*, dass ich ihn lecken will. Ich sehne mich verzweifelt danach. Würde am liebsten einen dieser langen Finger zwischen die Lippen nehmen und saugen. Und das ist einfach eine ganz, ganz schlechte Idee …

„Vielleicht findet sie uns nicht", flüstert er und neigt den Kopf, damit er mir in die Augen sehen kann. „Sei still."

Ich nicke langsam, während seine Hand weiterhin auf meinen Lippen ruht und sein Blick meinen gefangen hält. Seine Berührung wird sanfter, als er noch näher kommt. Ich bin fast so weit dahinzuschmelzen.

„Archer, bist du hier draußen?"

Ich schaue nach links und entdecke die Frau. Sie steht ungefähr fünfzig Meter entfernt und dreht den Kopf nach links und rechts, fast panisch suchend, während ich immer noch gegen den Mauervorsprung gedrückt werde und Archer ganz nahe an mich herantritt. Sein Arm um meine Taille schützt mich vor dem rohen Beton. Seine Nähe raubt mir beinahe den Atem.

Eine große Kiefer taucht die Ecke, in der wir stehen, in tiefe Schatten und bietet uns Schutz. Ich vermute, dass die Frau uns wirklich nicht sehen kann. Es ist ihr nicht bewusst, wie nahe wir ihr sind.

Worüber ich ganz dankbar bin, auch wenn ich es nicht sein sollte. Ich sollte Archer einen Tritt vors Schienbein verpassen und die Frau wissen lassen, dass er direkt hier steht. Sollte ihn den Wölfen – in diesem Fall der Wölfin – zum Fraß vorwerfen. Soll er sich doch mit dieser armen Seele herumplagen, der er vor wer weiß wie langer Zeit einen Korb gegeben hat und die trotzdem die Hoffnung auf ihn noch nicht aufgegeben hat.

Er ist so ein Weiberheld. Es wäre schlau von mir, mich von ihm fernzuhalten.

Das sagt mir mein Verstand. Aber mein Körper ist da völlig anderer Meinung.

Während wir uns weiter in die Augen schauen, streicht er mit dem Daumen so langsam über meine Wange, dass es mich fast umbringt. Es fühlt sich so verdammt gut an. Das ist … nicht richtig. Seine Nähe verwirrt mich. Die Art, wie er mich ansieht, wie er mich berührt – all das bringt mich dazu, ihn zu begehren.

Verzweifelt zu begehren.

Ich erinnere mich daran, was ich mir vorhin gewünscht habe, als es mir so elend ging. Dass mich irgendein Fremder in eine dunkle Ecke drängt und mit mir herumknutscht. Etwas Vergleichbares jetzt mit Archer zu erleben ist natürlich ebenso gut. So wie er mich betrachtet, könnte man meinen, dass er ähnlichen Gedanken nachhängt. Und das macht mir ein bisschen Angst.

Doch es ist auch berauschend. Aufregend.

Während ich ihn mustere, bemerke ich, wie perfekt seine Lippen sind. Wieso ist mir das vorher nie aufgefallen? Und wieso bekomme ich auf einmal weiche Knie, als er nun mit der Zunge über diese Lippen fährt?

Oh, das ist nicht gut. Ganz und gar nicht gut.

Schließlich gibt die Frau auf und verschwindet wieder. Ich entspanne mich und sacke gegen das Geländer, darauf gefasst, dass Archer sich von mir entfernt. Oder darauf gefasst, dass er mich an den Hüften packt, mich auf den Mauervorsprung hebt, damit ich meine Beine um ihn schlingen und ihn anflehen kann, es mir zu besorgen.

Halt, stopp! *Was?* Das geht ja wohl gar nicht. Ehrlich, ich muss anscheinend zu viel getrunken haben – wenn man zwei Gläser Champagner als zu viel bezeichnen kann. Aber es muss so sein, denn das, was ich gerade gedacht habe, ergibt überhaupt keinen Sinn.

„Ivy …“ Er nimmt die Hand von meinem Mund und umschließt meine Wange, während sein Daumen über meinen Mundwinkel streift. „Es tut mir leid.“

Seine Berührung lenkt mich irgendwie ab, als ich versuche, die Stirn zu runzeln. Er macht all das, was ich mir vor nicht einmal einer Stunde ersehnt habe. Er berührt mich und drängt sich in einer dunklen Ecke, in der niemand uns finden kann, an mich. „Wofür entschuldigst du dich?“, frage ich.

Er umfasst mein Gesicht mit seinen großen, warmen Händen und neigt den Kopf, den Blick einen langen Moment auf meine Lippen gerichtet, ehe er mich mit seinen dunklen Augen direkt ansieht. „Hierfür“, flüstert er, und dann küsst er mich.

3. KAPITEL

Archer

Ich lasse es langsam angehen, aus Angst, dass Ivy mich von sich stößt, und das ist in diesem Augenblick wirklich das Letzte, was ich will. Aber ihre Lippen öffnen sich, kaum dass ich ein wenig Druck ausübe, und schon im nächsten Moment öffnet sie sich mir ganz und nimmt das Spiel mit meiner Zunge auf. Sie schlingt die Arme um meinen Nacken, vergräbt die Finger in meinem Haar, und mir entfährt ein lustvolles Stöhnen.

Der gute Vorsatz, es langsam angehen zu lassen, ist in dem Moment vergessen, als ich meine Hand über ihre Seite und ihre Taille hinabwandern lasse und schließlich den Saum ihres Kleides zu fassen bekomme. Ich hebe ihn ein ganz klein wenig an. Ohne den Kuss zu unterbrechen, schiebe ich meine Finger unter ihr Kleid. Dabei spüre ich, wie Ivy erzittert.

Sie schmeckt fantastisch und fühlt sich noch besser an. Als ich ihren nackten Schenkel berühre, merke ich, wie sie erneut zu zittern beginnt. Ihr warmer Atem streift meine Lippen, als sie um Fassung ringend nach Luft schnappt. Sie öffnet die Augen und sieht mich an, während ich mit der anderen Hand über ihr Haar streiche und sich meine Finger in den Locken verfangen.

„Du bist so schön“, flüstere ich, denn das ist sie wirklich. So verdammt schön, dass das Verlangen nach ihr schon fast schmerzhaft ist.

Sie presst ihre vom Küssen geschwollenen Lippen aufeinander und schließt die Augen wieder. Meine andere Hand liegt weiterhin reglos auf ihrem äußeren Oberschenkel unter dem Kleid, doch ich habe Angst, dass Ivy mich zurückweist, wenn ich sie bewege.

Ich weiß, dass ich das nicht ertragen könnte.

„Archer“, setzt sie leise an, aber ich schneide ihr mit einem Kuss das Wort ab. Ich will weder Protest, Widerspruch noch eine Erklärung hören … Es ist mir egal.

Ich will nur noch fühlen. Ivy. Ihren Mund auf meinem, unsere tanzenden Zungen, ihren bebenden Körper, der sich an meinen schmiegt. Ich habe eine gefühlte Ewigkeit auf diesen Moment gewartet.

Endlich halte ich sie in den Armen. Endlich reagiert sie auf mich, als würde sie mich ebenfalls begehren und mir nicht in den Hintern treten wollen. Ich werde mir diese Gelegenheit nicht entgehen lassen, sondern sie beim Schopfe packen. Wenn das gleichzeitig bedeutet, dass ich Ivy haben kann, umso besser.

Ganz allmählich lasse ich meine Finger an ihrem Schenkel weiter nach oben wandern. Näher an ihre Hüften, bis ich den Spitzenbesatz ihres Slips ertasten kann und mein Schwanz zu zucken beginnt. Der Stoff ist dünn, hauchdünn. Ich wünsche, ich könnte Ivy gegen den Mauervorsprung pressen, ihr das Kleid hochschieben und meine Lippen auf ihren Schoß pressen.

Aber wir haben nur wenige Minuten Zeit. Ich sehne mich verzweifelt danach, sie zu spüren, sie dazu zu bringen, vor Verlangen aufzustöhnen. Daher muss ich mich beeilen.

Ohne meinen Mund von ihrem zu lösen, gleite ich mit den Fingern unter den dünnen Streifen Stoff und streichle nackte, weiche Haut. Ihr Oberkörper hebt und senkt sich an meinem, und Adrenalin rauscht durch mich hindurch, als ich merke, wie Ivy auf meine Berührungen reagiert.

Es ist diese Reaktion, die mich ermutigt, sodass ich meine Hand langsam weiter vorwärtsbewege, über den Hüftknochen hinweg bis zu ihrem Bauch. Ich fühle das Zittern unter meiner Handfläche, als ich noch weiter … immer weiter … wandere, bis ihre Hitze mich umgibt, als ich meine Finger zwischen ihre Beine schiebe.

„Archer“, keucht sie. Sie ist feucht, so unglaublich feucht, dass meine Finger mühelos über ihre Schamlippen gleiten.

„Verdammt, bist du geil.“

Sie packt meine Schultern, als würde sie Halt suchen. Als wäre ich ihr Rettungsring, den sie nicht mehr loslassen will.

„Sag mir, was du möchtest“, flüstere ich nahe an ihrem Ohr, während meine Finger zwischen ihren Schenkeln in ihren heißen, feuchten Tiefen versinken. Sie bewegt sich mit mir, drängt mir die Hüften entgegen, und ich schließe die Augen und ringe mit meiner Selbstbeherrschung. Ich habe eine Scheißangst, dass ich gleich komme und mich lächerlich mache.

Sie erwidert nichts, sondern seufzt nur leise.

Schließlich halte ich inne, den Daumen auf ihrer Klit, und fordere sie noch einmal auf: „Sag es mir, Ivy.“

„Berühre mich.“ Sie umklammert mich fester und krallt die Finger in mein Haar. „Nicht aufhören. Bitte.“

Oh, was für eine Befriedigung, sie das sagen zu hören. Jetzt geht es um nichts anderes mehr, als Ivy kommen zu lassen. Und zwar schnell. Verdammt, wir befinden uns auf einer öffentlichen Terrasse, noch dazu auf dem Hochzeitsempfang meines Freundes. Ivys Bruder – mein bester Freund – ist drinnen. Aber Gage könnte jeden Moment auf der Suche nach uns hier rauskommen.

Wenn er mich mit der Hand im Slip seiner Schwester erwischt, bin ich ein toter Mann.

Schneller und schneller streichle ich ihre Klit und beobachte zugleich ihr Gesicht, während Ivy dem Höhepunkt entgegenstrebt. Sie reagiert so wunderbar und ist kurz davor zu kommen. Das merke ich deutlich. Ihr ganzer Körper ist auf einmal wie die Sehne eines Bogens gespannt, mit den Händen packt sie meine Schultern, und ihre Hüften drängen sich meiner Hand entgegen. Ich lege den Kopf zurück, um sie anschauen zu können. Ich will unbedingt sehen, wie sie durch meine Berührungen kommt. Will wissen, dass ich derjenige bin, der ihr dieses Vergnügen bereitet. Der sie so fühlen lässt. Der sie so erregt.

Ich.

Ein erstickter Laut entschlüpft ihr, dann erstarrt sie. Mit großen Augen betrachtet sie mich, bevor sie im nächsten Moment kommt. Sie sackt gegen mich, als der Orgasmus sie erfasst. Keuchend flüstert sie meinen Namen, und ich empfinde so etwas wie Triumph. Fuck, ich liebe es. Zumindest weiß sie, dass ich derjenige bin, der sie so weit gebracht hat, der ihr dieses Glücksgefühl beschert hat.

Noch immer bebt ihr Körper, als ich meinen Mund auf ihren presse und das Spiel mit ihrer Zunge wieder aufnehme. Ihr Atem beruhigt sich allmählich, und der feste Griff auf meinen Schultern lockert sich nach und nach. Langsam kommt sie also vom Gipfel wieder runter.

Aber ich will nicht, dass das passiert. Ich will, dass sie dort bleibt. Dass ich sie so schnell zum Höhepunkt bringen konnte, macht mich sprachlos. Ich weiß, dass *ich* sie schon seit Ewigkeiten will. Doch hat Ivy mich jemals begehrt – vor diesem Moment?

Ich beende den Kuss und lehne meine Stirn an ihre, während ich mich bemühe, meinen rasenden Herzschlag unter Kontrolle zu bekommen. Ich muss mich zusammenreißen, sonst ist es gleich auch um mich geschehen. Ivy öffnet die Augen und starrt mich an. In den Tiefen ihrer braunen Augen entdecke ich alle möglichen Fragen, die ich selbst nicht beantworten kann.

„Komm mit zu mir." Ehe ich mich versehe, habe ich die Worte ausgesprochen.

Sie zieht die Brauen zusammen. „Was?"

„Ich möchte, dass du mit zu mir kommst." Ich gebe ihr noch einen sanften Kuss und sauge dabei ihren Atem in mich auf. Ich will mehr von ihr. Plötzlich will ich alles von ihr.

Und dabei habe ich kein Recht, sie darum zu bitten.

„Ich weiß nicht …" Sie verstummt, als ich eine Spur von Küssen auf ihr Kinn und ihren zarten Hals hauche.

„Verbringe die Nacht mit mir“, flüstere ich. „Sag Ja, Ivy.“

„Ja.“ Diese prompte Zustimmung beschert mir eine wohlige Gänsehaut. Ich hebe den Kopf und küsse sie, verschlinge sie wie ein Verhungernder. Gleichzeitig ermahne ich mich im Stillen, sofort damit aufzuhören, weil ich sonst die Beherrschung verliere und sie hier und jetzt auf dieser gottverdammten Terrasse nehme.

„Du meine Güte, Archer, kannst du nicht einmal auf einem verdammten Hochzeitsempfang deinen Schwanz in der Hose lassen? Was zur Hölle ist los mit dir?“

Beim Klang von Gages Stimme lasse ich Ivy so schnell los, dass ich das Klackern ihrer Absätze höre, als sie stolpert. Zum Glück fällt sie nicht hin. Ich drehe mich zu Gage um und bemühe mich, meine Fassung zurückzugewinnen. So wie ich gerade stehe, verdecke ich Ivy vollkommen. Ich wünschte wirklich, Gage hätte uns nicht gefunden.

„Was machst du hier draußen?“, fahre ich ihn an und fühle mich dabei wie ein Arschloch. Ich hätte Ivy nicht einfach so loslassen dürfen. Das wirkt ja so, als würde ich mich schämen, mit ihr gesehen zu werden.

„Nach dir Ausschau halten. Und ich bin auf der Suche nach Ivy. Da ich jedoch merke, dass du beschäftigt bist …“ Gage bricht ab, als er an mir vorbeischaut und

Ivy direkt hinter mir entdeckt. „Was zum Teufel soll das denn? Ivy, was treibst du hier mit *ihm*?"

„Nichts", antworte ich für uns beide. „Sie, äh … sie hatte einen schlechten Tag. Ich habe nur versucht, sie zu trösten." Scheiße, was für eine blöde Wortwahl.

Gage sieht aus, als wollte er mich in Stücke reißen. Aber zugleich mustert er mich misstrauisch und ungläubig. Als könnte er nicht glauben, dass wir beide hier draußen allein sind. „Archer, ich schwöre, wenn du sie auch nur mit einem Finger berührt hast …"

„Hab ich nicht", versichere ich ihm und tische ihm damit eine faustdicke Lüge auf. „Ich habe sie nicht berührt. Habe ich dich angefasst, Ivy?"

Sie macht einen Schritt nach vorn und stellt sich neben mich. Ich spüre, wie angespannt ihr gesamter Körper ist. Verdammt, ich hoffe, ich habe sie mit meiner Bemerkung nicht wütend gemacht. „Was hast du gefragt?"

Scheiße. Natürlich habe ich sie auf die Palme gebracht. Sie klingt tierisch sauer.

„Du solltest lieber nicht auf den Charme von diesem Mistkerl reinfallen", meint Gage und zeigt anklagend mit dem Finger auf mich. „Du weißt doch, wie er ist."

Sie hebt ihr Kinn und sieht mich aus dem Augenwinkel an. „Stimmt. Ich weiß genau, wie er ist."

Ich komme mir vor wie ein Käfer, den Ivy im nächsten Moment mit ihren spitzen Absätzen zertreten wird. „Als ob ich mich an deine Schwester ranmachen würde, Gage. Komm schon, so blöd bin ich nun auch wieder nicht. Ich weiß, dass du mir einen Tritt in den Arsch verpassen würdest, sollte ich Ivy bloß schräg anschauen."

Gage starrt uns beide lange an. Die Sekunden scheinen zu Stunden zu werden, so unbehaglich fühle ich mich. Die Tatsache, dass Ivy stinksauer ist, macht das Ganze nicht besser. Ihr kommt schon fast Dampf aus den Ohren – was ich ihr absolut nicht verübeln kann.

Ich habe es wieder einmal versaut.

Sonst noch was Neues?

Ivy

Für einen erwachsenen Mann, der ein milliardenschweres Unternehmen leitet, verhält Archer Bancroft sich wie ein absoluter Blödmann, wenn es um Frauen geht.

Mein Körper hat noch immer von dem erstaunlichsten Orgasmus meines Lebens gezittert, als Gage uns hier draußen erwischt hat. Nun macht er Archer an, weil er auf der Terrasse mit einer Frau herummacht. Ich kann es meinem Bruder nicht einmal verdenken. Es ist typisch für Archer, so etwas zu tun, und jetzt steht er hier und tut es mit mir.

Schockierend.

Ich gebe es mehr als ungern zu, aber Archer hat meine Welt echt auf den Kopf gestellt. Sprich: Kein anderer Mann hat mich je zu solch einem Orgasmus gebracht. Es hat mich überhaupt noch kein Mann zu einem Orgasmus gebracht, Punkt. Ich war bereit, mit Archer nach Hause zu gehen, als er mich gefragt hat. Sollte ich mir etwa die Gelegenheit entgehen lassen, Sex mit ihm zu haben, nachdem ich fünf unglaubliche Minuten lang erleben durfte, wie er mich zwischen den Beinen gestreichelt hat? Ich bin doch nicht blöd. Mir ist vollkommen klar, dass der Sex mit Archer unglaublich sein wird. Ich bin so schnell gekommen, dass es fast peinlich ist.

Zu dumm, dass Gage ausgerechnet in diesem Moment auftauchen muss. Und Archer macht den Mund auf und ruiniert alles.

Ich bin so eine Idiotin … zu glauben, dass sich jemals was Ernsthaftes zwischen uns entwickeln könnte. Was auch immer da gerade geschehen ist, hat ihm vermutlich gar nichts bedeutet. Bloß eine perfekte Chance, mit mir rumzumachen – mit irgendeiner Frau rumzumachen. Er ist ja bekannt dafür.

Und ich habe mich ausnutzen lassen.

„Ich wollte demnächst gehen“, sagt Gage schließlich und schaut zu mir. Da ich mit ihm zu dieser blöden Hochzeit gekommen bin, weiß ich, was er als Nächstes sagen wird. „Können wir los, Ivy?“

„Ja.“ Ich nicke und mache einen Schritt auf meinen Bruder zu. Dabei muss ich ein erschrockenes Luftschnappen unterdrücken, als Archer nach meiner Hand greift und eine Sekunde lang mit meinen Fingern spielt, bevor er sie wieder loslässt.

Ich blicke über die Schulter und funkele ihn böse an. Er sieht bemitleidenswert aus. Besorgt. Reuevoll.

Gut. Das sollte er auch. Wobei es mir natürlich egal ist. Ich glaube nämlich nicht, dass Archer irgendetwas ernst gemeint hat von dem, was eben zwischen uns passiert ist. Das Ganze müsste mir furchtbar peinlich sein. Ich habe mit Archer rumgemacht. Wir wurden fast dabei ertappt. Da ist eine Katastrophe ja geradezu vorprogrammiert.

„Ruf mich Montag an“, meint Gage zu Archer, während er mir eine Hand auf den Rücken legt und mich zurück in den Ballsaal führt. „Wir können ja die Woche mal mittags essen gehen. Du kommst doch in die Stadt, oder?“

„Das ist der Plan, ja.“ Archers tiefe Stimme hallt in mir wider, und ich muss das Zittern unterdrücken, das sich in meinem Inneren auszubreiten droht. Aber ich weigere mich, in Archers Gegenwart derartig zu reagieren. Er braucht nicht noch mehr Beweise dafür, wie sehr er mir unter die Haut geht.

„Sehr schön. Dann sollten wir uns auf jeden Fall treffen. Bis dann."

„Hey", sagt Archer leise, und mein Bruder und ich bleiben stehen, wobei ich mich im Gegensatz zu ihm allerdings nicht umdrehe. Ich will Archer nicht mehr anschauen, geschweige denn mit ihm reden. „Wollt ihr zwei heute Abend wirklich noch nach Hause fahren?"

„Ja, sicher", erwidert Gage achselzuckend.

„Ihr solltet heute Nacht einfach bei mir bleiben. Es ist nicht sehr weit von hier", schlägt Archer vor und wirkt dabei völlig unschuldig.

Gage sieht zu mir, und ich schaue wütend zurück. Himmel, nein. Ich werde die Nacht nicht in Archers Haus verbringen. „Ich möchte gern nach Hause", flüstere ich.

„Es ist beinahe Mitternacht", gibt Gage zurück. „Vor zwei Uhr sind wir bei all dem Verkehr nicht in der Stadt. Ich bin fertig, Ivy."

„Ich kann fahren", beharre ich. „Ich bin hellwach. Kein Problem."

Er zieht eine Braue hoch. „Als ob ich dir meinen Wagen anvertrauen würde. Vergiss es. Du bist hinter dem Steuer eine echte Bedrohung für die Menschheit."

Ich verdrehe die Augen. Ein kleiner Zusammenstoß, als ich siebzehn war, und das reibt er mir seitdem immer wieder unter die Nase. „Ich ruiniere ihn schon nicht, versprochen."

„Es geht hier um meinen Maserati. Den lasse ich dich auf keinen Fall fahren." Gage schüttelt langsam den Kopf.

Ich erkenne an seinem Blick, dass er hier übernachten will. „Gage, nein."

„Ich habe reichlich Gästezimmer", wirft Archer ein, und seine Stimme klingt fast hoffnungsvoll.

Ich will ihn gar nicht beachten. Ehrlich nicht. Je länger ich darüber nachdenke, was er getan hat, desto wütender werde ich. Er hat behauptet, er würde mich niemals anfassen – so als wäre das völlig undenkbar. Als würde er in mir noch immer nichts weiter als einen dummen, schlaksigen und unsicheren Teenager sehen. Was für ein Mistkerl. Und das, nachdem er bloß Sekunden vorher seine Hand in meinem Slip vergraben hatte und mich gebeten hat, die Nacht mit ihm zu verbringen.

Schließlich wage ich es doch, ihn anzuschauen. Mist, er sieht echt umwerfend aus. Sein Anzug ist leicht zerknittert, die Krawatte sitzt schief, die Haare sind zerzaust. Von meinen Fingern. Seine Lippen sind ein wenig geschwollen, und mir fällt wieder ein, wie es war, als er mich geküsst hat. Ich muss an seinen Geschmack denken, an die leisen Geräusche, die er von sich gegeben hat. Daran, wie er dicht an meinem Ohr gestöhnt hat. Allein bei der Erinnerung daran wird mir ganz schwindelig. Am liebsten hätte ich mich geohrfeigt, um wieder in der Realität anzukommen.

Oder vielleicht sollte ich lieber ihn ohrfeigen, weil er so verdammt gut in … allem ist.

Verdammt.

„Komm schon“, sagt Gage und stößt mir leicht den Ellenbogen in die Seite. „Wir bleiben über Nacht, genießen den Brunch in seinem schicken Hotel und machen uns danach auf den Weg.“

Hm, ich war noch nie im *Hush*. Die Chance, es zu Gesicht zu bekommen, ist verlockend, auch wenn es nicht so sein sollte. Jedenfalls nicht nach allem, was zwischen uns passiert ist. „Ich muss nach Hause. Ich muss … arbeiten.“

„Am Sonntag?“, fragt Gage und mustert mich skeptisch. Zur Hölle mit ihm. „Hat jemand ein Notfall-Tapeten-Meeting anberaumt, oder was?“

Oh, mein Gott. Ich muss den plötzlichen Drang unterdrücken, meinen Bruder so heftig zu schubsen, dass er auf dem Arsch landet.

„Verdammt, Gage, halt die Schnauze. Wahrscheinlich muss sie tatsächlich arbeiten“, schaltet Archer sich zu meiner Verteidigung ein, was mich nun doch überrascht.

Das ist der Typ, der wollte, dass ich mit zu ihm komme, damit ich nackt in seinem Bett lande. Vielleicht hat er Hintergedanken. Vielleicht will er sich in mein Zimmer schleichen, nachdem Gage eingeschlafen ist. Will mich ausziehen, mich auf die Matratze drücken und …

Ich runzle die Stirn und balle die Fäuste. Ich sollte das nicht wollen. Ich sollte *ihn* nicht wollen. Erst recht nicht, nachdem er über mich geredet hat, als würde ich ihm absolut nichts bedeuten.

Aber mein Körper spricht eine andere Sprache. Er verrät mir, dass meine Haut nach diesem unglaublichen Orgasmus noch immer kribbelt, dass meine Beine auch jetzt noch zittern. Und das liegt definitiv nicht an den verflucht hohen Absätzen.

Nein, wohl eher an diesem blöden Mann.

„Na gut, dann bleiben wir halt.“ Ich verschränke die Arme vor der Brust. Vermutlich sehe ich aus wie ein trotziges Kind, doch es ist mir egal. Ich fasse es selbst nicht, dass ich zugestimmt habe. „Aber nach dem Aufwachen gehen wir nur kurz frühstücken und verschwinden sofort. Ich muss wirklich zurück."

„Danke, Schwesterchen." Gage nimmt meine Hand, hebt sie an den Mund und küsst meinen Handrücken. „Du hast mir soeben eine anstrengende Heimfahrt erspart."

„Ja, ja, das ist echt hart für dich, da du ja dieses kostbare Auto fährst." Autos sind Gages Schwäche. Er besitzt einfach zu viele. Seine Besessenheit ist so albern, dass seine Garage bereits aussieht wie der Verkaufsraum eines Autohändlers für Luxuskarossen.

„Schön, dass ihr bleibt. Ich habe ein paar Gästezimmer, die immer bezugsbereit sind", erklärt Archer.

Ich drehe mich um, um ihn noch einmal böse anzufunkeln. Die Aussicht, in seinem Haus zu übernachten, bereitet mir Unbehagen. Andererseits erregt sie mich auch, wenn ich mir vorstelle, was alles passieren könnte. Anscheinend habe ich den Verstand verloren. Es muss so sein, wenn ich überhaupt daran denke … Nein, lieber nicht. Das muss am Champagner liegen. Und an dem phänomenalen Orgasmus. „Hauptsache, du benimmst dich."

Er hebt ergeben die Hände. „Ich schwöre, ich werde dir nichts tun. Ich behalte meine Finger bei mir."

„Das solltest du auch, Bancroft, denn ansonsten bekommst du einen kräftigen Tritt in den Arsch“, erklärt Gage scharf. „Ivy ist tabu für dich.“

„Schon verstanden“, erwidert Archer und lässt die Arme sinken. Das leichte Grinsen verschwindet, und er sieht mich flehend an. Ich bin mir nicht sicher, was er mir damit zu verstehen geben will. Eins weiß ich allerdings ganz gewiss.

Wenn es um Archer und darum geht, was auch immer hier gerade zwischen uns passiert, bin ich mehr als verwirrt.

4. KAPITEL

Ivy

Natürlich ist Archers Haus fantastisch. Ich bin in meinem Leben schon in vielen schönen Häusern gewesen. Meine Eltern leben noch immer in dem palastartigen Gebäude, in dem Gage und ich aufgewachsen sind. Es ist groß, aber schon älter, und dank all der hübschen Details, die Mom im Laufe der Jahre hinzugefügt hat, besitzt es eine warme und heimelige Atmosphäre. Verglichen mit dem modernen, geräumigen und perfekt designten Anwesen, in dem Archer im Herzen des Napa Valleys lebt, ist es jedoch nichts.

Wobei ich angesichts der späten Stunde gar nicht viel davon zu sehen bekomme. Das Innere liegt größtenteils im Dunkeln, nur hier und dort scheint eine Lampe. Doch das, was ich erkennen kann, sieht toll aus. Elegant und schlicht und trotzdem einladend.

Archer führt Gage und mich durch die große Eingangshalle in Richtung Gästeflügel, wie er es nennt. Eine Wand ist vollständig verglast, und ich entdecke einen riesigen Pool im Garten, der von üppigen, sehr gepflegten Bäumen und Büschen umgeben ist. Man hat fast den Eindruck, sich in einem Park zu befinden.

Der Mann weiß, wie man lebt. Das muss man ihm lassen.

„Nett, was?", flüstert Gage mir ins Ohr, während wir Archer folgen. „Ich gebe mein gesamtes Geld für Autos aus. Archer seins für dieses Haus."

„Dabei bin ich so gut wie nie hier", sagt Archer und räumt damit ein, dass er uns belauscht hat. Nicht sehr überraschend. Seit unserer Begegnung auf der Terrasse habe ich das Gefühl, dass er hyperempfänglich für mich ist. Und ich bin hyperempfänglich für ihn. „Ich verbringe die meiste Zeit im *Hush*."

„Hast du dort ein Zimmer?", will ich wissen. Das Resort wird von meinem Bruder und seinen Freunden wie ein Geheimnis behandelt. Jedenfalls mir gegenüber. Ich frage mich schon seit Langem, ob da perverse Dinge abgehen.

Zuzutrauen wäre es Archer.

„Ich habe da eine Suite, ja." Archer geht etwas langsamer, damit er näher bei uns ist. Sein Duft weht zu mir herüber, erfüllt meine Sinne und erinnert mich daran, wie es war, in Archers Armen zu liegen und die breiten Schultern unter meinen Handflächen zu spüren. Sein Haar ist immer noch zerzaust. Inzwischen hat er jedoch sein Jackett und die Krawatte abgelegt. Die obersten Knöpfe seines Hemdes sind geöffnet und entblößen ein wenig von seinem Oberkörper. Plötzlich verspüre ich den dringenden Wunsch, mit der Zunge darüberzugleiten.

Mist, ich muss mich wirklich zusammennehmen.

„Das heißt, du bist meistens im Resort?“

„Nicht mehr ganz so oft wie am Anfang. Als es renoviert wurde, bin ich gar nicht mehr von dort weggekommen. Da hatte ich allerdings auch noch kein Haus, in dem ich wohnen konnte. Das *Hush* war mein Zuhause. Seitdem das Resort vor ein paar Jahren eröffnet wurde und es gut läuft, habe ich genügend Vertrauen, um hin und wieder mal wegzugehen und ein eigenes Leben zu führen.“ Archer schenkt mir ein Lächeln, das mein Herz zum Flattern bringt.

Dummes Herz.

„Das *Hush* ist sein Baby“, fügt Gage hinzu, als wüsste ich das nicht längst; dabei ist es mehr als offensichtlich. Doch da Archer und ich uns nicht sehr häufig sehen und noch seltener miteinander reden, ergibt es einen Sinn, dass Gage diese Bemerkung macht. „Er hat es sozusagen aus dem Nichts aufgebaut – nur mithilfe seines kranken, verdrehten Hirns.“

„Halt die Schnauze. Ich habe eine Marktlücke entdeckt und sie gefüllt, so einfach war das.“ Archer presst die Lippen aufeinander und kneift die Augen zusammen. Er wirkt ein bisschen sauer.

Und er sieht sexy aus.

Hör auf!

„Jetzt bin ich neugierig geworden. Ich würde es echt gern sehen“, meine ich und freue mich, als seine Miene sich daraufhin wieder entspannt. „Vielleicht kannst du morgen früh noch eine kleine Besichtigungstour mit mir veranstalten?“

„Ich dachte, du müsstest sofort nach Hause“, wirft Gage ein, ehe ich ihm meinen Ellenbogen in die Seite ramme.

Ja, Gage hat recht. Aber ich bin allzu neugierig auf diese Seite von Archers Leben, von der ich absolut nichts weiß. Ich meine, immerhin hat mir dieser Mann vor nicht einmal einer Stunde seine Zunge tief in den Hals geschoben, während er mich mit seinen Fingern in den siebten Himmel befördert hat. Nach solch einem Erlebnis würde wohl jede Frau mehr über so einen Kerl erfahren wollen, oder?

Das rede ich mir zumindest ein.

„Natürlich, ich führe dich gern durchs Resort“, antwortet Archer mit warmer Stimme und einem Blick, der glühend über mich hinwegstreicht. Meine Haut kribbelt vor lauter Aufregung. Es ist, als würde er mich tatsächlich berühren. „Wir brunchen, und danach zeige ich dir alles.“

„Hört sich gut an.“ Ich lächle ihn an, und er lächelt mich an. Aus irgendeinem merkwürdigen Grund fühlt es sich an, als wären wir ganz allein, während wir uns wie Honigkuchenpferde angrinsen.

Dann räuspert Gage sich und bringt uns damit zurück in die Realität. Ich zucke zusammen und falte meine Hände, um sie nicht nach Archer auszustrecken.

Ich darf ihn nicht anfassen, schon gar nicht in Gegenwart meines Bruders. Sosehr ich es mir auch wünsche. Gage kennt alle Geheimnisse, die Archer hat, ebenso wie alle seine Fehler. Er liebt seinen besten Freund. Trotzdem würde er niemals wollen, dass wir zusammenkommen. Zumindest glaube ich das.

Es ist besser, so zu tun, als wäre nichts zwischen uns, als mir Gages Missfallen einzuhandeln. Und es ist ja auch nichts zwischen uns. Zwischen Archer und mir. Ehrlich. Ein leidenschaftlicher Kuss und ein Orgasmus. Mehr nicht.

Das ist verdammt viel.

Ich ignoriere diese aufmüpfige kleine Stimme in meinem Kopf und versuche, mich zu konzentrieren.

Archer fasst sich wieder und zeigt uns die Gästezimmer, die einander direkt gegenüberliegen. Ich kann kaum glauben, wie fantastisch mein Zimmer aussieht. Es ist in beruhigenden Blau- und Grautönen gehalten, hat ein großes, gemütliches Bett und dunkle, elegante Möbel. Der gesamte Raum wirkt absolut erlesen. Ich nehme alles in mich auf und richte vor allem den Blick auf das Bett, das mit einer Tagesdecke und vielen Kissen bedeckt ist. Ich bin nämlich müde und kann es kaum erwarten, mich darauffallen zu lassen.

Vielleicht ist es aber auch die Vorstellung, dass Archer mich hier nachher besucht und mich wieder und wieder kommen lässt, die mich eher zu dem Bett hinzieht …

Der Gedanke löst einen Hustenanfall bei mir aus, doch ich winke ab, als Gage mich misstrauisch betrachtet. „Alles gut", sage ich, als die beiden schon wieder zum Flur hinausgehen. „Zeig ihm sein Zimmer, Archer. Gute Nacht."

Ohne einem von ihnen die Möglichkeit zu geben, etwas darauf zu erwidern, schließe ich die Tür hinter ihnen und sacke dagegen. Dann schlage ich erst einmal, dann ein zweites Mal meinen Kopf dagegen und hoffe, mir dadurch Verstand einzubläuen, denn, ganz ehrlich, anscheinend habe ich den Verstand verloren.

Seufzend richte ich mich auf und schaue mich erneut um. Dabei entdecke ich die offene Tür, die zu einem kleinen angrenzenden Badezimmer führt. Ich gehe hinüber, um es mir genauer anzusehen. Sämtliche Annehmlichkeiten sind hier zu finden – mit Ausnahme eines Kleidungsstücks, das ich heute Nacht anziehen könnte. Wobei ich natürlich auch keine der Hinterlassenschaften von Archers sexuellen Eroberungen tragen will, aber trotzdem. Es überrascht mich, dass kein frisches, sauberes Nachthemd auf mich wartet, in das ich heute Nacht schlüpfen kann; schließlich gibt es sonst auch alles, was man sich nur denken kann. Na ja, ich kann ja meinen BH und den Slip anbehalten …

Oder gar nichts tragen.

Ein kleines Lächeln breitet sich auf meinen Lippen aus. Gleichzeitig entdecke ich einen flauschigen Bademantel, der am Haken an der Tür hängt. Während ich über den weichen Stoff streiche, überlege ich, dass ich duschen könnte. Langsam ziehe ich mich aus. Nachdem ich die Schuhe abgestreift habe, lasse ich zuerst mein Kleid auf den Boden gleiten, anschließend folgen BH und Slip.

Morgen früh im *Hush* wird es so aussehen, als hätte ich die Nacht durchgemacht oder sie bei einer Eroberung verbracht: Ich werde dort in dem ziemlich formellen Kleid aufkreuzen müssen, das ich zur Hochzeit anhatte. Daran hatte ich bisher gar nicht gedacht. Nervös beiße ich mir auf die Unterlippe, während ich zu der überdimensionalen Dusche schaue, die absolut verlockend wirkt.

Könnte ich nicht Archer fragen, ob er was zum Anziehen für mich hat? Aber wie soll ich das bewerkstelligen? Jetzt gerade kann ich es jedenfalls nicht tun, denn schließlich stehe ich nackt hier. Wobei … Womöglich würde es ihn gar nicht stören, mich so zu sehen.

Hör auf, so was zu denken. Du willst doch nicht wirklich, dass er dich nackt sieht … Oder?

Oh, mein Gott, vielleicht will ich es doch.

Als es plötzlich klopft, zucke ich zusammen, schnappe mir in Windeseile den Bademantel und ziehe ihn über. Auf dem Weg zur Tür überlege ich, dass es nur Gage sein kann. Sicher will er mir noch irgendetwas völlig Belangloses sagen, bevor er ins Bett geht. Er war schon immer ein wenig zu fürsorglich, also wird er sich bloß ein letztes Mal nach mir erkundigen wollen.

„Mir geht es gut, Gage, ehrlich", sage ich, während ich öffne. Dann verstumme ich, als ich sehe, wer draußen steht.

„Ehrlich?" Archer hebt eine Braue. Eine Hand hat er in die Hosentasche geschoben, in der anderen hält er ein Kleidungsstück. „Und warum sollte es dir auch *nicht* gut gehen?"

Oh, Scheiße. Er sollte in diesem Moment besser nicht vor meiner Tür stehen. „Was tust du hier?", flüstere ich und blicke über seine Schulter hinweg zu Gages Tür, die zum Glück geschlossen ist.

„Mich vergewissern, dass du alles hast, was du brauchst.“ Er streckt mir den Arm entgegen. „Ich habe dir was mitgebracht.“

Ich bin mir nur allzu bewusst, dass ich unter dem Bademantel nichts anhabe. Mein Verlangen ist allerdings ziemlich groß, den Gürtel zu lösen und den Bademantel zu meinen Füßen herabgleiten zu lassen, nur um Archers Reaktion zu sehen,.

Doch für den Augenblick unterdrücke ich es.

„Was ist das?“ Ich nehme ihm den weichen Stoff ab, wobei sich unsere Finger versehentlich berühren und mich eine Hitzewelle durchströmt.

„Eins meiner T-Shirts.“ Er zuckt mit den breiten Schultern, die noch immer in einem weißen Oberhemd stecken. „Ich weiß ja, dass du nichts dabeihast, was du im … Bett anziehen kannst. Da dachte ich mir, dass ich dir das hier anbieten könnte.“

Seine Augen werden ganz dunkel, als er das Wort Bett erwähnt, und sofort fangen meine Knie zu zittern an. Heiliger Strohsack, was dieser Mann bei mir anrichtet, ist mir völlig fremd. Ich habe keine Ahnung, was ich jetzt tun soll.

„Äh, danke“, sage ich nach einer Weile, „sehr nett von dir.“ Das T-Shirt ist weich, der Stoff ziemlich dünn, so als wäre es bereits viele Male getragen worden. Ich verspüre den plötzlichen Drang, es mir an die Nase zu halten und tief einzuatmen, um zu prüfen, ob ich vielleicht noch Archers Duft darin wahrnehmen kann.

Der Mann macht aus mir tatsächlich noch einen echten Freak.

„Gern geschehen." Er lehnt seinen großen Körper gegen den Türrahmen und sieht dabei so verschlafen, zerzaust und obendrein viel zu sexy aus, dass ich ihn am liebsten packen und ins Zimmer ziehen würde.

Moment mal, nein, das will ich gar nicht. Das ist eine ganz schlechte, eine ganz bescheuerte Idee.

Lügnerin.

„War's das?", frage ich, denn wir müssen ja nicht ewig hier so stehen und eine derartig banale Unterhaltung führen. Erstens könnte mein Bruder jederzeit auftauchen und uns erklären, warum wir nicht zusammenpassen. Zweitens wird mir von Sekunde zu Sekunde deutlicher bewusst, dass ich unter dem Bademantel total nackt bin. Drittens überlege ich noch immer, ob ich nicht doch den Bademantel einfach fallen lassen soll, um Archer zu zeigen, wie nackt ich bin.

„Ich denke, schon." Seine Stimme ist rau, und er stößt sich vom Türrahmen ab. „Okay dann, gute Nacht."

„Gute Nacht", flüstere ich, aber ich mache die Tür nicht zu. Ich bewege mich nicht von der Stelle.

Genauso wenig wie er.

„Ivy …“ Er verstummt und räuspert sich verlegen. Was irgendwie heiß ist. Oh, mein Gott, alles an ihm ist heiß, und ich beschließe, meinem Impuls nachzugeben, denn verdammt … Was soll’s.

Ich will ihn.

Archer

Wie ein Idiot stehe ich hier und weiß nicht, was ich sagen soll. Es ist fast so, als wäre mir die Kehle zugeschnürt. Ich bringe kaum einen Ton heraus, weil Ivys Anblick mich fast umhaut. Ihr langes Haar, das ihr über die Schultern fällt, ihr schlanker Körper, der in einen der weißen Bademäntel gehüllt ist, die ich für Gäste bereithalte. Dieselbe Art von Bademantel, die wir auch im *Hush* zur Verfügung stellen.

Doch dann tut sie etwas so Überraschendes, so unglaublich Sinnliches, dass ich meinen Augen nicht traue.

Mit ihren schlanken Händen öffnet sie den Knoten des Gürtels, zieht ihn schnell auseinander und entblößt nackte Haut. Viel nackte Haut.

Heilige Scheiße. Sie ist nackt. Und sie hat gerade den Bademantel auf den Boden fallen lassen, sodass sie – und ich muss es noch einmal betonen – völlig nackt vor mir steht.

Mir klappt die Kinnlade herunter, und ich stoße einen unartikulierten Laut aus. Verdammt, sie sieht bezaubernd aus. Diese langen Beine, die wohlgerundeten Hüften und die schmale Taille ergeben zusammen mit den vollen Brüsten und den hübschen rosa Nippeln ein faszinierendes Bild. Einen qualvollen Moment lang bin ich absolut hingerissen. Fassungslos starre ich sie an.

„Willst du da jetzt so stehen bleiben und darauf warten, dass mein Bruder rauskommt und uns in dieser Situation ertappt, oder willst du in mein Zimmer kommen?"

Lieber würde ich in ihr kommen, was mit etwas Glück hoffentlich gleich passieren wird.

Plötzlich bewege ich mich ganz schnell. Ich mache einen Schritt auf Ivy zu und umfasse ihre Taille, während ich sie ins Zimmer schiebe. Mit dem Fuß trete ich die Tür zu, strecke die Hand hastig nach hinten aus, um abzuschließen, bevor ich sie wieder auf Ivys Taille lege.

Die Vorstellung, dass Gage uns ertappen könnte, war der Auslöser für mein schnelles Handeln. Er würde mir den Arsch aufreißen, wenn er wüsste, dass ich in dieser Sekunde Hand an seine Schwester lege. Und dann ist da ja noch diese alberne Wette, die ich vorhin mit ihm und

Matt abgeschlossen habe. Da wiederhole ich gebetsmühlenartig, dass ich mich niemals von irgendeiner Tussi einfangen lasse – und praktisch im selben Moment zeigt plötzlich die einzige Frau, von der ich annehme, dass sie es wert wäre, eine Beziehung mit ihr einzugehen, endlich einen Hauch von Interesse. Krass.

Na ja, eigentlich ist es sogar mehr als ein Hauch, wenn man bedenkt, dass sie nackt ist und ihren verführerischen Körper gerade an meinen schmiegt. Ich schaue ihr in die Augen, sehe die Leidenschaft in ihrem Blick, dann senke ich den Kopf, um ihr einen Kuss zu geben. Einen fordernden, gierigen Kuss, der sie dazu bringt, vor Lust zu stöhnen. So wie vorhin, als ich sie auf der Terrasse berührt habe. Wie empfänglich sie da gewesen ist. Bevor ich alles mit meinen blöden Bemerkungen ruiniert habe. Dabei hatte ich ausnahmsweise wirklich nicht vor, sie wütend zu machen; und trotzdem habe ich es geschafft, nur weil ich es mir nicht mit Gage verderben wollte.

Was Ivy angeht, befinde ich mich in einer Situation, in der ich im Grunde nicht gewinnen kann. Das ist mir klar. Dennoch stehe ich jetzt hier und halte sie in meinen Armen, küsse sie, während ihre Brüste gegen meinen Oberkörper gedrückt sind …

„Hey." Ich umschließe ihre Hüften, meine Finger pressen sich in ihr Fleisch, und sie sieht mich mit großen

Augen an. Ihre Lippen schimmern, als hätte sie darübergeleckt. Fuck, alles, was sie macht, bringt mich noch um den Verstand. Aber ich muss wissen, wo wir stehen – was sie will. Ich kann nicht riskieren, das Ganze komplizierter zu machen, als es sowieso schon ist. „Was tun wir hier?“

Eine ihrer perfekt geschwungenen Brauen schießt in die Höhe. „Muss ich dir das ernsthaft erklären?“

„Du weißt, was ich meine.“ Ich werde hier nichts vorantreiben, bis ich sicher bin, dass wir auf derselben Wellenlänge schwimmen. „Was versprichst du dir davon?“

Ivy streckt die Hand aus und knöpft langsam mein Oberhemd auf. Bei jedem Knopf, den sie öffnet, streicht sie mit den Fingerspitzen über meine Haut. „Einen One-Night-Stand mit sagenhaftem Sex?“

Ich versuche, ihre Worte zu verdauen. Eine Nacht will sie. Das sollte mir recht sein; eigentlich sollte ich nicht mehr wollen. Schließlich will ich nie mehr.

Aber mit Ivy könnte ich es mir vorstellen.

Verdammt, wie abgefahren und beängstigend ist das denn?

„Und das war’s?“ Meine Stimme klingt tonlos. Ich schnappe nach Luft, als sie über meinen Bauch streicht, nachdem sie den letzten Knopf geöffnet und das Hemd aus dem Bund meiner Hose gezogen hat. „Das ist alles, was du von mir willst?“

„Mehr willst du doch auch nie von anderen Frauen, oder?“ Ihr Blick ruht auf meinem Oberkörper, und sie atmet tief durch. „Mir war ja klar, dass du kräftiger geworden bist, seit ich dich zuletzt so gesehen habe, Archer, aber … Oh, mein Gott.“

Ich lächle und genieße es, wie sie mich mustert. So als wollte sie mich mit Haut und Haaren verschlingen. „Und wann hast du mich zuletzt ohne Hemd gesehen?“

„Keine Ahnung.“ Sie zuckt mit den Schultern und betrachtet mich hungrig und verlangend, sodass ich meine Finger an ihre Wange lege und ihre weiche Haut streichle. Irgendwie kann ich nicht widerstehen, sie zu berühren. „Als wir noch Teenager waren?“

„Na ja, seitdem habe ich mich ziemlich verändert.“ Ich beuge mich vor und flüstere ihr ins Ohr: „Du aber auch.“

Ivy streicht über meinen Oberkörper, was dazu führt, dass sich meine Haut anfühlt, als hätte sie Feuer gefangen. Schließlich streift sie mir das Hemd von den Schultern. Ich ziehe es aus, bevor ich schnell wieder ihre Taille umfasse und mich ein wenig nach hinten lehne, um sie ganz genau zu betrachten.

Himmel, sie ist echt wunderschön. Allein ihr Anblick lässt mich hart wie Stein werden. Ich dränge sie rückwärts zum Bett, indem ich sanft gegen ihre Schultern drücke. Als sie auf die Matratze fällt, gibt sie einen kleinen Protestlaut von sich. Die langen, leicht zerzausten Locken breiten sich über ihre Schultern und bedecken die Ansätze ihrer Brüste. Die Versuchung ist riesengroß, mit den Fingern durch die seidigen Strähnen zu fahren. Ohne Vorwarnung hakt Ivy die Finger durch die Gürtelschlaufen meiner Hose und zieht mich zu sich, sodass ich das Gleichgewicht verliere und auf das Bett falle.

Auf Ivy falle.

„Jetzt habe ich dich da, wo ich dich haben will", murmelt sie. Damit hebt sie den Kopf, gibt mir einen heißen Kuss und lässt ihre Zunge sofort gegen meine schnellen. Als sie die Hände ganz sachte über meinen Rücken gleiten lässt, erzittere ich.

Verdammt, ihre Berührung fühlt sich so gut an. *Sie* fühlt sich so verdammt gut unter mir an, ihre Finger auf meiner Haut, ihre Beine um meine Hüften geschlungen. Ich habe zwar noch meine Hose an, aber ich kann sie fühlen. Meine Erektion presst sich gegen ihren Körper, als sie die Hüften hebt und sich lustvoll an mich drängt, ohne den Kuss zu unterbrechen.

Ivy hat sich in eine Wildkatze verwandelt. Sie reibt sich an mir, küsst mich, als wollte sie mich verschlingen, und nur allzu gern verfalle ich ihrem Zauber. Ich überlasse ihr die Führung, denn ihr köstlicher Geschmack bannt mich. Ich genieße es einfach, wie sie meinen Körper erkundet, bis ihre Finger endlich die Vorderseite meiner Hose erreichen. Sie öffnet den Knopf, zieht den Reißverschluss herunter und greift schließlich hinein, um meinen Schwanz zu streicheln.

„Wow, Archer, du bist ja gut bestückt“, murmelt sie an meinem Mund, umschließt meine Männlichkeit und drückt einmal fest zu. Ein köstlicher Schmerz.

Ich muss über ihre Bemerkung lachen. „Soll das ein Kompliment sein?“

„Oh ja.“ Sie zerrt meine Hose bis zu meinen Oberschenkeln herab. „Zieh sie aus. Zieh alles aus.“

„Na, mir scheint, du kommandierst andere gerne herum, was?“, flüstere ich, bevor ich mit der Zunge über ihre volle Unterlippe gleite.

„Ich benehme mich sonst nie so“, antwortet sie, als ich aufstehe, um mich auszuziehen. Ihr gieriger Blick bleibt die ganze Zeit auf mir ruhen. „Ich glaube, das ist alles deine Schuld.“

„Meine Schuld?“ Diese Aussage überrascht mich jetzt doch. Wieso macht sie mich für ihr verrücktes Verhalten verantwortlich? „Wieso?“

„Entweder liegt es an dir oder an dem Champagner, den ich vorhin getrunken habe.“ Sie senkt den Blick und mustert mich ungeniert. Als ich meine Retroshorts ausziehe, werden ihre Augen groß. „Oh, wow."

„Ängstlich?" Ich lege mich wieder zu ihr aufs Bett und drehe sie herum, bis sie unter mir liegt. „Solltest du auch sein", füge ich hinzu und küsse sie. Verschlinge sie. Schon im nächsten Moment wird es wild, als ich ihre Kurven ertaste, über ihre Haut fahre. Ihre Hände sind genauso fleißig wie meine und tauchen direkt zu meinem Schwanz ab. Wenn sie mich weiterhin so berührt, ist es gleich um mich geschehen. Da ich das natürlich nicht will, packe ich ihre Handgelenke und halte ihre Arme über ihrem Kopf fest. So gefangen, windet Ivy sich unter mir und gibt frustrierte Laute von sich.

Und treibt mich damit in den verdammten Wahnsinn.

Sie ist diejenige, die nun den Kuss beendet. Wütend starrt sie mich an und entzieht sich meinem Griff. „Ich will dich anfassen."

„Wenn du so weitermachst, dann komme ich direkt in deiner Hand", stöhne ich heiser.

Ivy lacht und drängt sich mir entgegen, drückt ihre Brüste an meinen Oberkörper. Ich kann die harten Nippel spüren, die sich in meine Haut bohren.

Diese Frau wird mich noch umbringen. Das weiß ich ganz sicher.

5. KAPITEL

Ivy

Archer Bancroft besitzt einen Körper wie kein anderer Mann, mit dem ich bisher zusammen gewesen bin. Genau genommen habe ich so einen noch nie leibhaftig so direkt vor meiner Nase gehabt. Es ist ein fantastischer, durchtrainierter Körper mit weicher Haut, deutlich ausgeprägten Muskeln sowie einer breiten Brust und kräftigen Schultern. Archer ist in diesem Moment alles, was ich sehen und hören und riechen und schmecken kann, während er so auf mir liegt und meine Arme über meinem Kopf gefangen hält.

Was wir hier treiben, ist so absolut unerwartet und so unglaublich aufregend, dass mein gesamter Körper vor Erwartung zittert. Archer küsst mich wie ein Verhungernder; ich scheine das Einzige zu sein, was diesen Hunger stillen kann. Ich spüre seine Erektion zwischen meinen Beinen, und ich bin so feucht, dass es schon fast peinlich ist.

Doch es ist mir egal. Ich bin wie berauscht von dem Gefühl von seinem Gewicht auf mir, von seinem hungrigen Mund, seiner drängenden Zunge und diesen großen, rauen Händen, die mich ans Bett fesseln.

Nie hätte ich mir träumen lassen, dass es mich derart erregen würde, wenn mich jemand so festhält. Aber, Himmel, ich bin so geil auf ihn, dass ich fast glaube, gleich zu explodieren.

„Versprichst du mir, dass du nicht sofort wieder nach meinem Schwanz greifst?", flüstert er mir ins Ohr, nachdem er unseren Kuss unterbrochen hat.

Ich muss lachen. Und ich muss stöhnen. Seine offenen Worte törnen mich echt an. „Vielleicht will ich aber ja genau das: deinen Schwanz packen."

Durchdringend sieht er mich an. Seine Augen sind dunkel und funkeln leidenschaftlich. „Ich hab dir schon gesagt, was dann passieren könnte."

Oh ja, das hat er. Aber vielleicht will ich das ja. Die Vorstellung ist nämlich erstaunlich erregend. Ich streichle ihn, und dann verliert Archer die Kontrolle und kommt in meiner Hand …

Unruhig reibe ich meine Beine gegen seine, und er lacht leise, so als könnte er meine Gedanken lesen. „Versprich mir, dass du nicht zupackst."

„Das kann ich dir nicht versprechen", flüstere ich.

„Dann lass mich dich berühren." Er spricht mit gedämpfter Stimme und lockert den Griff um meine Handgelenke. Schließlich lässt er sie los und beginnt, mein Gesicht und meinen Hals mit kleinen Küssen zu bedecken, während er über meine Seiten streicht. „Ich möchte dich erkunden."

Dagegen werde ich ganz sicher nicht protestieren. Denn es ist genau das, was ich mir wünsche. Statt also seinen Schwanz zu packen, wie er es so nett formuliert hat, schlinge ich die Arme um seinen Nacken, fahre mit den Fingern durch sein Haar und dränge ihn sanft weiter nach unten. Zuerst küsst er mein Schlüsselbein, danach meine Schultern, den Ansatz meiner Brüste, das Tal zwischen meinen Brüsten …

Er reizt mich. Meine Nippel sehnen sich danach, dass sich sein Mund um sie schließt, doch seine Lippen sind überall, nur nicht dort. Ich weiß nicht, ob ich diese köstliche Folter noch lange aushalten kann. Er umfasst meine Hüften, während er erforscht, wie empfindsam meine Haut ist. Ich dränge seinen Kopf in Richtung meiner Brüste und ziehe sogar ein wenig an seinen Haaren, bis er leise flucht und einen meiner Nippel mit der Zunge umkreist.

Dann leckt er über den anderen.

Das erstickte Stöhnen, das mir entschlüpft, ist völlig anders als die Töne, die ich sonst im Bett von mir gebe. Hastig presse ich die Lippen aufeinander, weil es mir auf einmal peinlich ist. Doch als Archer die Berührung wiederholt und seine samtweiche Zunge wieder und wieder über meinen Nippel schnellen lässt, reagiere ich hemmungslos. Erneut keuche ich heiser auf, während ich seinen Kopf fest an mich drücke, damit er mich weiter verwöhnen kann. Er leckt und saugt und beißt erst sanft, dann fester zu. Es scheint, als wollte er meine Grenzen austesten.

Und es ist so gut, dass ich mehr will. Oh, mein Gott, ich bin verrückt danach, seine Zähne, seine Hände zu fühlen. „Härter“, wispere ich und bin selbst schockiert darüber, doch Archer gehorcht und beißt hart in meinen Nippel.

Ich spüre die Erregung zwischen meinen Beinen, spüre, wie feucht ich bin, und als Archer mit dem Finger meinen feuchten Schoß streichelt und mit dem Daumen über meine Klit gleitet, schüttele ich vehement den Kopf. „Nein, nicht so. Bitte.“

„Du willst mich in dir?“ Während er das leise sagt, streift sein heißer Atem über meine Brust.

Als ich die Augen aufschlage, stelle ich fest, dass er mich beobachtet. Sein Blick wirkt verhangen und verspricht verbotene Genüsse. Ich nicke, während ich zugleich sehnsüchtig wimmere.

Das Lächeln, mit dem er darauf reagiert, ist eindeutig verrucht. „Gut. Denn, fuck, ich kann es nicht erwarten, endlich in dir zu sein.“

Kein Mann hat je so mit mir geredet. Und es gefällt mir. Ich will mehr. So viel mehr …

Archer kommt hoch und lehnt sich über mich, sein Oberkörper nahe an meinem Gesicht, während er die Hand zum Nachtschrank ausstreckt und die kleine Schublade dort öffnet. Er holt ein Kondom heraus, und einen Moment lang bin ich erstaunt.

Wobei, eigentlich sollte ich das wohl nicht sein. Jeder weiß, wie Archer vorgeht.

Ich verdränge diese Gedanken, stütze mich auf den Ellenbogen auf und presse meinen Mund auf seine Brust. Sein Duft umgibt mich, die Wärme seiner Haut, sein salziger Geschmack. Ich lecke einen Pfad bis hinunter zu seinem Sixpack, bis Archer hochschnellt und zischt, so als hätte ich ihn verbrannt.

„Du bist ja gemeingefährlich", murmelt er, reißt das Päckchen auf und streift das Kondom über. Der Anblick fasziniert mich so sehr, dass mein Herz doppelt so schnell schlägt. Als Archer mich dabei ertappt, wie ich ihn anstarre, wird mein Mund ganz trocken. Er schüttelt leicht den Kopf, und ein kleines Lächeln umspielt seine perfekten, geschwollenen Lippen. „Ich würde es ja gern langsam angehen, aber ich bezweifle, dass ich es schaffe, Ivy. Ich will dich einfach zu sehr, verdammt."

Wieder erstaunt er mich, diesmal mit seinen Worten.

Wenn ich genauer darüber nachdenke, wird mir klar, wie absolut ungewöhnlich diese Situation ist. Ich liege hier nackt mit Archer Bancroft. Wir werden gleich Sex haben. Wenn mir jemand vor einem Monat … verdammt, noch vor ein paar Stunden gesagt hätte, dass ich diese Nacht damit beenden würde, mit Archer zu schlafen, hätte ich nur gelacht.

Doch jetzt lache ich nicht. Stattdessen strecke ich die Hände nach Archer aus und ziehe ihn auf mich, sodass sein kräftiger Körper mich in die Matratze drückt. Ich schlinge meine Beine um seine Hüften, umfange ihn mit meinen Armen, damit ich seinen glatten, feuchten Rücken streicheln kann, während unsere Münder sich zu einem weiteren, leidenschaftlichen Kuss finden. Wir knabbern an den Lippen des anderen, und unsere Zungen eröffnen einen erotischen Tanz.

Er schmeckt unglaublich. Ich liebe die Geräusche, die er von sich gibt, die Art, wie er mich hält. Und als er langsam in mich hineingleitet, Zentimeter für Zentimeter, durchfährt mich ein Zittern, und ich muss die Augen schließen, weil die Emotionen einfach zu intensiv sind. Einen kurzen Moment lang rührt er sich nicht, atmet nicht einmal, und auch ich bin atemlos. Noch nie habe ich mich mit einem anderen Menschen so verbunden gefühlt.

Es ist beängstigend. Aufregend.

„Wow, du fühlst dich so herrlich an“, flüstert er nahe an meinem Ohr, ehe er anfängt, sich zu bewegen.

Ich passe mich seinem Rhythmus an, hebe die Hüften und presse die Beine enger um seinen Körper. Er stößt immer schneller zu, so als könnte er gar nicht anders, doch mir soll es nur recht sein. Ich finde es großartig. Immer wieder dränge ich mich ihm entgegen, sodass sein Schwanz noch tiefer in mich eindringt. Archer stöhnt und bäumt sich auf – offensichtlich ist er kurz davor, die Kontrolle zu verlieren. Ich sehe es an der Anspannung auf seinem Gesicht, spüre die Spannung in seinen Schultern.

Er hat mich gewarnt, dass es schnell gehen würde, aber mir ist es egal. Auch ich bin kurz davor zu kommen. Eigentlich bin ich kurz davor, seit er mir auf der Terrasse diesen großartigen Orgasmus beschert hat. Der hat mir allerdings keine wirkliche Erleichterung gebracht, sondern mich eher noch heißer gemacht. Und er hat mir gezeigt, was ich dadurch versäumt habe, dass ich vorher nie auf diese Art und Weise mit Archer zusammen gewesen bin.

„Sag mir, dass du gleich kommst“, fordert er mich auf, und seine heisere Stimme lässt einen wohligen Schauder durch mich hindurchrieseln. „Sag es.“ Er schiebt die Hand zwischen uns, zieht kleine Kreise um meine Klit und bringt mich damit um den Verstand.

„Ja …“, stöhne ich. „Gleich.“

Archer kniet sich hin, packt meine Hüften und stößt tief in mich hinein. Atemlos schaue ich zu, wie er mich auf fast brutale Weise nimmt, er fickt mich wirklich, und ich frage mich, ob je ein Mann, mit dem ich zusammen gewesen bin, das getan hat. Mich so gefickt hat, wie Archer es in diesem Augenblick tut.

Definitiv nicht.

In der Vergangenheit haben mich die Männer immer ganz vorsichtig behandelt, so als wäre ich aus Glas und könnte leicht zerbrechen. Aber Archer nicht. Er ist ein echter Macho, voller ursprünglicher Wildheit, der mich packt und zugleich küsst, während sein Schwanz in mir zuckt. Es scheint, als wäre er völlig hemmungslos und überwältigt.

Ich liebe es.

Ich schließe die Augen und spüre, dass es gleich so weit ist. Noch will ich es aufhalten, doch schon im nächsten Moment keuche ich auf, schüttele den Kopf und stoße Archers Namen aus. Ich kann nicht länger an mich halten.

Ich komme und gebe mich den köstlich warmen Empfindungen hin, während der zweite Orgasmus dieses Abends mich über die Klippe katapultiert.

Sekunden später erreicht auch Archer den Gipfel

und sinkt dann auf mir zusammen. Mit seinem warmen, schweren Körper drückt er mich auf die Matratze. Sein Mund ist an meinen Hals gepresst, feucht und heiß, während er unverständliche Worte flüstert. Ich streiche über seinen Rücken, spüre das Zittern, das ihn noch immer durchläuft, und küsse seine Wange. „Du solltest wohl lieber bald verschwinden“, murmele ich und zucke zusammen, kaum habe ich die Worte ausgesprochen. Eigentlich will ich gar nicht, dass er mich verlässt.

Aber er muss gehen. Wenn nicht … dann könnte es passieren, dass ich mir wünsche, er würde bei mir bleiben. Dann könnte ich womöglich etwas Dummes tun. Wie zum Beispiel zuzugeben, wie viel er mir bedeutet und wie sehr ich darauf hoffe, dass er zu einem dauerhaften Teil meines Lebens wird.

Ja, klar. Er würde wahrscheinlich ausflippen und wie ein kleiner ängstlicher Junge die Flucht ergreifen, wenn ich etwas in der Art zu ihm sagen würde.

Er hebt den Kopf und sieht mich direkt an. Seine Brauen sind zusammengezogen, und seine Miene wirkt ernst. „Was?“

Oh, oh. Habe ich etwas Falsches gesagt? Ach was, Archer ist kein Mann, der bei einer Frau im Bett liegen bleibt. Oder? „Du, äh, solltest wohl besser gehen, meinst du nicht? Ich möchte nicht, dass mein Bruder mitbekommt, wie du aus meinem Zimmer schleichst."

„Der schläft doch bestimmt. Der schläft immer wie ein Toter." Archer starrt mich an, als hätte ich den Verstand verloren.

„Ja, aber …" Ich will lieber nichts riskieren, auch wenn er bestimmt recht hat. Und außerdem brauche ich Zeit für mich, um all das zu verarbeiten, was hier zwischen uns passiert ist.

„Also wirfst du mich raus." Er klingt fassungslos und richtiggehend wütend.

„Nein …"

„Tust du wohl", unterbricht er mich mit gepresster Stimme. „Ich verstehe schon. Ich will ja auch nicht, dass Gage davon was mitbekommt. Da gebe ich dir völlig recht. Der würde mich nämlich an meinen Eiern am nächsten Baum aufhängen, und zufälligerweise mag ich meine Eier, vielen Dank auch."

Er klettert aus dem Bett und greift sofort nach seinen Klamotten, die auf dem Boden liegen, sodass ich einen unbeabsichtigten Blick auf jene Eier erhasche, die er so sehr mag.

Mist, ich habe ihn verärgert. Das wollte ich nicht. Allerdings will ich ebenso wenig, dass er hierbleibt. Es ist schlimm genug, was wir gerade getan haben. Normalerweise lasse ich mich nicht auf One-Night-Stands ein – schon gar nicht mit Typen, die ich kenne und bei denen die Gefahr besteht, dass ich ihnen wiederbegegne. Und vor allem habe ich nicht vor, mich auf eine Beziehung einzulassen oder womöglich darauf zu hoffen, dass so etwas noch einmal passiert.

Denn das sollte es auf keinen Fall. Es wäre ein großer Fehler. Ein monumentaler Fehler. Nein, zwischen mir und Archer wird nichts mehr laufen.

Obwohl ich es natürlich gerne will. Ich hasse es, dass ich ihn sozusagen von mir stoße. Seine Reaktion ist zudem äußerst verwirrend. Er benimmt sich fast so, als würde ihn meine Ablehnung verletzen.

Mir tut es ebenfalls weh. Mehr, als ich zugeben will. Tief in meinem Inneren, das glaube ich zumindest, will ich mehr. Zum ersten Mal bin ich bereit, das Risiko einzugehen und es zu versuchen. Etwas zu tun, was so gar nicht typisch für mich ist, um zu sehen, was passiert.

„Willst du dir morgen immer noch das *Hush* ansehen?“, fragt er mit leiser Stimme, während er mir den Rücken zukehrt. Er hat inzwischen wieder seine Unterhose an, nichts weiter, und ich betrachte seinen Körper noch einmal und nehme all diese pure maskuline Schönheit in mich auf.

Er *ist* schön. Ich wünschte, wir hätten mehr Zeit. Ich

würde jeden Zentimeter seiner Haut mit meiner Zunge erkunden, wenn ich die Chance dazu hätte.

Deine Chancen bei Archer hast du soeben verspielt.

„Ja", antworte ich, nachdem ich mich geräuspert habe. „Ich würde das *Hush* liebend gern sehen." Wir schaffen es, diesen Ausrutscher unter Freunden abzuhaken, oder? Natürlich schaffen wir das …

„Sehr schön. Okay, es war nett", sagt er, nachdem er seine Hose hochgezogen hat. Er klingt noch immer beleidigt, und ich schaue ihm hinterher, als er ohne ein weiteres Wort das Zimmer verlässt und die Tür leise hinter sich schließt.

Ich lasse mich auf die Kissen fallen und lege laut stöhnend meinen Arm über die Augen. Was zum Teufel ist nur mit mir los? Ich hatte unglaublichen Sex mit einem Mann, den ich schon mein halbes Leben lang kenne – und trotzdem werfe ich ihn raus, als wäre er irgendein Fremder, den ich heimlich gefickt habe.

Ich kann nicht anders: Ich muss lachen.

Mein Leben kommt mir plötzlich total unwirklich vor.

Archer

Verdammt, kann man sich noch billiger, noch schäbiger fühlen?

Ich schleiche über den Flur meines eigenen Hauses, ohne Hemd und ohne Schuhe, denn die trage ich in der Hand. Meine Hose ist nicht zugeknöpft und droht, mir jeden Moment von den Hüften zu rutschen. Möglichst leise husche ich eilig durchs Haus. Wenn Gage jetzt aus seinem Zimmer käme, bräuchte er nur einen Blick auf mich zu werfen, um genau zu wissen, was ich gerade getan habe.

Seine kleine Schwester gevögelt.

Ich verziehe das Gesicht, schüttele den Kopf und gehe weiter in Richtung meines Schlafzimmers, das am anderen Ende des Hauses liegt. Nachdem ich den Gästeflügel hinter mir gelassen habe, atme ich etwas auf, aber noch immer könnte ich ertappt werden. Allein die Tatsache, dass mir solche Gedanken kommen, gibt mir das Gefühl, ein absoluter Idiot zu sein.

Dies hier ist mein Haus. Fuck, ich bin achtundzwanzig Jahre alt, da sollte ich nicht herumschleichen müssen wie irgendein Teenager, der mit seiner Freundin heimlich herumgemacht hat.

Doch genau das tue ich: Ich schleiche herum.

Noch immer bin ich schockiert, wie plötzlich Ivy mich aus ihrem Bett geworfen hat – ehe der Schweiß und andere Körperflüssigkeiten auf ihrer Haut getrocknet waren. Sie war ja regelrecht skrupellos, was die ganze

Begegnung angeht. Hört sich geschmacklos an, ist aber wahr. Und dabei war ich fast so weit, poetisch zu werden und ihr wieder und wieder zu versichern, was für ein unglaubliches Erlebnis das Ganze gewesen ist. Ich bin zwar verdammt schnell gekommen – peinlich schnell, das muss ich ja zugeben, aber, Scheiße, ich war so überwältigt von der Tatsache, dass ich tatsächlich tief in ihr war; trotzdem muss man sagen, dass der Sex mit Ivy einfach phänomenal war.

Am liebsten hätte ich ihr erklärt, wie gern ich es noch einmal tun würde. Ich wollte sie fest an mich ziehen und, man glaubt es kaum, mit ihr kuscheln. Scheiße, ich bin kein Mann, der kuschelt. Ich bin derjenige, der die Frauen aus dem Bett stößt. Ich bin derjenige, der sagt, „Hey, es war klasse, aber jetzt sieh zu, dass du deinen hübschen kleinen Arsch aus meinem Bett schwingst."

Ich schlafe immer allein. Aber diesmal hätte ich ausnahmsweise mit jemandem schlafen wollen. Richtig schlafen. Mit Ivy in meinen Armen, während ich ihre Haut an meiner spüren und ihren Duft einatmen kann. Auch jetzt rieche ich sie. Spüre ich sie. Schmecke ich sie.

Und was macht sie? Sie gibt mir einen Tritt und wirft mich raus.

Wenn das nicht verkehrte Welt ist! Ich habe das Gefühl, als hätte sie den Spieß umgedreht. Es gefällt mir nicht. Überhaupt nicht.

Doch seit ich sie heute Abend auf dem Hochzeitsempfang gesehen habe, hat sie mir den Kopf verdreht. Was oben war, ist jetzt unten, und all dieser andere Scheiß. Seitdem bin ich nicht mehr derselbe. Und das geht mir echt gegen den Strich. Ich muss mich schließlich um eine Firma kümmern, um meine Angestellten; es steht die Eröffnung eines weiteren Resorts an, ganz zu schweigen von meinem unberechenbaren Vater, mit dem ich mich herumplagen muss.

Das Letzte, was ich brauche, ist eine Frau, die mir unter die Haut geht.

Ich marschiere in mein Schlafzimmer, knalle die Tür hinter mir zu und steuere direkt das Badezimmer an. Ich brauche eine Dusche. Vielleicht schaffe ich es ja, die Erinnerung an sie zu verdrängen, das Gefühl ihrer Haut auf meiner abzuwaschen, ihren Duft, ihren Geschmack. Damit ich sie vergessen kann. Ivy.

Leider gelingt es mir nicht. Während ich mich einseife, habe ich fast den Eindruck, noch immer ihren Duft einzuatmen. Ihr Stöhnen zu hören, ihren unregelmäßigen Atem. Zu hören, wie sie meinen Namen ruft, kurz bevor sie kommt. Ich kann den blumigen Duft ihrer köstlichen

Haut riechen, ihre gierigen Lippen schmecken und die Zunge …

Fuck. Ich schaue nach unten, und während der harte Wasserstrahl auf meinen Kopf prasselt, sehe ich meine Erektion. Verdammte Scheiße. Kein Wunder, dass die Frauen ständig betonen, dass Männer nur mit ihrem Schwanz denken.

Was das betrifft, haben sie wohl recht.

Ich beherrsche mich und hole mir keinen runter. Schließlich bin ich gerade erst vor fünfzehn Minuten gekommen, da sollte man denken, dass ich darüber hinweg bin. Über sie hinweg bin.

Anscheinend nicht. Sie einmal zu haben war nicht genug. Ich will Ivy erneut.

Wütend drehe ich den Wasserhahn zu, schnappe mir ein Handtuch und reibe mich damit ab, ohne mich wirklich abzutrocknen. Der weiche Frotteestoff gleitet über meine Erektion, und ich verziehe das Gesicht. Sauer darüber, dass ich mich selbst heißmache. Was zum Teufel ist bloß passiert?

Ivy Emerson ist dir passiert, du Idiot. Sie hat dich mit deinen eigenen Waffen geschlagen. Und was hast du jetzt davon?

Dass es mir mies geht. Dass ich sauer bin. Und am liebsten zurück in ihr Zimmer gehen würde, um es noch einmal mit ihr zu treiben … diesmal aber langsamer. Damit ich ihren herrlichen Körper voll auskosten kann. Damit ich erkunden kann, was sie gerne mag und wo sie berührt werden möchte. Damit ich sie zwischen den Beinen schmecken und herausfinden kann, wie lange es dauert, bis ich sie allein mit meiner Zunge zum Höhepunkt bringe …

Ich reibe mir mit den Handballen die Augen und blinzele, als ich sie wieder öffne und mir mein Gesicht im beschlagenen Spiegel anschaue. Ich bin ein Wrack. Wilder Blick, die Haut noch feucht von der Dusche und Mund und Kiefer so fest angespannt, dass es aussieht, als würde ich gleich zerbersten. Steif und verkrampft.

Und das alles wegen einer Frau.

Nach einem laut vernehmlichen „Fuck“ haue ich auf den Lichtschalter und marschiere zurück ins Schlafzimmer. Nackt und noch immer feucht klettere ich ins Bett und ziehe mir die Decke über den Kopf in der Hoffnung, auf diese Weise meine sich im Kreis drehenden Gedanken ausschalten zu können.

Funktioniert natürlich nicht. Ich will Ivy bei mir haben. An meine Seite geschmiegt. So langsam wird es wohl Zeit, dass ich mit mir ins Reine komme. Seit Jahren begehre ich sie schon. Genau genommen seit ihrem Highschoolabschluss, was ein bisschen pervers ist angesichts der Tatsache, dass ich ganze vier Jahre älter bin als sie. Damals hätte ich wirklich nicht darüber nachdenken dürfen, ob sie wohl unter dem Talar, den sie zur Abschlussfeier anhatte, nackt war.

Natürlich war sie das nicht. Sie war damals achtzehn, unschuldig und hübsch. Sie hat mich umarmt und sich für mein Kommen bedankt, während ich nur daran denken konnte, wie gern ich *gekommen* wäre. In ihr …

Ja, schon damals hatte es mich heftig erwischt. Und es ist nicht besser geworden. Was im Grunde absurd ist. Ich bin kein Typ für feste Beziehungen. Dafür haben meine Eltern gesorgt. Sie haben mich für jede Frau verdorben. Eine Weile würde es mir vielleicht gelingen, mich zusammenzureißen, aber irgendwann hätte auch Ivy mich zermürbt und würde mein wahres Ich entdecken.

Ich bin es nicht wert, nicht wert, sich die Mühe zu machen, eine langfristige Beziehung aufzubauen. Ich bin egoistisch. Ein totaler Scheißkerl. Das würde sie ziemlich schnell herausfinden – wenn sie es nicht ohnehin schon weiß – und danach sofort die Flucht ergreifen. Im Grunde frage ich mich, wieso sie überhaupt Zeit auf mich verschwendet hat und ob sie mich ernsthaft in Betracht ziehen würde.

Und dann ist da noch diese alberne, völlig bescheuerte Wette, die ich vor ein paar Stunden abgeschlossen habe.

Eine Million Dollar dafür, dass ich mich von keiner Frau einfangen lasse.

Was das Verrückte an der Sache ist? Ich weiß, dass Ivy Emerson eine Million Dollar wert ist.

Aber bin ich es?

6. KAPITEL

Ivy

Irgendwie hat Archer es geschafft, mir eine Garnitur frischer Wäsche zukommen zu lassen. Sie hing, ordentlich gefaltet, in einer Tüte an der Klinke meiner Schlafzimmertür. Eine kurze schwarze Baumwollhose, ein knalliges rosa T-Shirt und ein Paar Flipflops meiner Lieblingsmarke. Alles in der richtigen Größe, alles total schick und genau so, wie ich es mir vermutlich selbst ausgesucht hätte.

Woher zum Teufel kennt er meine Größen? Irgendwie gruselig.

Ich habe auch niemanden an meiner Tür gehört. Und das hätte ich eigentlich, denn ich habe mich von einer Seite auf die andere gewälzt und so gut wie keinen Schlaf bekommen. Ständig musste ich daran denken, was zwischen Archer und mir passiert ist.

Die Bilder gingen mir die ganze Nacht nicht mehr aus dem Kopf. Die Art, wie er mich angeschaut hat. Wie er mich berührt hat. Die Dinge, die er zu mir gesagt hat.

Fuck, ich kann es nicht erwarten, endlich in dir zu sein.

Himmel, ich schmelze schon dahin, wenn ich mich bloß daran erinnere. Seine Stimme hat so tief geklungen, als er mir die Worte ins Ohr geflüstert hat, während seine Hände meinen Körper erkundet haben.

Ein Zittern durchrieselt mich, und ich seufze frustriert auf. Also nehme ich eine lange Dusche und hoffe, dass das heiße Wasser all die unsinnigen und überwältigenden Gefühle fortspült, die ich für einen Mann hege, für den ich derartige Gefühle definitiv nicht hegen sollte.

Leider funktioniert es nicht. Ich befinde mich in Archers Haus, habe in der letzten Nacht in seinen Armen gelegen, dementsprechend ist er irgendwie allgegenwärtig.

Insgeheim liebe ich es, offiziell hasse ich es natürlich.

Schnell ziehe ich mich an und binde mir das nasse Haar mit einem Gummi aus meiner Handtasche zu einem Pferdeschwanz zusammen. Anschließend trage ich ein wenig Lippenstift auf, denn mehr Make-up habe ich nicht dabei.

Niemand hat mich gerufen, weder Gage noch Archer. Es hat nicht einmal jemand bei mir angeklopft, sodass ich schließlich der Neugier nachgebe und die Tür öffne. Nach einem Blick rechts und links den Flur entlang stelle ich fest, dass er völlig leer ist. Gages Zimmertür ist geschlossen. Im Haus herrscht absolute Stille, und es kommt mir vor, als würde ich mich in einem Museum oder so befinden. Ich trete hinaus auf den Flur und überlege, ob ich bei Gage klopfen soll.

Was ist, wenn er noch schläft? Es ist schon nach neun, und eigentlich ist Gage kein Langschläfer. Weil ich wissen will, was los ist, gehe ich hinüber und klopfe. Ich bin erstaunt, als er nicht antwortet. Er kann unmöglich noch im Bett liegen. Und wenn doch … Was für eine faule Socke.

„Er ist draußen und wartet auf dich."

Ich zucke überrascht zusammen und drehe mich um, als ich Archers tiefe Stimme höre. Er steht mitten in dem großen Flur. Wie ein Geist ist er urplötzlich aufgetaucht. Noch dazu ein verdammt gut aussehender Geist. Er trägt Jeans und ein schwarzes Poloshirt; sein dunkles Haar ist feucht, als hätte er eben erst geduscht. Oh, wow, er sieht echt fantastisch aus. Am liebsten würde ich ihn mir schnappen, ihn in mein Zimmer zerren und ihn nackt ausziehen. Um anschließend mit den Händen über seinen unglaublichen Körper zu streichen. Um ihn bis zur Besinnungslosigkeit zu reiten.

Schluss jetzt!

„Oh." Etwas Besseres fällt mir nicht ein, also schweige ich. Verrückt, aber ich bin tatsächlich davon ausgegangen, dass ein bisschen Sex zwischen zwei alten Freunden – oder besser gesagt Bekannten – nichts Besonderes ist. Jetzt allerdings entpuppt sich das Ganze als ein heißes Eisen, das keiner von uns anfassen will. Ich begegne Archers Blick, und das Einzige, woran ich denken kann, ist die Tatsache, wie nahe mir dieses Gesicht in der letzten Nacht war, als er tief in mich eingedrungen ist. Wie ich den Hals gereckt habe, um meinen Mund auf seinen pressen zu können. Wie unsere Zungen einen wilden Tanz miteinander begonnen haben.

Ja. Das ist alles … irgendwie schwierig.

„Wir wollen gleich los ins *Hush*", sagt er. „Bist du fertig?"

Seine samtweiche Stimme verursacht bei mir eine wohlige Gänsehaut. Ich presse die Lippen aufeinander und bemühe mich um ein gewisses Maß an Selbstbeherrschung.

So richtig gelingt es mir allerdings nicht.

„Ich muss noch schnell meine Handtasche holen." Ich deute zur offenen Zimmertür, bevor ich meine Hand unsicher fallen lasse.

„Hast du gut geschlafen?" Seine Frage klingt unschuldig, höflich in Anbetracht der Tatsache, dass ich sein Gast bin. Aber er erwähnt Schlaf, was mich ans Bett denken lässt, und dann fällt mir wieder ein, dass er die letzte Nacht in meinem Bett gewesen ist und wie fantastisch er sich zwischen meinen Beinen angefühlt hat.

„Danke, ich habe gut geschlafen“, lüge ich. „Oh, und danke für die Sachen.“

„Gern geschehen. Gefallen sie dir?“

„Sie sind … genau richtig.“ Ich runzle die Stirn, genau wie er. „Woher wusstest du, welche Größen ich brauche?“

„Geraten“, antwortet er mit einem Achselzucken und sieht dabei ein wenig verlegen aus. Das macht mich natürlich sofort misstrauisch. Es zeigt, wie gut sich Archer mit der weiblichen Anatomie auskennt, wenn er meine Größen so exakt einschätzen kann.

Bei dieser Erkenntnis zieht sich mir der Magen zusammen.

„Oh.“ Wieder fehlen mir die Worte. Wobei seine Erklärung natürlich einen Sinn ergibt. Unser Zusammensein letzte Nacht ergibt dagegen überhaupt keinen Sinn. Es ist ganz offensichtlich, dass wir einen riesigen Fehler begangen haben. Und jetzt zahlen wir den Preis dafür, indem zwischen uns ein peinliches Schweigen und eine allgemeine Unsicherheit herrschen.

„Ich hole bloß meine Tasche, und dann bin ich bereit.“

„Wollen wir uns vor der Tür treffen?“ Er schenkt mir ein Lächeln, doch es wirkt eher grimmig. Und bis zu seinen Augen dringt es auch nicht vor.

„Ja. Dauert nur eine Sekunde.“ Ich nicke kurz und

stürme zurück ins Zimmer, kaum dass er mir den Rücken zugewandt hat.

Ich gehe zum Bett, lasse mich auf den Rand der Matratze plumpsen, und während ich auf meinem Daumennagel herumkaue, spreche ich mir Mut zu.

Du schaffst es, damit klarzukommen. Okay, du hast ihn nackt gesehen. Na und? Und du weißt, wie er aussieht, wenn er kommt. Auch keine große Sache. Konzentriere dich auf die alten Zeiten. Als er immer so ein Blödmann war und dich so furchtbar behandelt hat. Denk daran, wie er gestern Abend auf dem Empfang anfangs mit dir geredet und dich „Küken" genannt hat. Idiot. Ja, er bringt dich immer auf die Palme. Klammere dich daran. An dieses Archer-Bancroft-macht-mich-verrückt-und-ist-so-ein-Arschloch-Gefühl.

Vergiss vor allem das Archer-Bancroft-bringt-mich-um-den-Verstand-wenn-er-mich-küsst-und-mich-bis-zur-Besinnungslosigkeit-fickt-Gefühl. Das ist definitiv das falsche Gefühl, an das du dich klammern solltest.

Ich greife nach meiner Handtasche, die auf dem Bett liegt, zupfe mein hübsches neues T-Shirt zurecht, streiche mir noch einmal über die Haare und beschließe, mich der Realität zu stellen.

Ich schaffe das. Denn, offen gestanden, mir bleibt ja keine andere Wahl.

„Wieso zum Teufel braucht sie so lange? Ich bin am Verhungern."

„Grantiger Bastard", murmele ich, verärgert über Gages ständiges Gemecker. Seit dem Moment, als ich ihm in der Küche über den Weg gelaufen bin, jammert er über seinen leeren Magen. Ich hab ihm einen Apfel angeboten, aber den wollte er nicht. Gott bewahre, dass er mal was Gesundes zu sich nimmt. Außerdem ist es nicht meine Schuld, dass seine Schwester so lange braucht, um fertig zu werden.

Wieso, weiß ich allerdings auch nicht. Als ich sie vor nicht einmal fünf Minuten getroffen habe, sah sie in dem schlichten Outfit, das ich für sie ausgesucht hatte, absolut bezaubernd aus. Ich war schon versucht, meine Arme um ihre Taille zu schlingen, sie rückwärts ins Zimmer zu drängen, die Tür zu verschließen und den Tag mit ihr im Bett zu verbringen. Das ist meine Idealvorstellung von einem vergnüglichen Sonntag.

Aber ich wusste ja, dass Gage schon wartete. Abgesehen davon hat ihr panischer Gesichtsausdruck, als sie mich entdeckt hatte, meinem Ego einen gehörigen Dämpfer verpasst. Sie wirkte fast so, als wollte sie sofort die Flucht ergreifen.

Ob sie wohl bereut, was letzte Nacht passiert ist? Ich tue es nicht. Allerdings muss ich zugeben, dass die Stimmung zwischen uns vorhin nicht sonderlich angenehm war – auch wenn ich Ivy mit jeder Faser meines Körpers wahrgenommen habe.

Sollen wir vorgeben, es wäre nichts gewesen? Wäre wahrscheinlich das Beste. Einfach so tun, als wäre die Begegnung vergangene Nacht nichts weiter als ein merkwürdiger – und verdammt erstaunlicher – Traum gewesen. Es am Morgen danach einzugestehen würde nur Ärger bedeuten, vor allem, da Gage auch noch da ist.

Ein grantiger, launischer Gage. Er benimmt sich wie ein Bär, den man dummerweise zu sehr geärgert hat.

„Brauchst du einen Kaffee, oder was? Ich hab dir gesagt, es steht frischer Kaffee in der Küche", fahre ich ihn an, weil ich seine miese Laune keine Sekunde länger ertragen kann.

„Bäh." Gage wedelt mit der Hand. „Ich kenne deinen Kaffee. Der ist total scheiße."

Ich mache mir nicht die Mühe, ihn daran zu erinnern, dass meine Haushälterin jeden Morgen frischen Kaffee brüht. Das ist nur einer der vielen Vorteile, wenn man reich ist. Gage glaubt noch immer, wir wären Zimmergenossen in der College-WG, als ich Kaffee gekocht habe, der wie schwarzer Ölschlamm geschmeckt hat.

„Wie du meinst. Dir entgeht aber was.“ Ich blicke zur Tür und richte mich auf, als sie geöffnet wird.

Ivy bleibt kurz auf der Schwelle stehen. Sie sieht so frisch wie ein verdammtes Gänseblümchen aus. Ihr Haar ist noch feucht vom Duschen und zu einem Pferdeschwanz zusammengebunden, was ihr hübsches Gesicht noch mehr betont. Ihre Augen funkeln, ihre Wangen sind leicht gerötet, und als sie uns beide vor dem Mercedes stehen sieht, erscheint ein Lächeln auf ihren sinnlichen Lippen. Lippen, die ich gestern Abend wieder und wieder gekostet habe.

Lippen, die ich gern um meinen …

Ich verziehe das Gesicht. Verdammt, ich muss echt aufhören, so über sie zu denken.

Ihr Lächeln verschwindet genauso schnell, wie es gekommen ist. Als hätte sie sich dabei ertappt und den Fehler bemerkt. Oder als wenn sie mein Stirnrunzeln bemerkt hätte.

Mist.

„Na endlich!“, ruft Gage. „Lass uns endlich los, ehe es nichts mehr zum Frühstück gibt.“

„Den Brunch gibt es bis um zwei“, murmele ich und wünsche mir sehnlichst, Gage wäre nicht hier. Allerdings würden wir dann wohl auch nicht ins *Hush* fahren, und ich finde die Vorstellung sehr aufregend, Ivy mein Baby vorführen zu können.

„Ich habe ganz vergessen, wie schlecht gelaunt du morgens immer bist, wenn du nichts im Magen hast." Sie kommt zu uns, und ihr Blick wird ganz weich, als sie mich ansieht. „Tut mir leid, dass ich euch habe warten lassen."

„Du bist durchaus noch pünktlich", versichere ich ihr, denn in diesem Moment kann sie in meinen Augen gar nichts falsch machen.

„Ich gehe auf den Beifahrersitz", sagt Gage und will einsteigen.

Blitzartig greife ich nach dem Griff und hindere ihn daran, die Tür zu öffnen. „Bist du so verdammt hungrig, dass du den Verstand verloren hast? Lass deine Schwester vorn sitzen."

„Wieso?" Gage klingt verblüfft und ahnungslos.

Für die Ahnungslosigkeit sollte ich dankbar sein. Wenn er heute Morgen ein bisschen mehr auf Zack wäre, würde ihm womöglich auffallen, dass zwischen mir und Ivy irgendwas nicht so ganz stimmt.

„Nun hör schon auf, dich wie ein kleiner Junge zu benehmen, und setz dich nach hinten." Ich zeige genervt auf die Rückbank.

„Ich kann auch hinten sitzen …“, wirft Ivy ein, doch ich schüttele den Kopf.

„Setz dich nach vorn“, fordere ich sie auf, woraufhin sie eine ihrer perfekt geformten Brauen hochzieht. Doch ich gehe schweigend um den Wagen herum und nehme hinter dem Lenkrad Platz, ehe ich den Motor starte.

Ich wollte nicht so herrisch klingen, aber Gage raubt mir echt den letzten Nerv.

Ivy lässt sich auf den Beifahrersitz gleiten und sitzt jetzt direkt neben mir. Heute verströmt sie nicht ihren üblichen Blumenduft, was wohl daran liegt, dass sie sich mit meinen Toilettenartikeln begnügen musste. Shampoo, Duschgel, Parfum … ich wünschte, ich wüsste, was sie immer benutzt, um so köstlich zu duften. Vielleicht ist es einfach eine Mischung aus allem, zusätzlich zu ihrem eigenen, ganz unverwechselbaren Duft.

„Es ist ein schöner Morgen“, sagt Ivy, den Kopf von mir abgewandt und die Nase fast an die Seitenscheibe gepresst. „Ich schätze, ich käme zu gar nichts, wenn ich jeden Tag von solch einem fantastischen Ausblick abgelenkt werden würde.“

Ich fahre die Auffahrt hinunter und mustere die Umgebung, während ich das verächtliche Schnauben vom Rücksitz ignoriere. Und da dachte ich schon, ich würde mich in Ivys Gegenwart wie ein Teenager benehmen –

aber Gage ist zehnmal schlimmer. Sobald Ivy auftaucht, verfällt er innerhalb von Sekunden in die Rolle des überheblichen großen Bruders.

„Mittlerweile wohne ich so lange hier, dass ich das gar nicht mehr bemerke", erwidere ich und biege nach links in Richtung *Hush Resort* ab. Das Hotel ist nicht weit von meinem Haus entfernt, daher ist die Fahrt einfach. Und schön.

Tatsächlich schön, auch wenn ich so gut wie nie darauf achte. Meist bin ich viel zu sehr mit meiner Arbeit beschäftigt, in letzter Zeit vor allem mit der Geschäftsmöglichkeit, die sich so plötzlich eröffnet hat. Dabei geht es um eine Sache, bei der ich zum Glück hier im Napa Valley bleiben kann. Allerdings hält mein Vater es für einen großen Fehler, ein neues Vorhaben so nahe am *Hush Resort* umzusetzen. Warum sollte man ein erfolgreiches Unternehmen in Gefahr bringen? Das war im Grunde das, was er mir gesagt hat.

Nicht zum ersten Mal im Leben bin ich total anderer Meinung als er. Ich weiß, was ich tue. Okay, auf dem College habe ich mich herumgetrieben und nicht gerade die besten Noten mit nach Hause gebracht. Na und? Mag ja sein, dass ich mehr Zeit darauf verwendet habe, Frauen hinterherzulaufen und auf Partys zu gehen, als zu lernen und Seminare zu besuchen. Doch was macht das schon? Ich habe meine Lektionen im wirklichen Leben gelernt. Das Aufwachsen in den Bancroft-Hotels hat mir aus erster Hand die Erfahrungen und Visionen vermittelt, die man braucht, um eine Firma Schritt für Schritt nach oben zu führen.

Pech für meinen Vater, dass er das nicht erkannt hat.

„Vermisst du die Stadt?", fragt Ivy nun und reißt mich damit aus meinen Gedanken.

Ein Seitenblick zu ihr verrät mir, dass sie mich beobachtet. „Manchmal. Es ist zwar nicht sehr weit, aber ich hatte in letzter Zeit wenig Gelegenheit, mal hinzufahren. Und es ist ja auch nicht so, dass ich unbedingt meine Eltern besuchen will. Mir gefällt das Tempo hier. Es läuft alles ein bisschen langsamer. Irgendwie besinnlicher."

„Willst du damit etwa behaupten, du seist besinnlich?", meldet sich Gage vom Rücksitz. „Verschon uns mit so einem Scheiß."

Ich verkneife es mir, ihn einen unsensiblen Deppen zu schimpfen.

„Ignoriere ihn einfach", flüstert Ivy und tätschelt meinen Oberschenkel. „Er ist bloß neidisch."

„Ja, klar." Gage lacht, aber ich erwidere nichts.

Ich habe zu sehr damit zu kämpfen, dass sie gerade meinen Schenkel anfasst. Ehe ich mich versehe, habe ich einen Ständer … Wow, mein Schwanz ist so was von hart – und das nur, weil Ivys Hand auf meinem Bein liegt.

Das ist … nicht gut. Wenn ich so eine flüchtige Berührung schon kaum ertragen kann, wird es höchste Zeit, dass ich sie aus meinem Leben verbanne.

Oder sie ganz tief in mein Leben hineinziehe, damit sie nie wieder von meiner Seite weichen möchte.

Träum weiter, Arschloch.

Merkwürdig, dass die leise Stimme in meinem Kopf genauso klingt wie Gage.

7. KAPITEL

Ivy

Das Resort ist fantastisch. So etwas habe ich wirklich noch nie gesehen, und dabei habe ich in meinem Leben bereits eine Reihe von exklusiven Spas und Resorts besucht. Meine Mom liebt es, sich in Spas verwöhnen zu lassen, und sie hat mich in den letzten Jahren schon auf so manche kleine Reise – „nur für uns Mädels" – mitgenommen. Sie steht auf die Entgiftungskuren.

Aber das *Hush Resort* ist mehr als ein einfaches Spa. Und es bietet außerdem sehr viel mehr als ein gewöhnliches Hotel. Soweit ich das bisher beurteilen kann, geht es hier darum, einen gewissen Lifestyle zu fördern.

Genuss, Dekadenz, Sex. Das ist die Botschaft, die das *Hush* mir vermittelt – wenn auch auf sehr kultivierte, unauffällige Weise. Schon in dem zum Resort gehörenden Restaurant fällt mir auf, dass wir nur von Pärchen umgeben sind. Ob jung, alt oder mittleren Alters: Alle sind so im Einklang miteinander, so aufeinander fokussiert und offensichtlich glücklich, dass ich nicht umhinkann, jedes einzelne Paar zu bewundern.

Und auch ein klein wenig neidisch zu werden.

Ich dagegen sitze mit zwei Männern am Tisch und

bilde damit die einzige Ausnahme im gesamten Lokal. Einer dieser Männer ist mein idiotischer Bruder, der nicht aufhören kann, Archer zu nerven, während er sich vollstopft. Ich habe keine Ahnung, was in Gage gefahren ist, aber es ist kein schöner Anblick.

Und dann ist da Archer, der seit unserer Ankunft recht schweigsam ist. Er scheint fast ein wenig nervös zu sein, dabei habe ich Archer noch nie nervös erlebt. Okay, ich habe Archer vorher auch noch nie nackt gesehen, doch diesen Umstand habe ich ja letzte Nacht behoben, nicht wahr?

Ich habe den Eindruck, als könnte ich auf einmal all die Puzzleteilchen erkennen, die ihn ausmachen. Es ist ziemlich faszinierend, obwohl ich mir einrede, dass es mich definitiv nicht faszinieren sollte. Was zwischen uns passiert ist, war ein Fehler. Wieso ich mir das nicht merken kann, weiß ich leider auch nicht.

Vielleicht liegt es an den Hormonen? Ja, das muss es sein.

Nach dem Frühstück nimmt er uns mit auf eine Besichtigungstour über das traumhaft angelegte Grundstück, über die sattgrünen Rasenflächen, die sich um die Gebäude herum erstrecken. Die sanft geschwungenen Hügel, die das Hotel einrahmen, sind mit schnurgeraden Weinreben bepflanzt, und mein Blick wird immer wieder von deren schlichter, effizienter Schönheit angezogen. Es ist ein frischer, klarer Tag, der Himmel strahlend blau, die Sonne warm auf meiner Haut. Staunend schaue ich mich um, überwältigt von all der natürlichen Schönheit, die mich hier umgibt.

„Gefällt es dir?“, fragt Archer und klingt ganz eifrig.

„Und wie!“ Ich lächle ihn an, ich kann gar nicht anders. Ich will ihn ja nicht auf falsche Gedanken bringen, aber, wow, ich bin echt hingerissen von seinem Resort. „Die Location ist geradezu unwirklich.“

„Mein Vater hat das Gelände vor Jahren gekauft, noch ehe ich geboren war“, erklärt Archer und sieht wie ich hinüber zu den Weinhängen. „Mit dem alten Bancroft-Hotel in Napa, nicht weit entfernt von hier, ging es immer weiter bergab. Es wurde zu einem echten Kostenfresser und warf keinen Gewinn mehr ab. Man machte unter anderem die nicht gerade ideale Lage dafür verantwortlich.“

„Das überrascht mich“, unterbreche ich ihn. Er betrachtet mich mit hochgezogenen Brauen, und ich zucke mit den Schultern. „Allein die Schönheit dieser Landschaft ist doch absolut atemberaubend. Und abgesehen vom Restaurant hast du uns noch nicht einmal das Innere des Hotels gezeigt. Ich bin sicher, das ist noch viel beeindruckender.“

Gage schlendert davon. Anscheinend langweilt ihn unsere Unterhaltung. Ich vermute, dass er das alles schon gehört hat. Seltsam, dass Archer und ich vorher noch nie Zeit allein miteinander verbracht haben.

„Na ja, ich habe das ursprüngliche Gebäude abreißen lassen, als mein Vater mich hierhergeschickt hat. Ich habe ganz von vorn angefangen. Und wenn ich sage, es war keine ideale Lage, dann deshalb, weil so viele andere Hotels in einer sehr viel beliebteren Gegend in der Nähe gebaut wurden. Dies hier galt als abgelegen." Er steckt die Hände in die Vordertaschen seiner Jeans und sieht verdammt gut aus, als eine leichte Brise seine dunklen Haare zerzaust. Am liebsten hätte ich mich ihm an den Hals geworfen. Um ihn festzuhalten und nie wieder loszulassen.

Aber ich beherrsche mich.

„Du hast wirklich Großartiges geleistet", sage ich leise. „Du kannst stolz auf dich sein."

„Ja, das bin ich auch." Er lächelt, und seine Augen schimmern warm. „Es war nicht leicht. Mein Vater hat mich hier rausgeschickt in der festen Annahme, ich würde scheitern."

Ich runzle die Stirn. „Echt?"

„Natürlich hat er das geglaubt. Er hatte kein Vertrauen in mich. Früher habe ich ja alles in den Sand gesetzt, das muss ich zugeben. Ich wollte nicht arbeiten, jedenfalls nicht direkt für ihn. Also meinte er, da ich ja angeblich alles besser wüsste, würde er mir das hier überlassen." Er lächelt ein wenig reumütig. „Da habe ich es ihm jetzt aber gezeigt, oder?"

„Wie lange ist das her?" Ich wusste, dass die Beziehung zu seinem Vater nicht sonderlich gut ist. Aber dass jemand seinem eigenen Sohn ein Projekt anvertraut und fest damit rechnet, ja sogar darauf hofft, dass die Sache scheitert? Unfassbar.

„Vor mehr als drei Jahren. Die Baumaßnahmen dauerten gut zehn Monate, und wir haben bereits eröffnet, als erst einige wenige Gebäude fertig waren. Nach und nach haben wir die anderen Häuser fertiggestellt und den Betrieb dort aufgenommen. Schon in den ersten sechs Monaten nach der Eröffnung haben wir mit dem *Hush* viel Geld verdient." Er mustert wieder die Weinberge in der Nähe und wirkt ganz ernst. Gar nicht wie der für gewöhnlich lächelnde, charmante Archer.

Ich leide mit ihm, auch wenn ich mich bemühe, das auszublenden.

Seine Erfolgsstory beeindruckt mich ziemlich. Ich erinnere mich gut daran, wie es war, als wir jünger waren. Sein Dad war ständig von ihm enttäuscht. Seine Mutter war nie da, und wenn, dann war sie betrunken und jammerte darüber, wie ihr Ehemann sie behandelte. Kein Wunder, dass Archer die meiste Zeit in unserem Haus verbracht hat, nachdem er und Gage sich angefreundet hatten. Meine Eltern waren nicht perfekt, aber zumindest kamen sie meistens miteinander aus und führten eine halbwegs normale Beziehung.

Kein betrunkenes Schreien oder eiskalte Missachtung.

„Eine tolle Geschichte", gebe ich zurück und zucke gleich darauf zusammen, weil ich mich darüber ärgere, was für einen banalen Kommentar ich angesichts einer solchen Leistung abgebe.

„Tja, erzähl das mal meinem Vater." Seine Stimme klingt angespannt, und er hat den Mund fest zusammengepresst.

Ich hasse es, dass er so empfindet. Er sollte stolz auf das sein, was er in so kurzer Zeit geleistet hat, statt sich auf die herabwürdigende Behandlung seitens seines Vaters zu fixieren.

„Ist dieses Hotel eigentlich ein Teil der Bancroft-Kette, oder ist es eigenständig?" Ich bin mir nicht sicher, warum ich ihn das frage, aber es interessiert mich wirklich.

„Es gehört mir allein. Mein Vater hat es mir überschrieben." Archer dreht sich um und sieht mich an. „Wie ich schon sagte: Er ist davon ausgegangen, dass ich scheitere. Deshalb hatte er kein Problem damit, es mir zu geben. Schließlich war er überzeugt davon, dass mir schon bald der Arsch auf Grundeis gehen würde." Der Schmerz in seiner Stimme ist offenkundig.

„Na, du hast ihn ja eines Besseren belehrt", sage ich leise.

„Das habe ich, ja." Sein Blick ist dunkel und geheimnisvoll, seine Lippen sind zu einer festen, grimmigen Linie verzogen. Mein Herz schlägt schneller, und ich gehe einen Schritt auf ihn zu, weil ich das seltsame Bedürfnis verspüre, ihn zu trösten. Er leidet, und ich leide mit ihm.

„Wie bist du überhaupt darauf gekommen, ein Resort wie das *Hush* zu bauen?", frage ich, um schnell das Thema zu wechseln. Über seinen Dad oder seine Mom zu sprechen ist normalerweise das Letzte, was Archer will.

„Ich wusste, es würde Gewinn einbringen." Er macht eine ausladende Handbewegung. „Weißt du, wie viele Leute ich schon jammern gehört habe, dass ihr Sexleben so gut wie eingeschlafen ist, wenn sie zu lange in einer Beziehung stecken? Dass sie nicht genügend Zeit mit ihrer besseren Hälfte verbringen und sich verzweifelt danach sehnen, wieder eine gemeinsame Basis zu finden? Mir wurde klar, dass es sich da um eine Marktlücke handelte. So kam ich auf die Idee für das *Hush* und befriedigte damit das Bedürfnis."

„Also war es eine rein geschäftliche Entscheidung. Nicht, weil du den Menschen helfen wolltest." Enttäuschung breitet sich in mir aus, doch ich versuche, das Gefühl beiseitezuschieben. Natürlich. Es ist immer eine rein geschäftliche Entscheidung. Mein Bruder denkt und handelt genauso. Und mein Vater ebenfalls.

Irgendwie hatte ich gehofft, Archer wäre anders … Aber offensichtlich ist er es nicht.

„Ich bin nicht darauf aus, irgendwelchen Leuten zu helfen. Ich bin nicht ihr Retter." Wieder schaut er mich direkt an und beugt sich vor. „Du müsstest das doch selbst am besten wissen."

Stimmt, ich weiß es. „Ich finde es lustig, dass ausgerechnet du – als Inbegriff des Mannes, der sich nicht binden will – einen sicheren Hafen für Paare baust, die der Erotik in ihrem Leben wieder mehr Raum geben wollen." Ich schüttele den Kopf. „Die reinste Ironie. Das ist dir hoffentlich auch klar, oder?"

„Sicher, das kannst du mir glauben." Er lächelt, und der Anblick dieses Grübchens, das ich so süß finde, bringt mich einen Moment lang aus dem Konzept.

In dem Moment stößt Gage wieder zu uns. „Du solltest Ivy ein paar von den Suiten zeigen", schlägt er vor und durchbricht damit das Schweigen, das sich zwischen mir und Archer ausgebreitet hatte.

Ich trete von Archer weg und lächle meinen Bruder an, obwohl ich offen gestanden ein wenig sauer bin. Dabei sollte ich dankbar sein, dass er uns unterbrochen hat, ehe ich noch etwas Dummes tun konnte. Wie zum Beispiel Archer zu berühren. Oder einzugestehen, dass ich vielleicht … etwas für ihn empfinde.

Nein, ich empfinde nichts weiter als Zuneigung für diesen Mann, den ich ja bereits seit einer gefühlten Ewigkeit kenne.

Ha! Und du sehnst dich nach seinem Körper.

„Ich würde die Suiten wirklich gern sehen“, sage ich und verscheuche die verwirrenden Gedanken angestrengt.

„Ja, Arch. Zeig ihr alles. Erklär ihr das Konzept, das hinter dem Resort steckt, damit sie es besser versteht“, feixt Gage.

Der Ausdruck, der über Archers Gesicht huscht, zeigt, dass er ein wenig peinlich berührt ist. „Willst du sie sehen, Ivy?“, fragt er steif und wirft Gage einen flüchtigen Seitenblick zu, ehe er wieder mich anschaut.

„Auf jeden Fall.“ Ich bin überrascht, dass er fragt. Seine Verlegenheit verwundert mich ebenfalls. Ist dieses ganze Szenario irreführend? Versteckt er in einem der

Gebäude so was wie eine geheime Sexhöhle? Ach herrje, ich weiß ja, dass Archer ein gewisser Ruf vorauseilt, aber beim Sex letzte Nacht war alles ganz normal. Kein Schnickschnack, nichts Ausgefallenes.

Trotzdem war es das Sensationellste, was ich je erlebt habe.

Wir gehen über einen Pfad, der sich durch das Grün schlängelt. Archer führt uns zu einer Reihe von frei stehenden Cottages, die die Zimmer für die Hotelgäste beherbergen. Sie alle verfügen über eine malerisch aussehende Veranda mit gemütlichen Stühlen rechts und links von der Eingangstür. Er geht auf das größte dieser Gästehäuser zu. Ich bleibe hinter ihm stehen, während er die Tür aufschließt.

So diskret wie möglich atme ich seinen Duft ein und schließe für einen winzigen Moment die Augen. Er duftet … erstaunlich. Frisch und sauber und köstlich. Ich gerate ins Schwanken und bekomme schon Angst, dass ich auf ihn falle. Gerade als ich mich wieder aufrichte, dreht Archer sich zu mir herum. Er zieht die Brauen zusammen, während er mich eingehend mustert.

„Ladies first." Archer deutet auf den Eingang, und ich blicke an seinem ausgestreckten Arm entlang, bis mir ein wenig zu spät klar wird, dass er längst aufgeschlossen hat und darauf wartet, dass ich hineingehe.

Ich war damit beschäftigt, seinen Duft zu inhalieren, sodass ich gar nicht bemerkt habe, dass er die verdammte Tür schon geöffnet hat.

Mit geröteten Wangen trete ich ein und schaue mich um. Es gefällt mir auf Anhieb. Mit dem dunklen Holzfußboden, dem großen Kamin, der den Raum dominiert, und den eleganten Möbeln wirkt die Suite modern und komfortabel. Langsam drehe ich mich einmal im Kreis und nehme alles in mich auf. Dabei erhasche ich einen Blick auf das riesige Bett im Schlafzimmer sowie auf die Terrasse auf der Rückseite, die einen herrlichen Ausblick bietet. Und dort steht auch eine …

„Ist das eine Badewanne?" Ich zeige nach draußen und komme mir wie ein kleines Kind vor.

„Ja, ist es." Er klingt amüsiert und geht auf die Glastür zu, die auf die Terrasse führt.

Ich folge ihm voller Neugier und blicke mich über die Schulter hinweg zu Gage um – nur um festzustellen, dass er gar nicht hinter uns ist.

Er ist nicht einmal im Cottage.

Erstaunt drehe ich mich um und bemerke, dass Archer mich eingehend mustert, die Hand auf den Türgriff gelegt. „Dein Bruder musste telefonieren", erklärt er. „Er ist draußen."

„Oh." Ich schlucke und nicke kurz. Ist das alles, was

ich herausbringe, wenn er solche Bemerkungen macht? Bemerkungen, die mich beunruhigen und mir bewusst machen, wie sehr ich ihn begehre. Dabei versuche ich mir doch die ganze Zeit einzureden, dass es nicht so ist.

Ich will ihn noch immer. Nachdem ich mit ihm geschlafen habe, sogar noch mehr als vorher.

„Na, dann schauen wir uns mal die schöne Aussicht an“, schlage ich vor und hoffe, dass ihm das Zittern in meiner Stimme nicht auffällt.

Mit Archer allein zu sein – selbst wenn es nur für wenige Minuten ist – stellt meine Selbstbeherrschung auf eine harte Probe.

Archer

Ivy sieht mich an, als wollte sie mich auf der Stelle ficken. Ein Gefühl, das definitiv auf Gegenseitigkeit beruht. Aber Gage steht draußen vor der Tür, und wer weiß, wie lange er noch telefoniert.

Das kann ich nicht riskieren.

Doch die Verlockung ist so groß, dass meine Hand im wahrsten Sinne des Wortes juckt, weil ich Ivy berühren möchte.

Allein ihre Nähe erregt mich, das kann ich nicht länger leugnen. Ihr Duft, ihr Lächeln, die Art, wie sie mich angesehen hat, als ich ihr die Geschichte vom *Hush* erzählt habe. Mitgefühl leuchtete dabei in ihren Augen auf. Sie weiß, was für ein Arschloch mein Vater ist.

Dabei ist Mitleid das Letzte, was ich von ihr will. Ich bin ja kein Sozialfall.

Sie tritt hinaus auf die abgeschiedene Terrasse, und ich folge ihr, während ich ihren wohlgerundeten Arsch bewundere. Sie schnappt leise nach Luft, als sie die sanft geschwungenen Hügel erblickt, die mit scheinbar endlosen Reihen von Weinstöcken bedeckt sind.

„Wunderschön", murmelt sie, und ich kann ihr nur aus vollem Herzen zustimmen. *Sie* ist wunderschön.

„Gefällt dir der Ausblick?" Mir auf jeden Fall. Ich gehe einen Schritt auf Ivy zu und stelle fest, dass ich sie um einiges überrage. Ihr Haar ist inzwischen fast trocken, die Spitzen wellen sich leicht. Am liebsten würde ich ihren Pferdeschwanz packen, ihren Kopf zu mir ziehen und sie küssen, bis wir beide vor Lust außer uns sind.

„Es ist atemberaubend." Sie schaut über die Schulter zu mir, doch langsam verschwindet ihr Lächeln. „Du siehst mich so merkwürdig an." Ihre überaus sexy klingende Stimme passt so gar nicht zu den Worten, die sie sagt.

„Wieso merkwürdig?"

„Na ja, als ob du … was von mir willst." Sie dreht sich ganz zu mir um, weicht jedoch einige Schritte zurück und lehnt sich gegen das Terrassengeländer. Ihre braunen Augen wirken riesig, ihre Wangen sind gerötet. Ein paar einzelne Strähnen haben sich aus ihrem Pferdeschwanz gelöst und fallen ihr ins Gesicht. Ich gehe auf Ivy zu, vorsichtig und bedächtig, weil ich sie nicht erschrecken will. Ich möchte diesen Moment nicht ruinieren.

„Ich will nichts von dir, was du nicht zu geben bereit bist", sage ich leise und bemerke, wie schnell ihr Puls am Hals schlägt.

„Archer." Es klingt warnend, allerdings auch ein wenig zittrig. Und es ist dieses Zittern, das mir Hoffnung macht. „Mein Bruder steht draußen vor der Tür. Was ist, wenn er uns findet?"

„Wir tun doch nichts, was wir verheimlichen müssten." Ich stehe inzwischen direkt vor ihr, bedränge sie beinahe, und als ich meine Hände rechts und links von ihr auf das Geländer lege, habe ich sie regelrecht eingefangen.

„Trotzdem", wispert sie, und dieses eine Wort gibt mir so viel Mut, dass ich endlich das tue, wonach ich mich bereits den ganzen verdammten Morgen sehne, seit ich sie im Flur in meinem Haus getroffen habe.

Ich neige den Kopf und streife mit der Wange ihr Haar,

während ich ihren Duft einatme und die Augen schließe. Mein gesamter Körper kribbelt angesichts ihrer Nähe, ihres schneller werdenden Atems, des leichten Zitterns, das durch sie hindurchfährt. Sie berührt mich nicht, bewegt sich nicht einmal, als ich meinen Mund nahe an ihr Ohr presse. „Ich kann an nichts anderes denken als an letzte Nacht."

„Archer." Diesmal hört es sich gequält an.

Gut. Mir geht es nämlich genauso.

„Denkst du auch daran?", will ich wissen. „Ich schwöre, Ivy, ich wünsche mir nichts sehnlicher, als dich hier in dieses Schlafzimmer zu zerren und dich zu ficken, bis du nicht mehr weißt, wo oben und unten ist." Meine Selbstbeherrschung wird auf eine harte Probe gestellt. Und normalerweise kann ich mich immer beherrschen. Aber diese Frau bringt mich noch um den Verstand, und das schafft sie mit nicht mehr als einem Blick oder einem Lächeln. Es macht mich wahnsinnig, dass sie so viel Macht über mich hat.

Und dabei ist sie sich dessen nicht einmal bewusst.

„Du solltest nicht so mit mir reden. Die letzte Nacht war ein … Fehler." Sie legt eine Hand auf meinen Brustkorb, als wollte sie mich von sich stoßen, doch ihre Finger krallen sich fast unmerklich in mein Hemd. Und sie zieht mich ein kleines Stückchen näher.

Ein Gefühl des Triumphes durchströmt mich. Sie kann diesem Knistern zwischen uns ebenso wenig widerstehen wie ich. „Glaubst du wirklich?"

„Ich weiß es." Sie gibt mir einen Schubs, sodass ich gar keine andere Wahl habe, als sie anzuschauen. Doch sie ist nicht kräftig genug, um mich dazu zu bringen, einen Schritt zurückzutreten. Und ich werde jetzt ganz bestimmt nicht von ihr lassen. „Wir können das nicht weiterverfolgen."

„Du willst es aber doch auch." Es ist eine Feststellung, keine Frage.

„Nein, will ich nicht." Dennoch nickt sie zaghaft, als ich mich zu ihr vorbeuge und nur Zentimeter vor ihr verharre. Der zittrige Atemzug, den sie an meinem Mund haucht, beschert mir eine wohlige Gänsehaut. „Archer …"

Ich liebe es, wenn sie meinen Namen sagt, selbst wenn es als Protest gemeint ist. Denn eigentlich protestiert sie ja gar nicht. Sie will das hier genauso sehr wie ich.

„Nur ein Kuss", murmele ich und lasse meine Zunge über ihre Lippen gleiten. Das leise Stöhnen, das ihr entschlüpft, ist die Antwort, auf die ich gewartet habe. Endlich küsse ich sie; unsere Zungen treffen sich, umkreisen und schmecken sich. Ich lege eine Hand an Ivys Taille und trete noch näher an sie heran, weil ich sie unbedingt spüren will.

Eine Brise weht über uns hinweg, und Ivy erzittert. Ich umarme sie und ziehe ihren Unterleib noch dichter an mich. Zum Teufel mit Gage. Zum Teufel mit allem anderen. Ich würde mich am liebsten mit Ivy im Schlafzimmer verbarrikadieren und sie aufs Bett legen, damit wir uns die nächsten vierundzwanzig Stunden dort vergnügen können.

Es wäre noch immer nicht genug. Aber wenn es um Ivy geht, dann nehme ich, was ich bekommen kann.

Ein Summen rauscht durch meinen Kopf, während ich sie weiterhin küsse und mich in ihr verliere. Ich streichle ihren Arsch und stöhne auf, als sie sich leicht gegen mich drängt. Das Summen wird lauter, irgendwie hartnäckiger, sodass ich schließlich den Kuss beende und keuchend frage: „Was ist das?"

Sie blinzelt mich an und sieht genauso durcheinander aus, wie ich mich fühle. „Ich glaube, es ist dein Telefon."

Scheiße. Sie hat recht. Jetzt bemerke ich das Vibrieren in meiner Jeanstasche. Ich ziehe das Handy heraus und sehe, dass Gage mir eine Nachricht geschrieben hat.

Ich muss nach Hause. Treffen uns am Auto.

„Dein Bruder", sage ich. Verdammt, ich bin noch nicht bereit, Ivy mit Gage zusammen in die Stadt fahren zu lassen. Ich will, dass sie hier bei mir bleibt.

Als ob sie das jemals auch bloß in Erwägung ziehen würde. Sie hat immerhin ihr eigenes Leben. Eine noch junge Karriere, Freunde. Vermutlich hat sie kaum Zeit – schon gar nicht für mich.

Ich bin ein Träumer, wenn ich mir einbilde, zwischen uns könnte sich etwas entwickeln. Und ich will ja gar keine echte, keine längerfristige Beziehung. Eine Affäre, mehr will ich doch gar nicht. Und dann ist da ja noch die Wette, die ich nicht vergessen darf.

Willst du deine Entscheidungen tatsächlich von einer idiotischen Wette abhängig machen?

Ich ignoriere die nervige Stimme in meinem Kopf.

„Was will er?“, erkundigt sie sich und leckt sich die Lippen, als wollte sie versuchen, mich noch ein letztes Mal zu schmecken.

Mein Schwanz zuckt, als ich mich widerstrebend von ihr löse. „Er will los.“

„Das ist wahrscheinlich das Beste.“ Sie stößt sich vom Geländer ab und blickt nach links zur Badewanne. „Du hast mir noch gar nicht erklärt, warum die Wanne hier draußen steht.“

„Sie ist groß genug für zwei. Die Terrassen sind alle so angelegt, dass sie nicht einsehbar sind.“ Ich lächle und stelle mir unwillkürlich uns beide darin vor, unsere nackte Haut feucht und seifig. Ivy auf meinem Schoß, ihre langen Beine um meine Taille geschlungen. „Es ist eine unserer, äh, beliebtesten Annehmlichkeiten."

„Das glaube ich gern." Der Sarkasmus ist nicht zu überhören, und überrascht trete ich einen weiteren Schritt zurück. „Archer, was letzte Nacht passiert ist …"

„… war ein Fehler. Da stimme ich dir voll und ganz zu", beende ich den Satz für sie, weil ich unbedingt der Erste sein will, der das sagt.

Seltsam ist allerdings der Ausdruck auf ihrem Gesicht, als ich es ausspreche. So als hätte ich sie geschlagen, als hätte sie diese Worte nicht erwartet.

„Ein Fehler", wiederholt sie langsam und nickt. „Glaubst du das?"

„Auf jeden Fall. Ich meine, komm schon. Wir beide, das würde niemals funktionieren. Ich führe keine Beziehungen. Das weißt du doch." Ich klinge sehr viel selbstsicherer, als ich mich fühle. Vielleicht liegt es daran, weil ich immer solche Dinge zu Frauen sage. Oder, treffender ausgedrückt, weil ich mir diese Dinge selbst einrede. Ich habe mich nie zuvor auf eine ernsthafte Beziehung eingelassen. Ich weiß, dass ich an einer derartigen Aufgabe scheitern würde. Ich würde sie enttäuschen. Ivy.

Aber insgeheim wünsche ich mir, sie würde mir – und uns – eine Chance geben.

„Das weiß ich, ja."

„Genau“, stimme ich ein wenig zu schnell zu.

„Und du bist wieder nur ein Humpty Dumpty.“ Sie seufzt.

„Was?“ Okay, das ergab nun wirklich keinen Sinn. Wieso nennt sie mich Humpty Dumpty?

„Die Art von Mann, der total zerbrochen ist und den ich leider nicht wieder zusammenflicken kann.“ Sie lächelt mich an, doch es ist ein trauriges Lächeln, und es gibt mir das Gefühl, ein absoluter Mistkerl zu sein. „Ich stehe auf bestimmte Männer. Und ich fürchte, du führst die Liste an.“

„Ich stehe auf deiner Liste?“ Ich hätte nie gedacht, dass Ivy auf mich abfährt. Abgesehen vielleicht von dieser Wir-hassen-uns-aber-vielleicht-sollten-wir-uns-gegenseitig-die-Kleider-vom-Leib-reißen-Sache, die seit Jahren zwischen uns steht. Wobei ich eigentlich angenommen hatte, dass das wohl eher nur von mir ausging.

„Das ist mir jetzt auch erst richtig bewusst geworden. Du hast recht. Mit uns, das könnte niemals klappen. Ich bin zu nett. Und du bist zu sehr … du.“ Sie lässt diese Bombe ganz selbstverständlich platzen.

„Was soll das denn heißen?“ Ich fahre mit der Hand über meine Brust und bin sauer, weil mich eine Frau tatsächlich verletzen konnte. Das ist verrückt.

„Muss ich das wirklich erklären, Archer?“ Sie gibt mir keine Möglichkeit, darauf zu antworten. „Lass uns zu Gage gehen. Ich muss hier weg.“

Schweigend folge ich ihr und versuche, die Enttäuschung zu ignorieren, die sich in mir ausbreitet.

Aber das kann ich nicht. Ihre Ablehnung, ihre Worte schmerzen mehr, als ich zugeben möchte. Und dabei habe ich sie doch als Erster zurückgewiesen.

Auf dem Weg zum Auto sind wir beide still. Gage wartet bereits mit verschränkten Armen davor und tippt ungeduldig mit dem Fuß auf. Wir steigen ein, und diesmal nimmt Ivy auf dem Rücksitz Platz. Es herrscht eine angespannte Atmosphäre, als ich die kurze Strecke zu meinem Haus fahre.

Kaum habe ich auf der Einfahrt geparkt, reißen die beiden die Türen auf und springen heraus, als könnten sie es nicht erwarten, endlich wegzukommen. Ich steige ebenfalls aus und gehe ihnen hinterher.

„Tut mir leid, dass ich es so eilig habe, Kumpel“, erklärt Gage entschuldigend, als er seine Schlüssel aus der Tasche zieht und die Fernbedienung betätigt, um seinen Wagen aufzuschließen. „Auf mich wartet ein Kunde zum Mittagessen. Er besitzt ein Grundstück, auf das ich schon seit Monaten scharf bin, und ich glaube, dass er endlich bereit ist, in den Verkauf einzuwilligen.“

„Ich verstehe. Ruf mich an, wenn der Deal perfekt ist.“

„Na, dann richte dich auf einen Anruf heute Nacht ein.“ Gage grinst mich an, und ich muss lachen.

Ich verstehe das schon. Ich bin ja auch Geschäftsmann. Wenn sich eine Gelegenheit bietet, muss man zugreifen – und genau das tut Gage.

Fast so wie ich bei Ivy.

Ich laufe an ihr vorbei auf Gages Maserati zu und öffne ihr die Beifahrertür, bevor ich zusehe, wie sie auf den Sitz gleitet. Sie schaut auf und mustert mich einen Moment lang unergründlich. „Danke, Archer“, murmelt sie. Dann fügt sie bedeutungsvoll hinzu: „Für alles.“

„Gern geschehen“, erwidere ich automatisch, obwohl ich nicht ganz sicher bin, wovon wir reden.

Sie verdreht nur die Augen, stößt die Luft aus und reißt die Tür zu. Auf sehr effektive Weise hat sie mich damit ausgeschlossen.

Und während ich dem davonbrausenden Wagen hinterhersehe, habe ich das Gefühl, als würde mein Herz sich ebenfalls gerade davonmachen – es gehört für immer Ivy.

Fuck, das ist echt verrückt, aber leider die Wahrheit.

8. KAPITEL

Ivy

Eine Woche später

„Also hast du mit ihm geschlafen."

Ich nicke niedergeschlagen und versuche zu ignorieren, dass sich ein Anflug von Schadenfreude in die Stimme meiner Freundin Wendy geschlichen hat. Sie genießt meine Geschichte sichtlich – ein wenig zu sehr für meinen Geschmack. „Habe ich."

„Und es war schrecklich. Furchtbar. Er war egoistisch und hat sich nicht darum gekümmert, ob du kommst."

„Wendy", flüstere ich erbost und blicke mich im Restaurant um. Ganz in unserer Nähe sitzen Leute, doch zum Glück schenken sie uns keine Beachtung. „Was ist, wenn dich jemand hört?"

„Niemand hat etwas mitbekommen. Und hör auf, das Thema wechseln zu wollen. Ich will all die schmutzigen Details hören." Wendy trinkt einen Schluck Wasser und hebt erwartungsvoll die Brauen.

Ich seufze, völlig außer mir und verlegen, dass sie alle Einzelheiten hören will; dennoch bin ich durchaus bereit, sie zu enthüllen. Es gab bisher niemanden, mit dem ich über die Begegnung mit Archer reden konnte, daher schleppe ich die Geschichte seit einer Woche mit mir herum.

Das war auch der Grund, warum ich sofort in Tränen ausgebrochen bin und wie ein Baby geheult habe, kaum dass wir uns hier in diesem Lokal zu unserem üblichen Samstagslunch an den Tisch gesetzt hatten. Dabei hatte Wendy mich nur gefragt, was es Neues gibt.

Ich war nervlich einfach am Ende.

Sie hat bloß einen Blick auf mein tränenverschmiertes Gesicht geworfen und mich aufgefordert, ihr zu erzählen, was zum Teufel mit mir los sei. Während der nächsten zwanzig Minuten habe ich ihr die Story mit Archer berichtet, und jetzt betrachtet sie mich mit einem Funkeln in den Augen, so als würde sie mich in einem ganz neuen Licht sehen. Wahrscheinlich ist sie beeindruckt – oder schockiert. Normalerweise tue ich so etwas nicht. Wendy ist diejenige, die in Bezug auf Männer sehr viel abenteuerlicher ist. Ich bin die Langweilige, die dazu neigt, sich die falschen Männer auszusuchen und dann auch noch zu lange an ihnen festzuhalten.

One-Night-Stands mit teuflisch sexy Männern, die genau wissen, wie sie mich berühren müssen, damit ich wie eine Rakete abgehe, sind für gewöhnlich nichts für mich. Kein Mann hat so etwas bisher geschafft. Noch nie.

Bis jetzt. Bis Archer aufgetaucht ist.

„Er war nicht egoistisch“, erwidere ich züchtig und presse die Lippen aufeinander, um nicht womöglich mehr zu sagen, als ich eigentlich will.

Er ist unglaublich. Höllisch heiß. Der beste Küsser überhaupt. Oh, und seine Hände …

Wendy verzieht den Mund zu einem breiten Lächeln. „Das heißt, er war in Ordnung.“

Besser als in Ordnung. „Er wusste, was er tat.“

„Hör schon auf, so vage Andeutungen zu machen.“ Wendy klingt irritiert. Kann ich ihr nicht mal verübeln. Ich bleibe ja absichtlich so vage.

„Ich bin nicht bereit, dir eine detaillierte Schilderung zu geben. Tut mir leid“, erkläre ich munter und nippe an meinem Wasserglas. „Ich genieße und schweige.“

„Seit wann? Wir tratschen immer über Männer. Jetzt will ich Einzelheiten über den Mann, der endlich mal gut im Bett war, und dann erzählst du nichts.“ Wendy kneift die Augen zusammen und mustert mich. „Was ist da los?“

Ich rutsche nervös auf meinem Stuhl hin und her. Ich will nicht zugeben, dass die Nacht mit Archer etwas … Besonderes war. Dann nimmt sie mich bestimmt auf den Arm. Das *sollte* sie zumindest. Ich habe es verdient. Ich benehme mich wie eine Idiotin. „Ich will das, was zwischen mir und Archer passiert ist, nicht noch mal aufleben lassen. Es ist so merkwürdig. Wir kennen uns einfach schon viel zu lange."

Ich hatte gehofft, er würde mich anrufen. Hat er aber nicht getan. Wir waren uns ja auch darüber einig, dass das Ganze ein Fehler war. Ich bin weggegangen. Damit war die Sache erledigt, sowohl für mich als auch für ihn.

Doch natürlich mache ich mir was vor. Seit ich aus Napa zurück bin, spukt Archer mir ständig im Kopf herum. Ich versuche mein Möglichstes, das mit ihm zu verdrängen, und stürze mich in meine Arbeit – was nicht so schwer ist angesichts all der Aufträge, die wir erledigen müssen. Sharon Paxton ist eine der begehrtesten Innenarchitektinnen der Stadt, und ihre Klienten sorgen dafür, dass sie – und ich – sehr beschäftigt sind. Von ihr zu lernen, mit ihr zu arbeiten, ist ein Privileg, das ich sehr ernst nehme.

Allerdings habe ich mich seit der Sache mit Archer mehr als einmal nicht richtig konzentrieren können. Ich habe einen Termin mit einem wichtigen Klienten versäumt. Zu einem anderen Termin habe ich die falschen Stoffmuster mitgenommen. Ich habe mich so völlig untypisch verhalten, dass Sharon mich gestern Nachmittag zu sich gerufen hat und wissen wollte, was mit mir los sei. Ich habe eine Entschuldigung erfunden, Besserung gelobt und bin dann ihrem Adlerauge entwischt, ehe sie mir weitere Fragen stellen konnte.

Das hat Archer mit mir angerichtet. Er hat aus mir eine miserable Angestellte gemacht. Ich kann nicht schlafen. Ich sitze abends auf der Couch und schaue mir richtig schlechte Realityshows im Fernsehen an. Und während der ganzen Zeit starre ich wieder und wieder auf mein Handy und warte darauf, dass er mich anruft, mir eine SMS schickt, was auch immer.

Ja, ich habe mich zu so einer bemitleidenswerten Frau entwickelt. Himmel, hilf.

In diesem Moment taucht der Kellner mit unserem Essen auf. Er stellt die Salate, die wir bestellt haben, vor uns auf den Tisch und verschwindet danach, sodass ich erneut mit meiner zu neugierigen, zu scharfsinnigen Freundin allein bin.

„Du magst ihn", sagt sie und sticht mit Begeisterung die Gabel ins Essen. So als wollte sie den Salat umbringen.

„Quatsch", erwidere ich viel zu schnell. Ich bin solch eine Lügnerin. „Er macht mich verrückt. Das war schon immer so."

„Weil du ihn magst. Das war dir bisher nur noch nicht klar. Und jetzt weißt du es. Ihr zwei hattet Sex, und auf einmal ist alles wunderschön, wunderbar romantisch, und du willst mehr", meint Wendy, und für sie ist es ganz logisch.

Der Sex zwischen uns hatte definitiv nichts mit Romantik zu tun. Es fällt mir schwer zu beschreiben, wie es war; es war weder sanft noch süß, so wie ich es sonst gewohnt war. Es war hart und schnell und unheimlich befriedigend. „Nein, so war es nicht."

„Aber es war gut."

„Es war fantastisch", gebe ich leise zu, was mir ein Lächeln von Wendy einbringt.

„Wusste ich es doch." Sie kaut glücklich ihren Salat, während ich dasitze und ihr zuschaue, weil mir schon vor einer Weile der Appetit vergangen ist. „Ruf ihn an. Sag ihm, dass du es noch mal tun willst."

„Du spinnst wohl." Ich schüttele den Kopf und bin neidisch auf Wendys gesunden Appetit. Ich habe seit meiner Nacht mit Archer kaum etwas gegessen. Er ist das Einzige, woran ich denken kann, und das ist so blöd. Ich weiß überhaupt nicht, warum ich mich so albern verhalte. „Ich will es nicht noch mal tun."

„Lügnerin."

„Weißt du was? Deine selbstgefälligen, kurzen Antworten fangen an, mich zu nerven", sage ich, schnappe mir meine Gabel und attackiere den Salat auf dieselbe

Art, wie Wendy es eben getan hat. Verdammt, ich werde etwas essen, auch wenn es mich umbringt. „Und sie helfen mir überhaupt nicht weiter."

„Na schön, was willst du denn machen? Du und Archer Bancroft habt eine gemeinsame Vergangenheit. Eine Geschichte. Zwischen euch herrscht eine gewisse Spannung, und die hat sich jetzt endlich in heißem, fantastischem, unglaublichem Sex entladen."

Ich antworte darauf nicht. Ich werde ihr nicht die Befriedigung verschaffen, das zu bestätigen.

„Und jetzt bläst du Trübsal und bist traurig. Sehnst dich danach, ihn wiederzusehen. Na los, dann triff ihn. Ruf ihn an. Begrüße ihn mit ‚Hey, Sexy, lass uns das noch mal machen'. Schau, was er dazu meint." Wendy lächelt. „Ich wette, er nimmt dein Angebot an."

Aber was ist, wenn er es nicht tut? „Ich würde ihn niemals anrufen und das zu ihm sagen."

„Vielleicht ist das ein Teil deines Problems."

Als ich sie daraufhin böse anschaue, fängt sie an zu lachen. „Das ist überhaupt nicht lustig", beharre ich.

„Ich glaube, du magst ihn mehr, als du dir eingestehen willst, und du weißt nicht, wie du damit umgehen sollst. Ich versuche bloß, dir Ratschläge zu geben, wie du es machen könntest." Wendy betrachtet mich mit einem mitleidigen Lächeln. „Vielleicht solltest du dir zuallererst einmal klarmachen, wie es um deine eigenen Gefühle bestellt ist. Warum benimmst du dich so? Liegt es daran, dass du von dir selbst enttäuscht bist, weil du etwas so Verrücktes getan hast?“

„Zum Teil.“ Ich zucke mit den Schultern. „Ich weiß nicht, warum ich mich so verhalte. Warum er es schafft, dass ich ein einziges Wrack bin.“

„Ich habe dir doch schon gesagt, warum“, gibt Wendy sanft zurück. „Es ist nichts Schlimmes, wenn du Kontakt mit ihm aufnimmst. Ich bin sicher, dass du nur auf seinen Anruf wartest, weil das dein übliches Verhaltensmuster ist. Aber soll ich dir mal was verraten? Diese eine Nacht mit Archer hat das Muster durchbrochen. Wenn du ihn anrufst, dann brichst du halt noch einmal mit deinen alten Gewohnheiten. Und es ist nicht verkehrt, wenn man hin und wieder etwas anders macht als sonst.“

Seufzend starre ich auf meinen immer noch vollen Teller. Jetzt ist mir vollends der Appetit vergangen. „Ich war kurz davor, ihm zu sagen, dass ich ihn vielleicht doch wiedersehen will. Doch dann hat er unsere gemeinsame Nacht einen Fehler genannt. Er will mich nicht. Nicht so.“ Wahrscheinlich sollte ich ihr beichten, dass ich die Sache auch einen Fehler genannt habe, aber das bringe ich nicht über mich. Ich hasse es, das zuzugeben: Es hat mich unheimlich verletzt, als Archer das gesagt hat. Es ist eine Sache, wenn ich es denke; allerdings ist es eine ganz andere zu wissen, dass er das Gleiche fühlt.

Empfinde ich denn wirklich so?

Nein.

„Ach, Süße …“

Ich unterbreche Wendy. Ich will kein Mitleid. An all dem trägt niemand Schuld außer mir. „Ja, kann sein, dass ich meine Gewohnheiten verändert habe. Aber sieh dir an, wohin das geführt hat: Mir geht es schlecht. Ich bin sauer, weil ich so eine total bescheuerte Entscheidung getroffen habe. Er ist nicht der Richtige für mich. Wobei ich auch nie daran geglaubt habe, dass er es sein könnte.“ Ich schüttele den Kopf. „Ich muss mich einfach aufs Wütendsein konzentrieren.“

„Ja, das solltest du“, stimmt Wendy mir zu.

„Nicht herumsitzen und darauf hoffen, dass er mich anruft.“ Mist, das hätte ich lieber nicht zugeben sollen.

„Vergiss ihn. Der Kerl kann dich mal“, erklärt Wendy vehement.

„Hat er doch schon.“ Ich beiße mir auf die Lippen.

Einige Sekunden lang starren wir uns über den Tisch hinweg an, ehe wir beide in Lachen ausbrechen.

„Stimmt“, bemerkt Wendy, nachdem sie sich ein bisschen gefangen hat. Sie schüttelt den Kopf, während ihr immer wieder ein Kichern entschlüpft.

Die Erkenntnis trifft mich wie ein Schlag in die Magengrube. Ich hab's mal wieder getan: Ich habe mir einen Mann angelacht, der keinerlei ernste Absichten hat. Verdammt, ich habe mit ihm ja auch keine ernsten Absichten. Das wäre völlig bescheuert. Der Mann ist total verkorkst, und ich kann niemandem außer mir selbst die Schuld dafür geben, dass ich mich mit ihm eingelassen habe.

Ich verziehe das Gesicht. Ja, genau, eingelassen. Das, was wir da getrieben haben, war nichts als ein schnelles, schmutziges sexuelles Aufeinandertreffen. Es hatte weiß Gott nichts mit einer emotionalen Bindung zu tun.

Archer Bancroft ist mein ultimativer Fehlgriff. Dieser Humpty Dumpty wird niemals zusammengeflickt werden können. Und ich werde mir nicht die Mühe machen, es zu versuchen.

Archer

„Hey, was ist los? Ich hab ja schon ewig nichts mehr von dir gehört."

„Ich war beschäftigt." So verdammt beschäftigt, dass ich kaum dazu komme, Luft zu holen. Allerdings nicht so beschäftigt, dass ich nicht ständig an eine ganz bestimmte Person denke. Deshalb auch der Anruf bei ihrem Bruder: Ich will versuchen, ein paar Informationen aus ihm herauszukitzeln. „Hast du den Deal abgeschlossen, den du neulich erwähnt hast?“

„Na, sicher. Hab das Grundstück zu einem Spottpreis erworben. Und ich habe bereits einen Käufer dafür, obwohl mein Kauf noch gar nicht ganz durch ist.“ Gage lacht leise und klingt sehr zufrieden mit sich. „Das ging alles fast schon zu glatt.“

„Solche Sachen machen mich meist ein wenig nervös.“ Kämpfe und Hindernisse vermitteln mir eigentlich immer ein besseres Gefühl, wenn es ums Geschäftliche geht. Und ums Leben. Wenn es zu einfach ist, dann gibt es immer einen Haken.

Immer.

„Ich habe diesen Typen seit einem Jahr bearbeitet. Das war also definitiv kein leichter Deal. Schließlich habe ich ihn aber dazu gebracht nachzugeben. Ich bin eben ein beharrlicher Hurensohn, wenn es nötig ist.“ Gage lacht laut.

Damit trifft er den Nagel auf den Kopf. Eine der vielen Eigenschaften, die Gage und ich gemeinsam haben. „Glückwunsch, Mann.“

„Danke.“ Er schweigt kurz. „Es gibt aber sicherlich noch einen Grund, warum du anrufst. Du bist sonst nicht gerade der Typ, der ein Schwätzchen halten will.“

Ich atme tief durch und nehme all meinen Mut zusammen. „Stimmt. Hör mal, ich brauche Ivys Telefonnummer bei der Arbeit", sage ich so beiläufig wie möglich, während ich mich auf meinem Stuhl zurücklehne und aus dem Fenster starre.

„Warum? Ruf sie doch auf dem Handy an." Gage klingt abgelenkt. „Oder hast du Angst, dass sie nicht rangeht, wenn du dran bist?"

Verdammt, Gage ist manchmal wirklich zu scharfsinnig. „Ich will mit ihr über einen geschäftlichen Vorschlag sprechen." Das ist keine Lüge. Die Sache mit dem neuen Hotel nähert sich langsam der Zielgeraden, und die Innenarchitektin, die ich damals fürs *Hush* engagiert hatte, ist leider ausgebucht. Ich brauche schnell jemand anderen.

Ich brauche Ivy.

„Meinst du das ernst? Sie ist nichts weiter als eine Junior-Assistentin, das weißt du, oder? Ich habe keine Ahnung, ob sie so einer Aufgabe, wie du sie zu vergeben hast, gewachsen ist." Gage murmelt etwas, und ich höre das leise Lachen einer Frau.

„Na, das ist ja mal eine nette Art und Weise, deine Schwester zu unterstützen." Ich schüttele den Kopf, leicht sauer auf ihn. „Wo zum Teufel bist du überhaupt?"

„Bei der Arbeit. Und wo zum Teufel bist du?"

Hört sich gar nicht so an, als würde er arbeiten. Und es kommt mir so vor, als würde er ziemlich schnell in die Defensive gehen. „Komm schon, gib mir ihre Nummer."

„Warte, ich muss eben mal durch meine Kontakte scrollen. Moment."

Ungeduldig klopfe ich mit den Fingern auf die Schreibtischkante und warte. Ich höre, wie Gage etwas sagt, höre die höhere Stimme der Frau, als sie antwortet, und frage mich, mit wem er an einem Montagnachmittag zusammen im Büro ist. Ich verspüre sogar einen Anflug von Neid.

Neid oder Eifersucht sind Gefühle, die mir normalerweise fremd sind. Es besteht kein Grund, eifersüchtig zu werden, wenn ich nie länger als ein oder zwei Nächte mit einer Frau verbringe, oder? Ich gehe ohne Bindungen durchs Leben, gehe keine Beziehungen ein, abgesehen von meinen Freundschaften, und selbst da lasse ich nur wenige Menschen in den inneren Kreis vordringen. Himmel, ich stehe nicht einmal im regelmäßigen Kontakt mit meiner Mom, was ihr allerdings auch relativ egal ist. Sie ist zu sehr damit beschäftigt, an der Flasche zu hängen oder mit meinem Vater zu streiten. Und mit ihm gebe ich mich bloß ab, weil ich es muss.

Mehr als eine Frau hat mich schon als Einzelgänger beschrieben. Und das trifft es ziemlich genau. Ich umgebe mich zwar mit vielen Leuten, aber das ist bedeutungslos. Mit denen verbringe ich ein paar nette Stunden, ehe ich allein nach Hause gehe. Gesellschaftlich habe ich mich immer weiter zurückgezogen, je mehr ich mit meiner Arbeit beschäftigt war. Das neueste Projekt hat mich während der letzten Wochen fast rund um die Uhr auf Trab gehalten.

Trotzdem vermisse ich Ivy. Und ich bedauere, dass ich das, was zwischen uns passiert ist, als Fehler bezeichnet habe. Es war keiner. Ich pfeif auf die Wette, pfeif auf meine Freunde und alles andere. Ich möchte sie sehen. Es ist jetzt über drei Wochen her. Drei lange Wochen, ohne ihr hübsches Gesicht zu sehen, dieses umwerfende Lächeln. Himmel, ich vermisse es, dass sie von mir genervt ist, dass sie mich beleidigt und mir erklärt, ich solle sie in Ruhe lassen.

Ich vermisse es, wie sich ihr Körper unter meinem angefühlt hat. Wie sie mich an den Haaren gezogen hat, wie sie diese leisen, lustvollen Worte an meinen Lippen gekeucht hat, kurz bevor ich sie dazu gebracht habe zu kommen.

„Okay, hier hast du sie", unterbricht Gage meine Gedanken und rattert eine Nummer herunter.

Ich kritzele sie auf einen Block, mein Verstand noch immer umnebelt von den Bildern von Ivy. Ich muss blinzeln und versuche, das Kopfkino auszuschalten. Sie ist die Letzte, an die ich denken sollte, während ich mit ihrem Bruder telefoniere.

„Danke", murmele ich, lasse den Stift auf den Schreibtisch fallen und fahre mir mit der Hand übers Gesicht. Ich muss mich wieder in den Griff bekommen.

„Meinst du es echt ernst damit, sie engagieren zu wollen?"

„Ja, sicher. Das neue Resort steht kurz vor der Fertigstellung, wir sind schneller als erwartet, und ich will das Ganze vorantreiben. Unsere bisherige Innenarchitektin arbeitet an einem anderen Projekt und hat daher keine Zeit. Ich dachte, ich frag mal Ivy, ob sie verfügbar ist", erkläre ich und bemühe mich um einen möglichst lockeren Tonfall, damit Gage nicht merkt, dass es noch einen anderen Grund gibt, warum ich sie kontaktieren will.

„So eine Gelegenheit wird sich ihre Chefin mit Sicherheit nicht entgehen lassen", erwidert Gage.

Stimmt, das würde Sharon Paxton wahrscheinlich nicht. Aber ich weiß zufälligerweise genau, dass sie mit ihren eigenen Klienten mehr als beschäftigt ist. Sie hat eine Warteliste, die ellenlang ist. Vermutlich sind das keine guten Vorzeichen, um Ivy zu engagieren. Aber ich werde zahlen, was nötig ist, um sie dazu zu bringen, mit mir an diesem Projekt zu arbeiten.

Ich will sie wirklich endlich wiedersehen. Und das ist die perfekte Ausrede. Dass ich meine Firma vorschieben muss, um sie zurück in mein Leben zu holen, ist vielleicht ein wenig hinterhältig, aber das ist mir egal. Ich bin inzwischen so weit, dass ich alles tun würde, um sie wiederzutreffen.

Um ihr zu beweisen, dass ich es vielleicht doch wert bin, wieder zusammengeflickt zu werden.

„Da magst du recht haben", antworte ich Gage. „Trotzdem hätte ich lieber Ivy."

Gage schweigt einen Moment lang, ehe er schließlich fragt: „Bist du scharf auf meine Schwester?"

„Quatsch", gebe ich lässig zurück. „Himmel, wir streiten uns doch die meiste Zeit, wenn wir uns sehen."

„Warum willst du denn dann unbedingt mit ihr zusammenarbeiten, wenn ihr ständig streitet?"

Berechtigte Frage. Scheiße. „Ich vertraue ihr. Ich kenne sie seit Jahren. Sie ist deine Schwester. Sie wird gute Arbeit leisten und nicht versuchen, mich übers Ohr zu hauen."

„Ha." Gage scheint noch nicht restlos überzeugt zu sein, deshalb lege ich eins drauf.

„Dieses Projekt und diese Location müssen mit Feingefühl gehandhabt werden. Diskret. Ich kann darum nicht irgendeinen Designer von der Straße engagieren.

Ich brauche jemanden, bei dem ich darauf vertrauen kann, dass er oder sie den Mund hält und nichts über meine Pläne verlauten lässt."

„Davon hast du ja nicht einmal mir etwas erzählt", beschwert sich Gage.

„Genau, und das werde ich auch nicht. Deshalb glaube ich, dass Ivy die perfekte Wahl für mich ist." Dieser Teil stimmt sogar. Ich will, dass sie für mich arbeitet. Ich bin vollkommen sicher, dass sie nicht ausplaudert, was ich für dieses abgelegene Hotel geplant habe. Ein noch sinnlicheres, noch intimeres Resort als das *Hush* soll es werden, das sich an die reichen Paare richtet, die zusammen einen luxuriösen, abgeschiedenen Erholungsort suchen.

Private Gourmet-Mahlzeiten, Paarmassagen – das kleine Hotel wird jeweils höchstens acht Paare gleichzeitig beherbergen. Die Location soll das ultimative Angebot darstellen, was es in Bezug auf intimen, ruhigen Luxus am Markt gibt.

„Na dann, viel Glück", meint Gage. „Ruf sie an. Ich wette, dass sie Nein sagt."

„Wieso muss aus allem immer eine Wette werden?", frage ich verärgert, weil diese Erinnerung mir jetzt gerade wirklich nicht passt. „Und woher willst du wissen, dass sie Nein sagt?"

Aber sie zählt ja nicht, was diese andere Wette angeht, oder? Hatten Gage und Matt sie nicht davon ausgeschlossen? Schließlich ist sie ja *nur* Ivy.

„Sie mag dich nicht besonders, Archer. Das weißt du doch.“ Bei Gage klingt es, als wäre das Allgemeinwissen. „Und außerdem vermute ich, dass ihre Chefin nicht zulässt, dass sie das Projekt übernimmt. Es wirkt schon ein bisschen so, als wäre das eine Nummer zu groß für Ivy.“

„Ich will sie. Nur sie.“ Ich räuspere mich, als mir klar wird, wie sich das angehört haben muss. „Für das Projekt“, füge ich schwach hinzu.

„Viel Glück. Ich bezweifle sehr, dass du sie bekommst, aber die Kraft sei mit dir.“

Gages Worte sind genau die Herausforderung, die ich brauche.

9. KAPITEL

Ivy

„Küken, ich brauche deine Hilfe."

Der Schock fährt mir durch die Glieder, als ich Archers vertraute, tiefe und so verdammt sinnliche Stimme vernehme. Er war wirklich der Letzte, von dem ich an einem frühen Mittwochnachmittag im Büro einen Anruf erwartet hätte. Wie ist er überhaupt an meine Büronummer gekommen?

Na, durch wen schon? Deinen Bruder natürlich.

Blöder Gage.

„Kein ‚Hallo, Ivy, wie geht's'? Und, übrigens, ich wäre dir sehr dankbar, wenn du aufhören würdest, mich Küken zu nennen", versuche ich zu scherzen. Besser gesagt versuche ich herauszufinden, ob er wirklich meine Hilfe braucht. Ich meine, was soll das? Als wäre es keine große Sache, dass ich jetzt, fast einen Monat später, nach allem, was zwischen uns passiert ist, auf einmal von ihm höre.

Dabei *ist* es eine große Sache.

„Wie schön, von dir zu hören, Archer. Wie lange ist es her, ein paar Tage?" Fast fünfundzwanzig Tage. Was nicht heißen soll, dass ich sie zähle oder so.

„Witzig, verdammt witzig, Ivy. Aber es ist kein Scherz“, brummt er verärgert. „Ich brauche deine Hilfe, und ich brauche sie gestern.“

„Und du rufst mich an, weil …? Womit kann ich dir helfen?“ Wow, ich klinge erstaunlich cool und gelassen, aber tief im Inneren zittere ich erbärmlich. Und aus was für einem verrückten Grund auch immer, meine Nippel sind auf einmal hart. Allein von diesem grimmigen Befehlston. Total lächerlich, doch anscheinend braucht mein Körper seine Stimme nur zu hören, und schon reagiert er. Ich habe es leider nicht geschafft, die Nacht mit Archer aus meinem Kopf zu verbannen. Bilder von einem nackten Archer, der auf mir liegt, der mich küsst, während er tief in mir vergraben ist, haben sich in mein Gedächtnis eingebrannt.

„Du bist doch immer noch ungebunden, richtig?“, fragt er und reißt mich aus meinen Gedanken.

„Was geht dich das an?“ Mir schnürt sich die Kehle zu. Als wenn ihn das ernsthaft interessieren würde. „Und wer hat dir das erzählt?“ Na gut, ich bin Single. Mit Marc, diesem Mistkerl, habe ich nicht mehr geredet, seit ich unsere Beziehung beendet habe. Und ich habe auch nicht mit anderen Männern geredet, geschweige denn, dass ich mit einem ausgegangen wäre seit meiner Nacht mit Archer.

Hat er mich womöglich für immer für andere Männer verdorben? Himmel, ich hoffe nicht. Ich bin erst vierundzwanzig. Ich will nicht als verschrumpelte alte Jungfer sterben, die sich ihr Leben lang nach einem Mann verzehrt, mit dem sie einmal Sex gehabt hat, bevor sie davongelaufen ist.

„Gage hat es mir erzählt."

Ich werde meinen Bruder umbringen. „Warum interessiert es dich, ob ich Single bin oder nicht?"

„Weil ich dir ein Angebot unterbreiten möchte." Er macht eine kleine Pause, und mein Herz schlägt hoffnungsvoll immer schneller. „Ein geschäftliches Angebot."

Natürlich. Ich hatte ja auch kein sexuelles Angebot erwartet. Hallo, das hatte ich alles schon mal, und was hat es mir eingebracht? Eine Menge einsamer, qualvoller Nächte, nach denen ich schweißgebadet aufwache, weil mich allzu plastische Träume plagen, in denen Archer und ich nackt vorkommen. „Was soll das denn für ein geschäftliches Angebot sein?"

„Wir wollen in Kürze einen Ableger des *Hush* mit ein paar erlesenen Suiten eröffnen. Es sind nicht viele, aber sie sind größer, sehr viel luxuriöser – und teurer. Ich brauche jemanden, der die Inneneinrichtung übernimmt." Er hält kurz inne, und mein Herz zieht sich zusammen. „Und ich will dich."

Ihn mit seiner tiefen Stimme in Befehlsform sagen zu hören, dass er mich will, verursacht mir weiche Knie. Und dabei sitze ich. Lächerlich. „Vielleicht bin ich beschäftigt“, erkläre ich von oben herab – dabei stimmt es.

„Komm schon, Ivy. Du bist doch nicht zu beschäftigt für mich, oder?“ Er will mich ärgern, aber in seiner Stimme schwingt ein erotischer Unterton mit. Einer, den ich gern ignorieren würde.

„Doch, bin ich. Ich arbeite zurzeit an einer Reihe von Projekten für verschiedene Klienten.“ Ich klinge wie eine züchtige Lehrerin. Aber, verdammt, ich weiß, dass ich gleich einen Termin habe, zu dem ich aufbrechen muss. Ich habe wirklich keine Zeit, mir wieder und wieder von ihm anzuhören, dass er mich braucht. Erst macht er mir jedes Mal Hoffnung, nur um sie gleich darauf zu zerstören, weil er sich dann nicht mehr bei mir meldet.

Das kann er richtig gut.

„Es würde sich für dich aber lohnen.“ Er senkt die Stimme, die sich auf einmal verräterisch heiser und sinnlich anhört.

Meine Haut beginnt zu kribbeln. „Da bin ich mir sicher“, gebe ich voller Sarkasmus zurück. Ich will nicht, dass er merkt, welchen Eindruck er noch immer auf mich macht – schon gar nicht, nachdem er mich während des vergangenen Monats so sträflich ignoriert hat.

Wir haben uns nackt im Bett getummelt. Wir hatten Sex. Und er tut so, als sei nichts geschehen. Ich zwar auch, aber was soll ich auch sonst tun? Ihn damit konfrontieren?

Hey, was zum Teufel hatte diese Nacht eigentlich zu bedeuten? Ich habe die Erde beben gespürt und dachte, vielleicht … hast du das Gleiche empfunden?

Nein, das kann ich nicht. Egal, wie sehr ich es mir wünsche. Und war nicht er derjenige, der die Sache einen Fehler genannt hat?

Ja, also werde ich nichts hiervon ihm gegenüber erwähnen. Er will es lieber vergessen. So wie ich auch.

Lügnerin.

Ich wünschte, er hätte mich nicht angerufen. Allein seine Stimme erregt mich. Archer Bancroft ist gefährlich für mein Wohlbefinden, und das weiß ich nur zu gut. Köstlich. Verrucht. Anziehend. Falsch. Jedenfalls ist er für mich der Falsche.

„Ich muss Schluss machen, Archer“, sage ich ziemlich brüsk, während mein Blick auf meinem Monitor landet. Meine To-do-Liste ist ellenlang, und meine Kalender-App piept leise, um mich daran zu erinnern, dass ich in dreißig Minuten einen Kundentermin habe.

Was bedeutet, dass ich losmuss, wenn ich pünktlich sein will.

„Hör zu, ich bin in der Stadt, und ich möchte dich gern sehen“, entgegnet er und versetzt mir damit den nächsten Schock. Darauf war ich nicht gefasst. „Lass mich dich heute Abend zum Essen ausführen, und dabei erkläre ich dir alles. Wie wäre es, wenn wir ins *Spruce* gehen?“ Er meint das unglaublich angesagte Restaurant, das nicht weit von meinem Büro entfernt liegt. Ich bin schon dort gewesen, und es ist wirklich unglaublich. Außerdem unglaublich intim – das perfekte Restaurant für ein Date. Wobei wir ja nicht zu einem Date verabredet sind.

Genau.

„Ich hole dich vom Büro ab. Dann können wir erst noch was trinken gehen, bevor wir ins Restaurant gehen“, fährt er fort.

„Nein“, kontere ich energisch und bringe ihn damit zum Schweigen. Ich würde eine Million Dollar wetten, dass nicht viele Frauen dieses Wort in seiner Gegenwart äußern. Aber das Letzte, was ich will, ist, dass Archer hier in meinem Büro auftaucht und seinen Charme versprüht.

Ich kann es wirklich nicht gebrauchen, meinen Arbeitsplatz noch mit Erinnerungen an ihn zu verbinden, nachdem er längst weg ist. Einige Dinge sollten dem Archer-Effekt nicht ausgesetzt werden. „Wie wäre es, wenn wir uns beim Restaurant treffen?“

Es herrscht einen Moment lang Stille. So als würde er meinen Vorschlag nicht gutheißen. Was mir herzlich egal ist. „Auch in Ordnung“, antwortet er schließlich knapp.

„Ist sieben Uhr zu spät?“ Ich schaue auf meinen Kalender und sehe, dass ich um halb sechs den letzten Termin mit einem neuen Kunden habe, um mit ihm Tapetenmuster durchzugehen. Aber das Restaurant ist von dort nicht allzu weit entfernt, und daher müsste ich das schaffen.

„Ich bleibe über Nacht in der Stadt, also ist sieben perfekt.“ Er hält kurz inne, und das Schweigen zwischen uns macht die Spannung deutlich. „Ich freue mich darauf, dich wiederzusehen, Ivy.“

Während ich das Telefon umklammere, schließe ich für eine Sekunde die Augen, denn auf einmal stürmen all die Erinnerungen wieder auf mich ein. Die Art, wie er mich geküsst hat, der Geschmack seiner Lippen. Wie er mich berührt und mit seinen großen Händen meinen Körper erkundet hat, wie er sich zwischen meine Beine gedrängt hat, mich gereizt hat, während er mir die heißesten, erotischsten Worte ins Ohr geflüstert hat, die ich je gehört hatte …

Und das war nur der Moment auf der Terrasse. Ganz zu schweigen von dem Moment danach, als wir nackt im Bett gelandet sind. Daran will ich gar nicht denken.

Jetzt nicht, während mir seine samtweiche Stimme im Ohr klingt.

„Sieben Uhr vor dem *Spruce*", bestätige ich noch einmal, öffne die Augen und starre auf den Computer, ohne etwas Bestimmtes anzusehen. „Bis dann."

Ich lege auf, ehe er etwas erwidern kann, und bin stolz auf mich. Frauen lassen Archer nicht einfach so abblitzen. Himmel, niemand lässt ihn abblitzen. Er ist eine ernst zu nehmende Größe.

Und jetzt ruft er mich völlig unverhofft an und erklärt, er bräuchte mich … Also ehrlich. Er will mich sicherlich bloß einwickeln. Warum, weiß ich allerdings nicht.

Aber wann haben meine vorherigen Erlebnisse mit Archer je einen Sinn ergeben?

Spontan entscheide ich, dass mein Klient noch ein paar Minuten warten kann, und gebe bei Google Archers Namen ein. Atemlos warte ich darauf, dass die neuesten Artikel über ihn aufgezeigt werden. Da sind Berichte über das *Hush* und den enormen Erfolg, den Archer damit erzielt. Ein Artikel, der vor einer Woche geschrieben wurde, erregt meine Aufmerksamkeit. Er handelt von einer Expansion des *Hush* und davon, dass Archer einen Standort in Calistoga umbauen lässt.

Stirnrunzelnd klicke ich auf den Link und lese die wenigen Einzelheiten, die über die Sache in Calistoga bekannt sind. Davon hat Archer während des Telefonats nichts erwähnt. Auch als wir uns zuletzt gesehen haben, hat er kein Wort darüber verloren, und dabei waren wir sogar im *Hush*. Er war so stolz, als er mir alles gezeigt hat. Da sollte man doch annehmen, dass er die neue Location wenigstens erwähnen würde, oder nicht?

Wieso hat er mir also nichts davon erzählt?

Sehr merkwürdig.

Ich schließe Google und suche meine Sachen zusammen, während ich in Gedanken immer noch bei dem bin, was ich gerade gelesen habe. War das der Job, den er angesprochen hat? Den, für den er mich angeblich so dringend braucht? Mein Verstand versucht mir klarzumachen, dass ich mir nicht die Mühe machen soll, mich mit ihm zu treffen. Ich könnte ihm einfach eine SMS schicken und ohne weitere Erklärung absagen. Das hätte er wirklich verdient.

Leider gewinnt die Neugier – das war bei mir schon immer so. Auf keinen Fall werde ich diese Verabredung versäumen. Selbst wenn es noch so schwierig wird, ihm stundenlang in einem schummrigen, intimen Restaurant gegenüberzusitzen und bewundernd in sein gut aussehendes Gesicht zu schauen. Natürlich werde ich mich dann wieder einmal fragen, wieso ich so dumm sein konnte, mit ihm ins Bett zu gehen. Werde ihn wieder anschmachten, wohl wissend, dass das Ganze zu nichts führen kann.

Es ist erbärmlich, ich weiß.

Archer

Zum gefühlt tausendsten Mal schaue ich auf meine Uhr und frage mich, wo zum Teufel Ivy steckt. Sie ist jetzt schon fast zwanzig Minuten zu spät, und dabei weiß ich genau, dass sie sonst immer überpünktlich ist.

Mit Ausnahme von heute Abend, wo sie sich mit mir treffen soll. Scheiße.

Während ich ungeduldig mit den Fingerspitzen auf die Tischdecke klopfe, starre ich zur Eingangstür des Restaurants. Ich hasse es, wenn Leute mich warten lassen. Bei Geschäftsterminen dulde ich das auch nicht. Dass diese Frau, die ich schon kenne, seit sie ein schlaksiger Teenager mit einem Mund voller Metall war, mich dazu bringt, fast verzweifelt darauf zu warten, dass sie endlich auftaucht, macht mich fertig.

Und es gibt kaum etwas, das mich sonst fertigmacht. Seltsam, dass der einzige Mensch, dem das regelmäßig gelingt, Ivy ist.

Sie ist sauer auf mich. Das konnte ich an ihrer Stimme hören, als ich mit ihr telefoniert habe. Ich habe zwei Tage gebraucht, ehe ich den Mut gefunden hatte, sie anzurufen. Wie ein Idiot habe ich die Unterhaltung im Geiste wieder und wieder einstudiert.

Die Realität entpuppte sich leider als sehr viel schlimmer als meine Vorstellung. Doch immerhin habe ich Ivy dazu bewegen können, sich mit mir zu treffen. Aber was ist, wenn sie sich kurzfristig entschieden hat, einfach nicht aufzutauchen und mich zu versetzen?

Ich verdränge diesen unschönen Gedanken. Das will ich nicht einmal eine Sekunde lang denken.

„Noch ein Drink?“ Die Kellnerin erscheint und sieht mich mitleidig an. Wahrscheinlich glaubt sie auch, ich sei versetzt worden.

Verdammt, ich bin noch nie im Leben versetzt worden. „Nein, im Moment nicht, danke“, murmele ich.

„Möchten Sie vielleicht schon das Essen bestellen? Eine Vorspeise?“ Sie klingt hoffnungsvoll, und ich bin mehr als bereit, ihre Hoffnungen zu zerstören.

Kopfschüttelnd funkele ich sie böse an. „Ich warte noch ein paar Minuten.“

Mit einem schwachen Lächeln verschwindet sie wieder und überlässt mich meinen trüben Gedanken. Wenn Ivy nicht erscheint, kann ich natürlich jemanden anderen engagieren, der den Job übernimmt. Es wäre überhaupt kein Problem. Es gibt schließlich eine gottverdammte

Liste von Designern, die ihr Erstgeborenes dafür hergeben würden, für Bancroft zu arbeiten.

Aber, verdammt, ich vertraue ihr. Ich will sie. Und nicht nur wegen ihrer erstaunlichen Qualitäten als Designerin.

Sie ist eben nicht *nur* Ivy. Könnte es sein, dass ich tatsächlich drauf und dran bin, ihr zu verfallen? Wieso würde ich mich sonst wie ein ängstliches Arschloch benehmen? Diese Frau hat mir so sehr den Kopf verdreht, dass ich alles tun würde, damit sie in mein Leben zurückkehrt.

Wirklich alles.

Wütend starre ich zur Tür, als könnte ich Ivy auf diese Weise herbeizaubern. Ich benehme mich schon wie ein liebeskranker Tölpel. Doch leider kann ich es nicht leugnen: Ich will Ivy an meiner Seite haben. Jede verdammte Minute. Es ist beinahe beängstigend, wie sehr ich sie brauche. Der Versuch, sie zu ignorieren, ist jedenfalls kläglich gescheitert. Fast einen ganzen Monat lang habe ich es geschafft, keinen Kontakt mit ihr aufzunehmen, und trotzdem kann ich an nichts anderes denken. Kaum war ich hier in der Stadt angekommen, habe ich zum Telefon gegriffen und sie aufgefordert, sich mit mir zu treffen.

Ich erinnere mich, wie verärgert, wie irritiert sie am

Telefon geklungen hat. Das erste Anzeichen dafür, dass ich die Sache hier wahrscheinlich versauen werde.

Scheiße, das darf ich nicht zulassen.

Und dann ist da noch diese idiotische Wette. Matt schickt mir hin und wieder eine E-Mail, in der er mich fragt, was mein Liebesleben macht. Verdammt, er kontrolliert sogar meine Facebook-Seite und wartet vermutlich nur darauf, dass ich meinen Status von „Single“ in „feste Beziehung“ ändere.

Als ob ich das jemals tun würde. Ich weiß, mein hinterhältiger Freund beobachtet das, aber diese Art von Befriedigung werde ich ihm ganz sicher nicht verschaffen.

Die Tür geht auf, und ein Schwall kalter Luft bläst herein, der meine Haut abkühlt und mich in Aufregung versetzt. *Sie* betritt das schummrig beleuchtete Restaurant, zerzaust vom Wind und unglaublich hinreißend, der kurvige Körper unter einem schwarzen Mantel versteckt. Gierig sauge ich ihren Anblick auf, als Ivy sich die dunkelbraunen Haare aus dem Gesicht streicht und sich suchend im Raum umschaut, ehe ihre hübschen braunen Augen an mir hängen bleiben.

Ich bemühe mich sehr darum, eine neutrale Miene aufzusetzen und leicht zu lächeln, während ich innerlich verbrenne.

Weil ich mich nach ihr verzehre.

Sie erwidert das Lächeln, wenn auch eher zaghaft, und das zu beobachten wirkt auf mich wie ein Schlag in die Magengrube. Ungeduldig warte ich, bis die Hostess Ivy den Mantel abgenommen hat und sie an meinen Tisch führt.

Die Art, wie Ivy sich bewegt, fasziniert mich. Sinnlich, sexy und zugleich so unschuldig kommt sie mit wiegenden Hüften auf mich zu. Der Rock ihres schwarzen Kleides schmiegt sich dabei um ihre Beine. Das Kleid verhüllt sie zwar, doch ich weiß genau, was sich unter dem eng anliegenden Stoff verbirgt. In diesem Moment beschäftigt mich nur ein Gedanke: Ich möchte meine Hände am liebsten unter den Saum des Kleides schieben, möchte ihre Schenkel berühren, sie streicheln. Ich erinnere mich daran, wie ich sie zum ersten Mal berührt habe, wie sie gezittert haben. Wie weich ihre Haut war …

„Tut mir leid, dass ich zu spät bin", sagt sie, als sie sich schnell setzt und mir damit keine Gelegenheit bietet, aufzustehen und sie so zu begrüßen, wie ich es gern getan hätte – mit einer Umarmung. Dabei hatte ich mich schon darauf gefreut, sie endlich wieder in den Armen halten zu können, und sei es auch noch so kurz.

Ivy lächelt die Hostess dankbar an, als diese ihr den Stuhl heranschiebt und danach davoneilt. „Mein Termin hat viel länger gedauert, als ich gedacht habe", erklärt sie entschuldigend. Immer höflich, obwohl ich ihre Anspannung an dem leicht verkniffenen Zug um ihren Mund erkenne, eigentlich an ihrer gesamten Haltung. Es ist ihr unangenehm, mit mir zusammen zu sein. Okay, verstanden.

Es gefällt mir nicht, aber ich habe es verstanden.

„Versuchst du, mich auf Trab zu halten?", frage ich und ziehe die Brauen hoch.

Sie runzelt die Stirn. „Ich habe es nicht mit Absicht getan, Archer." Zitternd atmet sie aus. „Ich bin nicht daran interessiert, irgendwelche Spielchen mit dir zu spielen."

„Das will ich auch nicht, Ivy", erwidere ich. Verdammt, ich wünschte, ich könnte über den Tisch greifen und sie berühren. Meine Hand auf ihre legen. Ihr sagen, wie sehr ich sie vermisst habe.

Sie klingt ein wenig atemlos, was meinen Körper sofort in Aufruhr versetzt. Es erinnert mich nämlich daran, wie atemlos sie beim letzten Mal war, als ich sie gesehen habe – nackt. Wie sie nach mehr verlangt hat, als sie unter mir lag. Wie sie vor Lust bebte, als ich sie auf den Höhepunkt katapultiert habe, wie sie keuchend meinen Namen gerufen hat.

Dass sie jetzt vor mir sitzt, nachdem ich sie einen Monat lang nicht gesehen habe, löst einen regelrechten Schock bei mir aus, lässt mich verstummen und erstarren. Sie greift nach der Speisekarte und bemerkt meine Benommenheit gar nicht. Als die Bedienung an den Tisch tritt, lächelt Ivy und bestellt sich ein Glas Wein.

„Möchten Sie noch ein Bier, Sir?“ Die Fröhlichkeit der Kellnerin nervt.

„Ja“, brumme ich und mustere sie finster, ehe sie verschwindet. Ich ertappe Ivy dabei, wie sie mir ein verstohlenes Lächeln schenkt und den Kopf schüttelt. Zwangsläufig frage ich mich, ob sie mich für einen Witz hält. So wie sie mich gerade ansieht, scheine ich sie zu amüsieren.

Aber das ist immer noch besser, als wenn sie mir den kalten Blick des Todes zuwirft. Wobei … verdient hätte ich ihn, so wie ich sie behandelt habe, seit wir zusammen waren.

„Du siehst gut aus“, sage ich, und durch meine rauen Worte schreckt sie aus ihrem Studium der Speisekarte auf.

Sie hebt den Kopf und schaut mich mit ihren hübschen Augen an. „Es ist … auch nett, dich zu sehen, Archer.“ Ihre Stimme ist der Stoff, aus dem meine feuchten Träume sind – tief und melodisch. „Hast du schon bestellt?“

„Ich habe auf dich gewartet." Verdammt, hält sie mich für einen ungehobelten Bastard, oder was?

Wahrscheinlich. Schließlich bist du ja auch einer.

„Oh. Na, wenn das nicht lieb von dir ist." Sie widmet sich wieder der Karte und kaut auf ihrer Unterlippe herum, während sie überlegt, was sie essen will. Das Lokal ist voll, doch ich nehme die Geräuschkulisse um uns herum immer weniger wahr, je länger ich Ivy betrachte.

Was müsste ich tun, um bei ihr Gnade zu finden? Was müsste ich ihr beweisen?

Alles.

Die Kellnerin kommt zurück und reißt mich aus meinen Überlegungen. Ich bestelle das Steak, Ivy entscheidet sich für ein Muschelgericht. Unsere Bedienung nimmt uns die Speisekarten ab, verspricht, dass unsere Getränke gleich kommen, und lässt uns allein.

Endlich.

Ivy sieht mich erwartungsvoll an, während sie einen Schluck Wasser trinkt. Dabei klimpern die schmalen Goldreifen an ihrem Handgelenk leise. „Also, erzähl mir mal von dem Job, und verrat mir, warum du mich so dringend brauchst", fordert sie mich auf und kommt damit direkt zur Sache.

Ich spiele mit meiner leeren Bierflasche. Wie soll ich diese Unterhaltung bloß beginnen, die vermutlich heikel werden wird? Es wird mich viel Überwindung kosten, nicht damit herauszuplatzen, warum ich wirklich will, dass sie für mich arbeitet. „Ich mache ein neues Resort auf."

Ein kleines Lächeln erscheint auf ihrem Gesicht. „Habe ich gesehen."

„Wo? Ah, lass mich raten. Im Netz." Unsere Blicke kreuzen sich, und ich starre sie an, vermutlich wie ein liebeskranker Trottel. Sie nickt und wendet sich ab, was mir ein seltsames Gefühl der Niederlage vermittelt. Schließlich fahre ich fort: „Es liegt in Calistoga. Ich musste ewig um dieses Objekt feilschen. Es gab einen Punkt, da wären die Verhandlungen fast gescheitert. Aber dann konnte ich den Deal doch noch abschließen, und seit ein paar Monaten sind wir mit den Renovierungen beschäftigt."

„Das war also schon aktuell, als du … als du Gage und mir das *Hush* gezeigt hast, oder?" Ihr Lächeln schwindet, als ich nicke. „Warum hast du uns nichts davon erzählt?" Sie klingt entrüstet.

„Weil ich es geheim halten wollte. Ich wollte nicht, dass irgendjemand davon erfährt. Es gibt nur ganz wenige Menschen, die Einzelheiten über das Projekt kennen. Darauf habe ich von Anfang an Wert gelegt. Ich will nicht, dass vor der Eröffnung herauskommt, was wir unseren Gästen bieten werden.“ Ich zucke mit den Schultern.

„Und wieso bist du dann hier, wenn du eher in Calistoga sein solltest, um die Bauarbeiten zu überwachen?“

Jetzt kommt der schwierige Teil. Das, was ich eigentlich nicht zugeben will, aus Angst, dass sie mich auslacht. „Ich wollte dich treffen“, sage ich angespannt.

„Du bist bloß hergekommen, weil du mich sehen wolltest?“, fragt sie ungläubig und muss schlucken. Als sie hastig nach ihrem Wasserglas greift, zittert ihre Hand, und das Eis im Glas klirrt, als sie es wieder hinstellt. Sie sieht nervös aus.

Willkommen im Klub. Ich bin nervös. Und sonst machen Frauen mich eigentlich nie nervös.

Mit Ausnahme von Ivy.

„Dieses Projekt ist mir wichtig“, entgegne ich. „Ich möchte dich an meiner Seite haben, Ivy. Ich will, dass du mit mir daran arbeitest.“

„Ich … ich verstehe nicht, wieso auf einmal. Du hast dich nie zuvor an Paxton gewandt. Du kennst ja nicht einmal mein Portfolio.“

„Ich habe mir Beispiele deiner Arbeit online angesehen.“ Alles ist heutzutage online, was sowohl wunderbar als auch beängstigend ist. „Dein Portfolio kann man sich auf der Website von Paxton anschauen.“

„Oh“, erwidert sie leise und lehnt sich auf dem Stuhl zurück. Sie lässt die Schultern hängen und öffnet den Mund, als wollte sie etwas sagen, doch anscheinend fehlen ihr die Worte. Sie macht einen ziemlich schockierten Eindruck. „W…was hältst du davon?“

„Von deiner Arbeit? Sie ist fantastisch.“ Einem Impuls nachgebend, greife ich über den Tisch nach ihrer Hand und drücke sie sacht. „Ich weiß, dass wir perfekt zusammenpassen. Du bist die Richtige für das *Crave*. Dein eleganter Stil ist genau das, was die Suiten dort brauchen.“

„Ich … ich weiß nicht so recht, Archer. Was du mir hier vorschlägst, kommt so überraschend. Ich habe keine Ahnung, was ich jetzt sagen soll. Ich weiß nicht, ob ich dir eine Antwort auf dein Angebot geben kann.“ Sie presst die Lippen aufeinander und schüttelt den Kopf. „Ich muss zuerst mit Sharon darüber sprechen und hören, was sie dazu meint. Wobei ich mir das allerdings schon vorstellen kann.“

„Was denkst du denn, was wird sie sagen?“ Es ist unerheblich. Ich will Ivy für dieses Projekt, und ich werde zahlen, was nötig ist, damit das passiert.

„Sie wird mich nicht für dich arbeiten lassen. Sie wird es selber übernehmen wollen.“ Dasselbe hatte auch Gage vermutet, daher bin ich nicht überrascht. Um ehrlich zu sein: Ich bin auf dieses Argument vorbereitet, denn ich habe Sharon im Vorfeld angerufen und ihr meinen Vorschlag unterbreitet.

Allerdings bin ich noch nicht bereit, das Ergebnis unserer Unterredung preiszugeben.

Die Kellnerin taucht unvermittelt auf und hindert mich dadurch daran zu äußern, was ich vielleicht als Nächstes gesagt hätte. Als sie unsere Drinks auf den Tisch stellt, lasse ich Ivys Hand los. Mit einem höflichen, wenn auch gequälten Lächeln bedanken wir uns, und ich bemerke, dass Ivy mich mit einem verwunderten Ausdruck auf dem Gesicht mustert. So als würde sie denken, ich hätte den Verstand verloren.

Habe ich wahrscheinlich auch.

Die Spannung, die sich zwischen uns aufgebaut hat, wird noch zehnmal schlimmer, als die Bedienung wieder weg ist.

Wenn ich nicht so verdammt aufgeregt wäre, würde ich mich vermutlich über Ivy amüsieren, als sie nun hastig einen riesigen Schluck Wein trinkt und dabei ihr Glas beinahe leert. Dann beugt sie sich über den Tisch zu mir vor. „Du kannst doch nicht plötzlich aus dem Nichts auftauchen und von mir verlangen, dass ich für dich arbeite, Archer“, flüstert sie. „Ich muss mich vor meiner Arbeitgeberin verantworten. Da kann ich nicht einfach springen und tun, was du willst, sobald du mit den Fingern schnippst."

„Ich habe die Zustimmung von deiner Chefin schon eingeholt."

Erschrocken sieht sie mich an. „Was?"

Ich nicke langsam. „Mit Sharon habe ich bereits gesprochen. Ich habe ihr die Situation erklärt und betont, wie sehr ich deine Arbeit schätze und wie begeistert ich von deinem Talent bin. Und da ich ja weiß, wie beschäftigt sie ist, habe ich ihr vorgeschlagen, dass ich Paxton Design damit betraue, das *Crave* einzurichten – unter der Bedingung, dass du diejenige bist, die für mich arbeitet."

Ivy schnappt nach Luft. „Also arbeite ich jetzt tatsächlich für dich."

„Sie hat deinen Terminkalender für die nächsten zwei Wochen freigeräumt. Es wird eng werden, aber ich weiß, dass du es schaffst." Tue ich wirklich. Sie ist clever. Ihre Chefin hatte nur Gutes über sie zu berichten, was mich allerdings nicht überrascht hat. Ivy ist erstaunlich.

So erstaunlich, dass ich nicht aufhören kann, an sie zu denken.

„Was ist, wenn ich das Projekt nicht übernehmen will?", fragt sie. „Was ist, wenn ich nicht direkt mit dir arbeiten will?"

Verdammt, das ist nicht die Antwort, die ich von ihr erwartet habe. „Bereitet dir das Sorgen?“ Einen Moment lang halte ich inne und mustere sie. Ich kann mich gar nicht sattsehen an all dem dunklen Haar, das ihr bis über die Schultern fällt, an ihren hübschen Augen, die mich allerdings ziemlich misstrauisch anschauen, an den Lippen, die sie wieder zusammengepresst hat, als hätte sie Angst, etwas zu sagen, was sie hinterher vielleicht bereut. „Wir haben es doch schon getan, Ivy, und wir haben verdammt gut zusammengepasst. Wäre es wirklich so schwer, Zeit mit mir verbringen zu müssen?“

Sie starrt mich mit offenem Mund an. Eilig schaut sie sich um, um sich zu überzeugen, dass niemand etwas mitbekommen hat, ehe sie sich wieder vorbeugt. „Wenn du damit andeuten willst, dass ich wieder mit dir schlafen soll, dann kann ich nur eines sagen: Vergiss es. Das habe ich einmal gemacht, aber es kommt nicht noch einmal vor, da kannst du sicher sein.“

„Autsch.“ Ich reibe mir über die Brust. Diese Worte überraschen mich jetzt doch. Warum, kann ich gar nicht genau sagen, denn im Grunde habe ich sie ja heraufbeschworen. „Das ist hart.“

„Es ist die Wahrheit“, kontert sie und trinkt einen großen Schluck Wein. „Gott, ich brauche noch mehr Alkohol.“

„Ich habe ein paar Fehler gemacht. Eine Menge Fehler“, korrigiere ich mich, als sie die Augen zusammenkneift und mich anschaut, als wollte sie mich in den Boden rammen. „Der größte Fehler war, wie ich dich behandelt habe. Es tut mir leid, dass ich dich nicht angerufen habe, dass ich mich seit unserer letzten Begegnung nicht gemeldet habe. Ich war … beschäftigt.“ Und zu feige, um den ersten Schritt zu machen.

Sie verdreht die Augen. „Als ob ich neben dem Telefon sitzen und auf deinen Anruf warten würde! Komm schon, Archer, bilde dir bloß nichts ein.“

Irgendwie ist sie heute Abend besonders kratzbürstig, was wohl bedeutet, dass sie besonders sauer auf mich ist. Also muss ich ganz behutsam vorgehen. „Es ist nicht so, als hätte ich dich absichtlich ignoriert, weißt du. Ich habe bis zum Hals in Arbeit für das neue Resort gesteckt.“ Es ist die beste Entschuldigung, die ich aufbieten kann – und im Grunde auch die Wahrheit. Hoffentlich glaubt sie mir.

Zum Glück geht sie nicht weiter darauf ein. „Erzähl mir etwas über den neuen Standort. Ich würde gern mehr über dein kleines Geheimnis erfahren“, sagt sie, lehnt sich wieder in ihrem Stuhl zurück und sieht aus, als wollte sie eine Weile hierbleiben.

Aufregung macht sich in mir breit. Wenn sie Einzelheiten hören will, bedeutet es, dass sie interessiert ist. Und sobald ich sie geködert habe, wird sie bereitwillig mit mir zusammenarbeiten. Da bin ich mir sicher. „Es ist das ultimative Luxus-Resort. In Calistoga soll den Gästen jeder Wunsch erfüllt werden. Es handelt sich um ein sehr viel intimeres Hotel, das immer nur etwas mehr als eine Handvoll Paare aufnimmt. Paare, die ihrer Beziehung wieder mehr Intimität verleihen wollen. Auch sexuelle Intimität." Ich betone die beiden letzten Worte besonders.

„Ein Swingerklub", bemerkt Ivy trocken.

Lachend schüttele ich den Kopf. „Himmel, nein. Für was für einen Perversen hältst du mich denn?"

Ivy schweigt und hebt lediglich eine ihrer zarten Brauen.

Ich seufze. „Na gut, ich mag vielleicht pervers sein, aber ich führe keinen Swingerklub, Ivy. Es gibt keinen wilden Partnertausch und keine heißen Sexorgien – an keinem der beiden Standorte. Es geht ausschließlich um die einzelnen Paare." Ironisch, wenn man bedenkt, dass ich keine Ahnung habe, wie das funktioniert.

„Was genau soll dieses neue Resort bieten?"

„Was immer dein Herz begehrt", erwidere ich leise. „Was immer dein Liebster will. Deshalb der Name *Crave*, das passt perfekt. Schließlich bedeutet es doch, sich nach etwas zu sehnen. Es soll ein diskreter, behaglicher sicherer Hafen werden, an dem man seine geheimen Fantasien entdecken und sich seine sehnlichsten Träume erfüllen kann. An diesem neuen Standort wird dir geboten, was immer du haben möchtest, ohne dass jemand Fragen stellt."

Ihre Wangen schimmern rosa, und ihre Augen sind weit aufgerissen. Sie sieht fast … erregt aus. „Das klingt … interessant."

Ich lächle. Verdammt, sie ist so schön. „Ist es. Sehr interessant."

Still streicht Ivy mit dem Zeigefinger am Stiel ihres Weinglases entlang. Ich konzentriere mich auf diesen Finger, darauf, wie sacht sie das Glas berührt, auf den kurzen, dunkel lackierten Nagel. Meine Haut fühlt sich plötzlich viel zu eng an. Es ist nicht zu fassen, aber ich werde hart, bloß weil ich mir ihren Finger anschaue. Rasch atme ich tief durch, um mich wieder zu fangen.

Verdammt, ich kann es nicht erwarten, all diese Finger wieder auf meinem Körper zu spüren …

Ich lehne mich über den Tisch. Bereit, zur Sache zu kommen, erkläre ich leise: „Ich brauche dich, Ivy. Ich möchte, dass du meinem Resort einen sexy und eleganten Touch verleihst."

Ein kleiner Seufzer entringt sich ihrer Kehle. „Du hast das Ganze doch schon mit Sharon abgesprochen. Wieso fragst du mich überhaupt noch?“ Sie sieht mich direkt an.

„Weil ich möchte, dass du bereitwillig mit mir arbeitest. Ich weiß, ich hätte erst mit dir reden sollen, bevor ich Sharon kontaktiert habe, aber ich war ziemlich verzweifelt. Mir läuft die Zeit davon, und ich will dieses Projekt so schnell wie möglich fertigstellen. Und ich vertraue dir.“ Das ist die Wahrheit. Ich vertraue nämlich so gut wie niemandem. Und schon gar nicht anderen Frauen. Sie sind sowieso alle gleich.

Mit Ausnahme von Ivy.

Noch einmal greife ich nach ihrer Hand, doch diesmal presse ich meine Handfläche an ihre und verschränke unsere Finger miteinander. Ihre sind schmal, feingliedrig, und ich könnte schwören, dass sie zittern. Es ist, als würde ein Stromschlag durch mich hindurchjagen – so als hätte mein Körper sie vermisst. „Sag Ja. Sag, dass du mit mir arbeiten willst.“

„Das ist nicht so einfach …“

„Sag Ja“, wiederhole ich, weil ich ein Nein nicht akzeptieren will.

„Ich sollte das nicht machen. Ich sollte sauer auf dich sein, weil du diese Entscheidung über meinen Kopf hinweg getroffen und die Sache längst ins Rollen gebracht hast – unabhängig davon, ob ich nun zustimme oder nicht."

Ich lächle ein wenig selbstgefällig. „Komm schon, du konntest mir noch nie widerstehen."

Sofort will sie ihre Finger von meinen lösen, aber ich halte sie fest, weil ich sie nicht gehen lassen will. „Du bist so ein Arschloch."

„Glaubst du etwa, dass ich das nicht zu meinem Vorteil zu nutzen weiß?" Ich senke die Stimme. Sie wird mich umbringen, wenn ich das gleich sage. Aber ich kann nicht anders, jetzt, da ich ihre Hand in meiner halte, da unsere Finger miteinander verschlungen sind. Ich umklammere sie so fest, dass ich vermutlich verzweifelt wirke. Ich habe sie nicht vergessen können, sosehr ich mich auch bemüht habe. „Ich bekomme unsere letzte Begegnung einfach nicht aus dem Kopf, Ivy."

„Ich bitte dich. Wir haben seitdem nicht miteinander geredet. Bis heute." Sie funkelt mich böse an und versucht noch einmal, ihre Hand wegzuziehen. Doch ich lasse nicht los. „Weißt du was? Ich kann dich echt nicht ausstehen. Das Wiedersehen heute hat meine Gefühle bloß bestätigt."

Das will ich ihr gern glauben. Die meisten Frauen hassen mich, sobald sie mich erst einmal kennen.

Ivy nicht. Sie kennt alle meine Fehler, und trotzdem will sie mit mir zusammen sein. Oder zumindest war das früher so. Das wünsche ich mir wieder. Diese Nähe, diese Verbindung, die ich sonst zu niemandem verspüre. Irgendwie versteht sie mich, hat sie mich immer verstanden.

Und ich weiß ganz genau, dass es nicht viele Menschen gibt, die das tun.

„Na schön, du kannst mich hassen, so viel du willst. Aber sag mir, dass du den Auftrag übernimmst."

„Es ist nicht so leicht für mich, alles andere in meinem Leben beiseitezuschieben, weißt du. Ich habe Verpflichtungen. Und was ist, wenn Sharon sauer ist, weil du das gemacht hast?" Erneut stößt Ivy einen zittrigen Seufzer aus, als ich daraufhin mit dem Daumen über ihre Hand streiche. „Der Ärger ist vorprogrammiert, wenn ich anfange, mit dir zu arbeiten."

„Ivy, bitte."

Bei meinen Worten reißt sie die Augen auf. Ich sage sehr selten Bitte. Für gewöhnlich nehme ich mir, was ich will. Doch nicht einmal ein Bitte scheint in diesem Fall bei Ivy zu ziehen. Sie sieht so aus, als wollte sie gleich die Flucht ergreifen.

„Archer …"

„Bitte, Ivy", beharre ich. „Ich brauche dich."

10. KAPITEL

Ivy

„Es fällt mir schwer, dir zu glauben, dass du es ernst meinst.“ Archer macht mich ganz verrückt, so wie er mich berührt. Ich kann nicht denken. Und die Art, wie er mich ansieht, macht die Sache nicht besser.

In diesem Moment ist seine ganze Aufmerksamkeit auf mich gerichtet. Er lässt mich nicht aus den Augen und mustert mich mit durchdringendem Blick. Als wenn nichts und niemand sonst von Bedeutung wäre. So viel Intensität ist schwer zu verkraften.

Aber er will ja auch was von mir. Und er ist Arschloch genug, um felsenfest davon auszugehen, dass ich zustimme.

Obwohl ich instinktiv am liebsten „Nein!“ schreien und aus dem Restaurant stürmen würde, nehme ich mir einen Moment lang Zeit, um Archer zu beobachten und meinen Blick gierig über ihn gleiten zu lassen. Er trägt ein schwarzes Sweatshirt, das sich über seinem Brustkorb spannt und seine breiten Schultern betont. Sein dunkles Haar schimmert im Licht der Lampe über uns.

Mehr als eine Frau hat in seine Richtung geschaut, seit ich mich zu ihm gesetzt habe. Macht, Reichtum, Autorität – all das strahlt Archer aus. Merkwürdig, dass ich das häufig vergesse, wenn ich nicht in seiner Nähe bin. Wie sehr mein Wohlbefinden offenbar von ihm abhängt …

Und wenn all diese Macht mit einem umwerfend gut aussehenden Gesicht und einem unglaublich sexy Körper gepaart ist, kann keine Frau widerstehen.

Ich eingeschlossen, auch wenn es mir sehr widerstrebt, das zugeben zu müssen.

„Wieso fällt dir das so schwer? Ich habe bereits die Einwilligung deiner Chefin eingeholt. Wir können sofort loslegen." Er lächelt und fährt noch einmal mit dem Daumen über meine Handknöchel. Eine Hitzewelle durchströmt mich, obwohl es eigentlich eine völlig unschuldige Berührung ist. Er weiß, was er mit mir macht, was er mit seinen Berührungen bei mir anrichtet. Es sind ganz zielgerichtete Manöver, damit ich zustimme.

Blöd, wie ich bin, falle ich darauf rein. Dabei schrillen längst die Alarmsirenen in meinem Kopf. „Was hast du gesagt, wie lange?"

„Höchstens zwei Wochen."

Wie einfach es klingt, wenn er das so sagt. Er schnippt mit den Fingern, und schon tanzen alle nach seiner Pfeife. Kann ich es wirklich ertragen, für längere Zeit in seiner Nähe zu sein? Wenn es um Archer geht, habe ich nicht sonderlich viel Willenskraft. Ich habe leider eine Schwäche für ihn. So wie ich eine Schwäche dafür habe, den Sonntagnachmittag auf dem Sofa zu verbringen, viel Schokolade in mich reinzustopfen und schlechte Filme anzuschauen.

Nur dass die Schwäche für Archer tausendmal schlimmer ist.

„Und Sharon hat dem tatsächlich zugestimmt? Ohne zu protestieren?“, hake ich ungläubig nach. Im Grunde kann sie mich zurzeit nämlich nicht entbehren, weil sie so viele Aufträge zu bearbeiten hat. Keine Ahnung, wie sie es sich leisten kann, mich gehen zu lassen, selbst wenn es nur für zwei Wochen ist.

„Das Prestige, das damit einhergeht, wenn ihre Firma für das *Crave* und somit für Bancroft die Innenausstattung übernimmt, ist für sie mehr als Anreiz genug, um dich für mich arbeiten zu lassen.“ Er hält kurz inne, und die selbstsichere Miene, die er zur Schau trägt, ist atemberaubend. „Glaubst du im Ernst, dass sie einen Auftrag von mir ablehnen würde?“

Gibt es überhaupt irgendjemanden, der ihm etwas abschlägt? Er ist schließlich ein Bancroft. Und so arrogant, dass ich am liebsten wirklich Nein sagen würde. Nur ein einziges Mal. Das hier wäre zum Beispiel der perfekte Zeitpunkt dafür. Doch die Gelegenheit, die er mir bietet, ist einfach zu verlockend. Außerdem würde Sharon mich umbringen, wenn sie dem Ganzen schon zugestimmt hat. Und das weiß Archer auch.

„Was du da vorschlägst, ist … verrückt“, erwidere ich. „Denkst du tatsächlich, dass wir dieses Projekt in gerade mal zwei Wochen in Angriff nehmen und beenden können?“

„Wir können das schaffen, was wir uns vornehmen. Sag einfach Ja, Ivy.“ Er betrachtet meinen Mund, und sein Blick verharrt dort eine Sekunde zu lange. Meine Lippen fangen praktisch sofort an zu kribbeln, so als würde er sie wirklich berühren.

Ich entziehe ihm meine Hand und verspüre Erleichterung, als ich endlich diese körperliche Verbindung zu ihm löse. Wenn er mich berührt, kann ich nicht mehr klar denken. Ich habe schon Probleme mit dem Denken, wenn er mich ansieht. Deshalb wende ich das Gesicht ab und starre auf die Tischdecke, die strahlend weiß und aus erlesenem, festem Leinen gewebt ist.

Dass ich mir lieber Gedanken über eine Tischdecke mache, zeigt, wie groß Archers Einfluss auf mich ist. Mist, ich bin echt schwach, wenn es um diesen Mann geht.

Seine sündhaft tiefe Stimme unterbricht meine Grübeleien. „Hör schon auf mit den Spielchen, Ivy. Es ist abgemacht.“

Seufzend sehe ich ihn wieder an. „Na schön. Wann fahren wir los?"

„Heute Abend?" Er wirft mir ein strahlendes Lächeln zu, eins, das mir augenblicklich ein feuchtes Höschen beschert. *Sexy Mistkerl.*

Ich greife nach meinem Weinglas und trinke es leer, woraufhin mir vom Alkohol prompt ganz warm wird. Ich werde definitiv noch mehr Wein brauchen, um den Rest des Abends zu überstehen. „Auf keinen Fall. Morgen."

„Na gut, morgen ist auch gut", meint er gedehnt. „Aber wir müssen früh los. Und ich habe auch noch ein paar Bedingungen."

„Das kann ich mir denken."

„Es ist unerlässlich, dass du alles mit mir absprichst. Jede Wahl, jede Entscheidung, die du triffst. Es ist nicht so, dass ich dir nicht traue. Es gibt da allerdings eine gewisse Ästhetik, die an beiden Standorten gewährleistet sein soll, und natürlich muss ich sicherstellen, dass deine Auswahl dem entspricht."

Ich nicke. Das ist nichts Ungewöhnliches. „Damit habe ich kein Problem."

„Und wenn ich nicht mag, was du vorschlägst, wirst du nicht versuchen, mich vom Gegenteil zu überzeugen. Ich habe das letzte Wort." Er greift nach der Bierflasche und hebt sie an den Mund, um einen Schluck zu trinken. Er sieht unglaublich sexy aus, wenn er schluckt – was wirklich total verrückt ist.

Er macht mich verrückt. Sein Duft, die Art, wie er mich mit diesem berechnenden, heißen Blick mustert. Allein seine Gegenwart wärmt meine Haut, bringt mein Blut in Wallung. Und überflutet mich mit Erinnerungen an unsere gemeinsame, unvergessliche Nacht. Erinnerungen, die ich sowohl sorgsam hüte als auch verachte.

Und jetzt macht er es absichtlich spannend. Ich sitze im wahrsten Sinne des Wortes auf der Stuhlkante und warte, was er wohl als Nächstes sagen wird. „Ich möchte außerdem, dass du bei mir einziehst", erklärt er schließlich, nachdem er seine Flasche wieder auf den Tisch gestellt hat.

Mir klappt vor Schreck die Kinnlade herunter. „Bei dir einziehen?", quietsche ich und räuspere mich dann.

„Es ist erforderlich, dass du täglich vor Ort bist. Ich will dieses Projekt so schnell wie möglich beenden. Alle Entscheidungen, die wir treffen, müssen umgehend getroffen werden. Es geht nicht, dass du zwischen dort und San Francisco hin- und herpendelst. Ich brauche dich an meiner Seite. Jeden Tag. Jeden Abend. Bis das Projekt fertig ist. Und wenn du nicht bei mir einziehen willst, musst du zumindest im *Hush* übernachten."

„Oh, mir ist schon klar, was du von mir willst.“ In mir wallt Zorn auf, und ich fange an zu zittern. Ich schiebe meinen Stuhl zurück, stehe auf und schaue Archer wütend an. „Ich lasse mich nicht zu einer weiteren deiner sexuellen Eroberungen machen.“

Er hebt den Kopf und sieht mich mit der für ihn so typischen Gelassenheit an. „Beruhige dich, Ivy. Ich verlange nicht von dir, dass du mit mir schläfst, damit du dieses Projekt bearbeiten kannst. So ein Arschloch bin ich nicht.“

Verdammt, seine Worte tun weh. Für was für eine Frau hält er mich eigentlich? „Ja, klar. Und ehe ich mich versehe, liege ich flach auf dem Rücken in deinem Bett. Nein danke. Du wirst mich auch nicht mit irgendwelchen Karrierechancen ködern können.“ Ich bücke mich, schnappe mir meine Handtasche und werfe sie mir über die Schulter.

„Ich weiß, dass dir die Vorstellung unangenehm ist, bei mir zu wohnen. Aber angesichts des knappen Zeitrahmens ist es das Beste für das Projekt. Außerdem bitte ich dich ja nicht, jeden Abend nackt in meinem Bett auf mich zu warten. Obwohl dieser Gedanke äußerst ansprechend ist.“ Sein arroganter Tonfall weckt in mir den Wunsch, irgendetwas zu schlagen. Am liebsten ihn. „Komm schon, du hast doch auch nicht vergessen, wie großartig das neulich Nacht mit uns beiden war, Ivy“, murmelt er mit seiner verführerischen Stimme.

Oh, diese Unverfrorenheit!

Bei dieser Bemerkung koche ich innerlich fast über – sowohl vor Lust als auch vor Wut. Ich hasse es wirklich, dass ich ihn noch immer will. „Du bist ein Mistkerl“, stoße ich hervor, bevor ich mich umdrehe und zum Ausgang marschiere. Ich muss hier raus. Es ist auf einmal viel zu warm, viel zu eng im Restaurant.

Ich höre, dass Archer meinen Namen ruft. Höre, wie er den Stuhl zurückschiebt, als er aufsteht und mir hinterherkommt. Aber ich weigere mich, mich umzudrehen. Ich ignoriere auch die Hostess, die mir zuruft, dass sie noch meinen Mantel hat.

Stattdessen stoße ich die Tür auf und trete hinaus in die Dunkelheit, wo ich die kalte Luft einatme. Das Blitzlicht einer Kamera blendet mich für einen Moment, und ich meine, dass jemand Archers Namen ruft, während ich bereits in die entgegengesetzte Richtung davoneile, um den Paparazzi auf jeden Fall zu entkommen. Wie hatte ich nur vergessen können, dass sie Archer überallhin folgen?

Himmel, mir dreht sich der Kopf, und das kommt nicht nur vom Wein. Der blöde Fotograf bildet bloß die Spitze des riesigen Eisbergs, der vor mir auftaucht. Es ist unfassbar, dass Archer verlangt, ich solle für ihn arbeiten. Dass er mich übergeht und dafür sorgt, dass mir gar keine andere Wahl bleibt, als zuzustimmen. Ganz zu schweigen von der Tatsache, dass wir miteinander geschlafen haben und er es unbedingt erwähnen musste. So als wollte er es gegen mich verwenden. Ich könnte für meinen Fauxpas natürlich dem Champagner die Schuld geben, von dem ich wohl zu viel getrunken hatte.

Es ist echt oberpeinlich.

Aber das Schlimmste ist, dass ich es auch ohne den Champagner getan hätte. Ich kann für die Nacht mit Archer nicht zu viel Alkohol verantwortlich machen. Ich war stocknüchtern.

Trotzdem: Er ist und bleibt ein Arschloch. Ein kontrollsüchtiger, arroganter Mistkerl, der mich für ein rückgratloses, dummes Mädchen hält. Ich wünschte, ich könnte ihm eine Absage erteilen – aber er hat mich sehr erfolgreich in eine Falle gelockt. Und wieso hat Sharon nicht mit mir darüber geredet? Ich fasse es nicht, wie er das alles so schnell arrangiert hat.

Er besitzt offensichtlich so viel Macht, so viel Einfluss, dass er alles und jeden mit einem Telefonanruf oder Fingerschnippen dazu bringt, sich seinem Willen zu fügen.

Ohne zu wissen, wohin ich gehe, biege ich nach rechts ab und stolpere blindlings durch die Nacht. Autos fahren an mir vorbei, ich höre das laute Rumpeln eines Stadtbusses, der die Straße entlangfährt. Ich blinzele, beschleunige meine Schritte, und mein Herz schlägt immer schneller. Ein Schauder durchfährt mich. Ich reibe mit den Händen über meine Arme und wünsche mir, ich hätte meinen Mantel an. Es ist einer meiner Lieblingsmäntel, und es ärgert mich maßlos, dass ich ihn blöderweise im Restaurant gelassen habe.

Verflixt, Archer lenkt mich so sehr ab, dass es echt unfair ist. Wieso muss er so atemberaubend sein? So verdammt unwiderstehlich?

Ich erhöhe das Tempo, ärgere mich über meine Gedankengänge. Jetzt höre ich ihn hinter mir. Mit entschlossenen Schritten folgt Archer mir und schnaubt vor Zorn.

Gut. Ich mache ihn wütend. Schön, denn dieses Gefühl beruht auf Gegenseitigkeit. Ich muss weg von ihm.

Sehr, sehr weit weg.

„Ivy." Der Mann ist einfach zu groß. Seine Beine dürften fast so lang wie mein gesamter Körper sein – was natürlich bedeutet, dass er mich locker einholt. Er packt meinen Oberarm mit seinen kräftigen Fingern und dreht mich herum, damit ich ihn ansehe. „Lauf nicht vor mir davon."

Seine Worte klingen wie ein Befehl. „Lass mich los."

Ich will mich gegen seinen festen Griff wehren, doch er packt nur noch fester zu, sodass ich keine Möglichkeit zur Flucht habe.

Archer zieht mich an sich, seine Körperwärme umfängt mich, sein markanter Duft steigt mir zu Kopf, und mir wird ganz schwindlig. „Hör auf, dagegen anzukämpfen."

Ich muss all meine Willenskraft aufbieten, um mich dagegen zur Wehr zu setzen. Es muss sein, sonst überlebe ich ihn nicht. „Vergiss es. Ich werde dir nicht helfen."

Archer sieht richtiggehend beleidigt aus, als er die Worte hört. „Du hast gar keine andere Wahl. Ich brauche dich."

„Du brauchst mich nicht. Ich bin doch bloß ein leichtes Opfer." Das Verlangen, ihn zu schlagen, ist in dieser Sekunde größer als je zuvor. Aber er ist im Vorteil, weil er genau weiß, wie ich immer auf ihn reagiere. Und ich traue ihm durchaus zu, dass er das gegen mich verwendet. „Ich hasse es, dass du das getan hast", murmele ich.

„Warum?" Seine Stimme klingt auf einmal verdächtig sanft. Genauso verdächtig sanft streichen seine Finger über meinen Rücken. Es ist, als wollte er mich einlullen. Wie eine Katze, die er mit Streicheln in seinen Bann ziehen kann. Bisher war ich stark genug, um ihn wegzuschicken, um mich von ihm abzuwenden. Werde ich auch diesmal stark genug sein? Kann ich ihm erneut widerstehen? Ich weiß es nicht.

„Du hast mich schon einmal zum Narren gehalten." Nicht wirklich, aber es klingt gut. Wir haben uns gegenseitig zum Narren gehalten. „Das werde ich kein zweites Mal zulassen."

Ich hebe die Hand und lege sie auf seine Brust; ich will ihn von mir stoßen. Allerdings scheinen meine Finger plötzlich einen eigenen Willen zu besitzen: Sie krallen sich in den weichen Stoff seines Sweatshirts, und ich spüre die Kraft, die sich darunter verbirgt. Ein zittriger Seufzer entschlüpft mir, und ich halte den Kopf gesenkt. Ich habe Angst, Archer anzusehen. Angst, dass er in meinen Augen erkennt, was ich für ihn empfinde.

„Ich habe mir selbst etwas vorgemacht", sagt er schließlich und berührt meine Wange, ehe er unter mein Kinn greift, um es anzuheben. „Ich wollte dir nicht wehtun."

Ich runzle die Stirn. Habe ich gerade richtig gehört? Hat Archer tatsächlich einen Fehler zugegeben? „Hast du aber."

Unsere Blicke kreuzen sich für einen langen, spannungsgeladenen Moment. Am liebsten würde ich davonlaufen. Mich ein für alle Mal von ihm befreien und so tun, als hätte es diese Nacht neulich nie gegeben. Ein anderer Teil von mir will bleiben. Will seinem Vorschlag zustimmen. Vielleicht kann ich dann wenigstens eins von diesen zwei Dingen erreichen.

Entweder gelingt es mir, Archer davon zu überzeugen, dass wir zusammengehören. Oder ich schaffe es, ihn mir endgültig aus dem Kopf zu schlagen.

Archer

Ivy krallt noch immer die Finger in mein Sweatshirt, und ihre unschuldige Berührung treibt mich beinahe in den Wahnsinn. Fuck, ich begehre sie. So an mich gepresst, passt sie perfekt zu mir, als wenn sie für mich geschaffen wäre. Genauso habe ich es bereits beim letzten Mal empfunden: Als ich sie in meine Arme gezogen habe, hatte ich das Gefühl, wir wären zwei Puzzlestücke, die endlich zueinandergefunden haben.

Das ist einer der Gründe, warum ich so eine Scheißangst hatte. Heute noch habe. Keine andere Frau fühlt sich so … richtig in meinen Armen an. Und dabei habe ich sie heute ja noch nicht einmal geküsst. Es ist so verdammt schön, sie einfach zu halten – was an sich schon lächerlich ist, denn ich will eine Frau eigentlich nicht bloß halten.

Sie sollte jetzt nackt und vor Verlangen keuchend unter mir liegen, während ich sie vögele, bis ihr Hören und Sehen vergeht. Emotionen? Vergiss es. Alles andere? Vergiss es. Das Einzige, was zählt, ist nur der verzweifelte Wunsch, sie zu vögeln. So gehe ich normalerweise vor.

Und nun stehe ich hier und benehme mich wie ein Schuljunge, der zum ersten Mal mit einem Mädchen Händchen hält. Das macht mir Angst und lässt mich fast durchdrehen.

„Ist das wieder eine von deinen Maschen, um mir an die Wäsche zu gehen?", fragt sie schließlich genervt. Sie ist so verdammt clever. „Dein Wunsch, dass ich für dich arbeiten und ständig in deiner Nähe sein soll? Kommt mir ziemlich verzweifelt vor, wenn du mich fragst."

Langsam schüttele ich den Kopf und streiche sanft mit dem Daumen über ihre volle Unterlippe. Einen Monat ist es her, seit ich sie zuletzt geküsst habe. Dennoch kann ich mich ganz genau an ihren Geschmack erinnern. An die leisen Töne, die sie von sich gegeben hat. An die Art, wie sie die Arme um meinen Nacken geschlungen hat und mit ihren schlanken Fingern durch mein Haar gefahren ist. Ihre Berührung hat sich so verdammt gut angefühlt. Viel zu gut.

Fuck. Das ist es. Sie ist einfach zu gut für mich. Das darf ich nicht vergessen.

„Du bist die einzige Frau, der ich traue, Ivy“, murmele ich, während mein Herz so heftig klopft, dass ich kaum einen Ton herausbringe. „Die einzige Frau, die mich versteht – mich, mein Leben, meine Karriere und alles, was daran hängt. Ich weiß, dass du keine Informationen über den Standort meines Hotels preisgeben wirst. Und ich weiß, dass du mir helfen kannst, die richtigen Entscheidungen zu treffen, wenn es um die Inneneinrichtung geht.“

Ein wenig zitternd atmet sie aus, und ihr warmer Atem streift meinen Daumen. Mein Puls beschleunigt sich unwillkürlich. Ich muss tief Luft holen und mich sehr beherrschen, damit Ivy nicht bemerkt, wie sehr sie mir unter die Haut geht.

Aber, heilige Scheiße, sie geht mir so verdammt unter die Haut.

„Wie soll ich dich verstehen, wenn ich dich nicht einmal richtig kenne, Archer? Wir haben uns noch nie sehr nahegestanden.“ Sie betrachtet meine Lippen, und ihr Blick verharrt dort. „Abgesehen davon, was beim letzten Mal passiert ist, gibt es keine Verbindung zwischen uns.“

Ich dagegen habe eher den Eindruck, dass zu viel zwischen uns ist. Doch das werde ich jetzt nicht weiter vertiefen. „Du bist seit Langem ein Teil meines Lebens. Du kennst mich, seit ich ein Teenager war. Ehe ich … dies hier wurde." Der vollkommene Playboy, der jederzeit die Frau bekommen kann, die er will. Der Hotelier und Workaholic, der sich in seine Arbeit stürzt, bis er allein für das *Hush* lebt. Und nun ist da noch das *Crave* …

„Ja, trotzdem haben sich meine Gefühle dir gegenüber nicht verändert. Ich denke, dass du verrückt bist." Sie schnappt nach Luft, als ich mich vorbeuge und mit den Lippen ihren rechten Mundwinkel berühre. Dieser kleine Vorgeschmack auf ihre weiche Haut weckt in mir das Verlangen nach mehr. „W…warum küsst du mich?"

„Weil ich nicht anders kann." Ich küsse den linken Mundwinkel, bevor ich mich ihrer Oberlippe widme und ein wenig daran knabbere. Dann löse ich mich wieder von ihr. „Ich brauche deine Hilfe, Ivy. Ich bekomme das Resort ohne dich nicht fertig."

„Hör auf." Sie will mich wegschieben, doch ich weiche nicht von der Stelle. „Sag nicht immer Sachen, die du gar nicht ernst meinst."

„Ich meine es nicht ernst, wenn ich sage, dass ich dich brauche? Glaubst du das wirklich?" Ich bin fassungslos. Ich brauche sie doch. Mehr, als ich zuzugeben bereit bin.

Ich muss sie davon überzeugen, dass sie wieder mit mir schläft. Wenigstens noch ein einziges Mal – möglichst jedoch ein paar Dutzend Mal –, bevor ich sie in ihr Leben entlasse und in mein eigenes zurückkehre.

Sie war doch dabei, damals in der Nacht von Jeff und Cecilys Hochzeitsempfang. All diese aufgestaute Chemie zwischen uns, die explodierte, als wir uns küssten. Sie weiß genau, wie stark die erotische Spannung zwischen uns ist.

Wieso steckt sie so voller Zweifel?

„Du brauchst mich nicht. Du willst bloß, dass ich dir aus einem Schlamassel helfe. Ich habe dir nie etwas bedeutet. Nie so richtig." Sie weicht zurück, als ich mich erneut vorbeuge, um sie zu küssen.

„Verdammt, Ivy …", setze ich an.

„Du hast mich sitzen lassen, Archer", unterbricht sie mich. Sie spricht so leise, dass ich sie kaum verstehen kann. „Wir waren uns einig, dass es ein Fehler war, miteinander zu schlafen. Das ist mir schon klar. Aber so wie du mich in der Suite im *Hush* berührt hast, kurz bevor Gage dir die SMS geschickt hat … Ich war so verwirrt. Ich dachte, du wolltest … Oh, mein Gott, ich weiß nicht, was du willst. Nicht wirklich. Ich verstehe dich nicht. Seit ich an dem Tag weggefahren bin, hast du nicht einmal angerufen. Ich habe keinen Piep von dir gehört … Wobei ich das allerdings auch nicht erwartet hatte." Sie macht einen Schritt nach hinten und zieht sich völlig von mir zurück, sodass meine Arme sich ohne sie ganz leer anfühlen. „Dieses Hin und Her zwischen uns ist … schwierig. Ich will das Risiko nicht eingehen, dir nahe zu kommen. Nicht, wenn ich gleich darauf feststellen muss, dass es schon wieder vorbei ist, ehe wir überhaupt eine Chance auf mehr hatten. Wobei … diese Chance gibt es ja gar nicht …“ Sie verstummt und errötet. Wahrscheinlich wollte sie das eigentlich nicht zugeben.

Dieses kleine Geständnis weckt jedoch meine Hoffnung.

„Ich werde dich nicht anfassen. Es sei denn, du willst es.“ Ich setze ein Lächeln auf, doch sie erwidert es nicht. Seufzend umschließe ich ihre Wange, streiche noch einmal mit den Fingern über ihre weiche Haut, ehe ich meine Hand sinken lasse. Ich kann nicht anders, ich muss sie einfach ständig berühren. Aber wenn sie es nicht will, werde ich mich beherrschen. „Versprochen.“

Sie beißt sich auf die Unterlippe, und ihre Augen werden immer größer, als sie zu zittern beginnt. Ich ziehe sie wieder in die Arme, um sie vor der Kälte zu schützen. Sie muss fast am Erfrieren sein, denn sie hat ja ihren Mantel im Restaurant gelassen. „Lass uns gehen. Komm mit mir in mein Hotel. Ich habe die Penthouse-Suite, und der Blick auf die Stadt ist fantastisch. Verdammt, es ist viel zu kalt, um länger hier draußen herumzustehen und zu reden.“

Ivy versteift sich merklich, ehe sie sich von mir löst. „Mit dir auf dein Hotelzimmer gehen? Vergiss es. Bevor ich mich versehe, liege ich flach auf dem Rücken und du auf mir."

Ich lächle. Verdammt, das klingt verlockend. „Und weshalb ist das was Schlechtes?"

„Hör auf, Archer. Ich habe dir schon gesagt, dass es kein zweites Mal passieren wird." Sie verschränkt die Arme vor der Brust und sieht mich herausfordernd an. „Außerdem: Sollten wir tatsächlich je wieder Sex haben, würdest du hinterher sowieso die Flucht ergreifen ... so wie immer."

Sie hat recht. Wenn die Scheiße ernst zu werden droht, ergreife ich wirklich immer die Flucht. Aber jetzt nicht mehr. Ausnahmsweise will ich diesmal nicht davonlaufen. „Ich kann nicht länger flüchten, Ivy. So sieht es aus: Ich will, dass das neue Resort schnell eröffnet und ein umwerfender Erfolg wird. Ich will, dass diese Suiten atemberaubend aussehen. Und ich weiß, dass wir es zusammen schaffen können."

„Na schön." Sie seufzt. „Wir brauchen ein Budget. Einen Terminplan." Sie klopft mit dem Finger gegen ihre Lippen und treibt mich mit dieser kleinen Geste fast in den Wahnsinn. Verdammt, sie ist so schön. Selbst wenn sie zitternd in der Kälte steht, wütend auf mich ist und glaubt, ich wäre verrückt geworden, ist sie bezaubernd. Fuck, sie ist unglaublich.

Ich verdiene ihre Hilfe gar nicht. Ich verdiene Ivy Emerson nicht im Geringsten.

Trotzdem begehre ich sie. So sehr, dass ich fast daran verzweifle.

„Wir können im Hotel Pläne schmieden, Ivy“, antworte ich ihr. „Komm schon, ich werde meine Finger bei mir lassen.“

Eine perfekt gezogene Braue schießt in die Höhe. „Versprochen?“

Nickend hebe ich die Finger zum Schwur. „Ich schwöre.“

„Du schwörst? Ich kann nicht klar denken, wenn du mir zu nahe kommst, Archer. Und wenn du willst, dass ich dir in dieser Sache helfe, muss ich definitiv einen kühlen Kopf bewahren.“

Ist es falsch, dass mich ihre Bemerkung erfreut? Dass sie nicht klar denken kann, wenn ich in ihrer Nähe bin? Das gefällt mir sehr. Vor allem, weil es mir genauso geht.

„Komm mit mir in die Hotelsuite, Ivy. Wir werden das alles klären.“

„Na schön.“ Sie nickt kurz. „Tun wir es.“

Süßere Worte habe ich noch nie gehört.

11. KAPITEL

Ivy

Die Penthouse-Suite ist unglaublich, wobei ich natürlich nichts anderes erwartet hatte. Sie umfasst beinahe die gesamte obere Etage des Hotels, ist viel, viel größer als mein Apartment und verfügt über drei Schlafzimmer, was ich ganz beruhigend finde. Da ist die Gefahr, dass ich in Archers Bett lande, gebannt.

So groß die Versuchung auch sein mag.

Im Laufe der Jahre habe ich häufig in einem der Bancroft-Hotels übernachtet. Kein Wunder: Die Bancrofts haben uns kostenlose Zimmer zur Verfügung gestellt, wann immer wir unterwegs waren, und ich bin nie enttäuscht worden. Aber natürlich gab es nie einen Grund, in dem Bancroft-Hotel in San Francisco abzusteigen. Es ist schließlich meine Heimatstadt.

„Gefällt es dir?“, fragt Archer freudig, schließt die Tür und kommt auf mich zu. Trotz der Belastung, die das Familienunternehmen für ihn schon sein Leben lang darstellt – vor allem im Moment –, weiß ich eins ganz genau: Er ist stolz auf Bancroft. Und das sollte er auch sein.

„Die Aussicht ist unbeschreiblich.“ Ich gehe zum Fenster und schaue hinaus auf die glitzernde Stadt, die sich vor mir erstreckt. Der Mond durchdringt den Nebel und schickt sein silbriges Licht über die Bay. Ich unterdrücke ein sehnsuchtsvolles Seufzen.

Diese wunderschöne Suite, die herrliche Nacht … Alles wie geschaffen für Liebende. Ich sehne mich danach, diese Nacht so zu genießen, wie man sie genießen sollte. Dabei ist mir völlig klar, dass Archer nicht gut für mich ist.

Aber Archer weiß, dass er auf Distanz bleiben muss. Nur so kann ich einen kühlen Kopf bewahren.

Du meine Güte, wie blöd bin ich eigentlich, dass ich ihn von mir stoße, obwohl ich ihn mehr als alles andere begehre?

„Ich übernachte immer hier, wenn ich in der Stadt bin. Das ist auf jeden Fall angenehmer, als bei meinen Eltern abzusteigen." Die Verbitterung in seiner Stimme ist keine Überraschung für mich. Er kommt mit seinen Eltern nicht zurecht, noch nie. Wobei ich ihm deshalb wirklich keinen Vorwurf machen kann. Sein Vater behandelt ihn schrecklich. Ihre zerrüttete Beziehung bricht mir das Herz.

Jetzt stellt Archer sich hinter mich. Ich sehe sein Spiegelbild im Fenster und halte die Luft an, während ich das Bild bewundere, das wir zusammen abgeben. Er überragt mich um ein gutes Stück, sein dunkles Haar ist zerzaust, und seine Miene wirkt angespannt. Als ob er genauso unter Strom stehen würde wie ich.

Ich stelle mir vor, wie er über meinen Rücken streicht, bevor er meine Schulter sachte nach vorne drückt, sodass ich gar keine andere Wahl habe, als mich vorzubeugen. Ich höre seine tiefe, sexy Stimme, höre, wie er mich auffordert, die Hände gegen das kalte Glas zu legen. Anschließend umfasst er meine Hüften, greift nach dem Saum meines Kleides und schiebt ihn langsam hoch, damit er meine nackte Haut darunter berühren kann. Dann würde er seine Finger immer höher wandern lassen, bis sie ihren Weg in meinen Slip fänden, und er würde feststellen, dass ich schon feucht und bereit für ihn bin …

Lust breitet sich in mir aus, und ich versteife die Schultern. Mist, ich bin ein einziges Wrack. Archer ist mir viel zu nahe. Ich male mir schon aus, wie er mich direkt hier vor dem Fenster verführt, wo jeder uns sehen kann.

„Heute Nacht wird zwischen uns nichts laufen, Archer", erkläre ich bestimmt, auch wenn ich mir das Gegenteil noch so sehr wünsche. Ich muss stark bleiben. Der Mann ist gefährlich für mein Wohlbefinden. Am liebsten würde ich mich ohrfeigen, weil ich mich überhaupt auf diese idiotische Sache eingelassen habe. Ich bin so schwach, wenn es um ihn geht, dass es richtiggehend peinlich ist.

„Na, das ist aber schade“, meint er so gedehnt, dass ich ihn gern geschlagen hätte.

Himmel, ich bin am Verhungern, und das macht mich so ungnädig. Wir haben das Restaurant verlassen, ehe unser Essen kam. Archer hat aber gesagt, er hätte noch dafür bezahlt, bevor er mir hinterhergeeilt ist. Kurz vor unserer Ankunft im Hotel hat er dann den Zimmerservice angerufen und massenweise Essen bestellt, das ich normalerweise nie essen würde. Eine Reihe von Vorspeisen, und ich glaube, ich habe sogar gehört, wie er Pizza erwähnt hat.

Mein Magen knurrt, als ich an Pizza denke.

„Hungrig?“ Archer zieht eine Braue hoch, und ich wende mich verlegen ab. Natürlich würde ich das niemals zugeben, doch ich bin wirklich am Verhungern. Frauen essen nicht – jedenfalls nicht in Gegenwart von so vollkommenen Männern wie Archer. Vielleicht knabbern wir mal an einem Salatblatt und trinken reichlich Wasser, um mögliche Blähungen wegzuspülen, aber das war’s dann auch.

„Das Essen ist auf dem Weg. Eigentlich dürfte es nicht mehr lange dauern“, versichert er mir, als ich nicht antworte. „Keine Sorge.“

Ich nicke kurz und bin froh, das Thema wechseln zu können, ehe ich dann doch gestehe: „Sehr schön, ich bin am Verhungern.“ Wobei das eigentlich auch wieder geschwindelt ist, denn in seiner Gegenwart werde ich vermutlich keinen Bissen runterkriegen. Mein Magen ist völlig verkrampft, weil Archer mir so nahe ist.

„Willst du einen Rückzieher machen?", fragt er plötzlich und versetzt mich damit in Erstaunen.

Wie kommt er jetzt darauf?

Nein, würde ich am liebsten schreien. Ich möchte mich in seine Arme werfen und ihn anflehen, mich zu küssen. Ich möchte diese warmen, weichen Lippen auf meinen spüren und die köstliche, samtweiche Zunge, die meine Mundhöhle erkundet. Ich möchte hören, wie er mir sinnliche Dinge ins Ohr flüstert, während er mit den Händen meinen Körper erforscht.

Und mehr als alles andere wünsche ich mir verzweifelt, dass er mir die Kleider vom Leib reißt, mich zum Bett drängt und sich die ganze Nacht lang mit mir vergnügt.

Aber meine Wünsche sind müßig. Und lächerlich.

„Natürlich n…", beginne ich, als er mir ins Wort fällt.

„Ich weiß, dass ich unglaublich selbstsüchtig bin, aber ich kann unmöglich zulassen, dass du einen Rückzieher machst, Ivy. Trotzdem würde ich dich natürlich niemals dazu zwingen, etwas zu tun, was dir unangenehm ist."

Seine weiche, betörende Stimme wärmt mich geradezu von innen. Wenn er mich so ansieht – die dunklen Augen funkelnd vor Leidenschaft, obwohl er ansonsten so ernst wirkt –, schaffe ich es fast, ihm zu glauben.

Ein Klopfen an der Zimmertür reißt mich aus meinen Gedanken. Archer macht einen irritierten Eindruck angesichts der Unterbrechung. Ich beobachte ihn, während er mit langen Schritten zur Tür eilt. Er öffnet sie mit Schwung, brummt eine Begrüßung und nimmt dem Pagen den Servierwagen ab, bevor dieser ihn ins Zimmer rollen kann.

Mir entschlüpft fast ein Lachen, als ich Archer den Wagen durch den Raum schieben sehe, der mit Tellern und abgedeckten Schüsseln beladen ist. Es ist, als wäre er einer der niederen Angestellten. Als wäre es nicht sein Familienname, der draußen in großen Buchstaben am Haus prangen würde. „Ich hoffe, du hast ihm wenigstens ein Trinkgeld gegeben", meine ich.

Mit bösem Blick mustert er mich. „Natürlich habe ich das. Ich bin doch nicht völlig herzlos."

Ich wünschte, ich wäre mutig genug, es laut auszusprechen. *Beweise es mir.*

Aber ich verkneife mir die Worte.

Archer

„Du bleibst heute Nacht bei mir."

Ich frage Ivy gar nicht erst, als ich mein drittes Stück von der Pizza verschlinge, die der Gourmet-Chef des

Hotels zubereitet hat. Sie bleibt heute Nacht hier. Ob es ihr nun gefällt oder nicht.

Wir sitzen im Essbereich der Suite. Der Tisch ist klein, was mir jedoch die perfekte Entschuldigung bietet, um ganz nahe bei Ivy zu sitzen. Ihr Duft schwebt durch die Luft, und die Wärme ihrer Gegenwart nimmt einen Teil der Spannung von mir, die sich vorhin aufgebaut hat, auch wenn mir vollkommen klar ist, dass Ivy nicht gern mitgekommen ist.

Ihre Abneigung meinen Plänen gegenüber war offenkundig. Es ist mir durchaus bewusst, dass sie noch immer nicht glücklich ist, für mich arbeiten zu müssen, obwohl sie kein Wort mehr darüber verliert. Ich weiß, was sie denkt. Das wusste ich schon immer.

Ivy stochert in ihrem Essen herum. „Das soll ein Witz sein, oder?"

Verdammt, die Frau baut einem Hindernisse auf, wo sie kann. „Himmel, nein, das ist kein Witz. Es ist spät, und ich will nicht, dass du um diese Uhrzeit noch mitten durch die Stadt fährst. Du kannst in einem der anderen Schlafzimmer übernachten. Ich schwöre dir auch, dass ich dir nicht zu nahe komme." Frustriert fahre ich mir mit der Hand übers Gesicht.

Es ist ganz offensichtlich, dass Ivy nicht vorhat, mir die Sache leicht zu machen.

„War das geplant? Mich heute Nacht hierherzulocken? Mich dazu zu bringen hierzubleiben?“ Sie hebt den Kopf und schaut mich mit einem Blick an, der sehr verletzt wirkt.

Verdammt, sie macht mich echt fertig. „Natürlich habe ich das nicht geplant.“

„Kommt mir aber so vor.“

„Sollen wir das wirklich wieder und wieder durchkauen?“ Ich wische mir die Hände an einer Serviette ab und werfe sie anschließend auf den Teller. „Du hast kaum etwas gegessen.“

Sie zuckt mit den Schultern. „Ich war nicht hungrig.“

„Dann war dein knurrender Magen also bloß vorgetäuscht? Ich habe doch all deine Lieblingsgerichte bestellt.“ Als Teenager hat sie sich im Grunde ausschließlich von Junkfood ernährt. Wie wir alle. Und, ehrlich gesagt, ich tue es immer noch. Allerdings treibe ich wie verrückt Sport, sodass ich mir den gelegentlichen Luxus einer Völlerei erlauben kann.

Sie seufzt. „Ich habe diese Art von Essen seit Jahren nicht mehr angerührt.“

„Früher hast du praktisch nichts anderes gegessen.“

„Damals war ich ja auch noch ein Teenager und musste daher nicht aufpassen, was ich zu mir nehme“, kontert sie irritiert.

Ich lasse meinen Blick über sie gleiten. Verdammt, sie ist so heiß. Mit diesem umwerfenden Körper und den Kurven an all den richtigen Stellen. Stellen, die ich allzu gern noch einmal mit meinen Händen berühren möchte. Oder, noch besser, mit meinem Mund. „Eine Ausnahme heute Nacht wird dich nicht gleich umbringen, Ivy." Ich versuche, sie in Versuchung zu führen. Ich bin nämlich kurz davor, mich auf sie zu stürzen, um ihr zu zeigen, wie sehr ich sie brauche.

Aber noch nicht. Ich kann auch geduldig sein, selbst wenn es mich umbringt.

„Ich muss zusätzliche Runden laufen, wenn ich bloß einen dieser Mozzarella-Sticks esse." Sie beäugt den Teller, den ich speziell für sie bestellt habe, und leckt sich die Unterlippe. Es ist fast so, als würde ihr das Wasser im Mund zusammenlaufen. Schon früher hatte sie eine Schwäche für diese kleinen Sticks.

„Du läufst?"

„Auf dem Laufband. Im Sportstudio." Sie zuckt mit den Schultern.

„Na komm, lebe ausnahmsweise mal gefährlich." Ich schiebe ihr den Teller zu.

„Willst du dich etwa die ganzen zwei Wochen, die wir zusammenarbeiten sollen, über mich lustig machen?" Sie hebt eine Braue, und ich muss lächeln.

Ich will nicht, dass sie Angst vor mir hat. Und ich will auch nicht, dass sie sauer auf mich ist.

Sie greift nach einem Mozzarella-Stick, tunkt ihn in das Dressing ein und beißt genüsslich ab. Aus einem mir unerfindlichen Grund macht es mir Freude, sie beim Essen zu beobachten. Und noch mehr Freude bereitet es mir, dass sie über unsere gemeinsame Zeit in einem positiven Licht gesprochen hat.

„Du hast es verdient, dir ab und zu etwas zu gönnen und ein bisschen Spaß zu haben, weißt du? Nur Arbeit und kein Vergnügen, das ist auch nicht gut."

Ivy funkelt mich wütend an. Verdammt, sie ist echt bezaubernd, wenn sie wütend ist. „Das Leben besteht nicht bloß aus Spaß und Spiel." Sie beißt noch einmal von ihrem Käse-Stick ab und stöhnt leise, während sie kaut.

Der Laut erregt mich und lässt mich sofort hart werden. „Da hast du verdammt recht", murmele ich.

„Wobei es bei dir immer so aussieht. In der Regel hängen doch zwei oder drei Frauen an deinem Arm, während du durch die Klubs der Stadt ziehst, trinkst und dich vergnügst", wirft sie mir vor.

Mist, sie hält mich anscheinend für ein echtes Arschloch. Vor allem, nachdem ich sie nach unserer letzten Begegnung völlig ignoriert habe. Wenn sie doch die Wahrheit wüsste. Wie schwierig es gewesen ist, wie sehr sie mir Angst gemacht hat. Wie sehr sie mir immer noch Angst macht. „Glaubst du ernsthaft, dass ich während der letzten Jahre nur herumgefickt und das Geld meiner Familie aus dem Fenster geworfen habe?"

„Natürlich nicht." Sie schiebt den letzten Rest ihres Mozzarella-Sticks in den Mund, kaut und schluckt schließlich. „Gage hat mir erzählt, wie hart du arbeitest."

„Und vielleicht solltest du auch mal lernen, ab und zu abzuschalten und Spaß zu haben", gebe ich zurück. Okay, es ist also wieder so weit: Wir fangen an, uns zu streiten. Ich schwöre, das ist eine Art Vorspiel für uns. Es überdeckt diese sexuelle Spannung, die zwischen uns herrscht, sobald wir aufeinandertreffen.

„Ich weiß, wie man Spaß hat", verteidigt sie sich.

„Dann beweise es", fordere ich sie heraus. Seit ich sie kenne, grübelt sie darüber nach, was andere wohl von ihr denken. Sie kultiviert ein gewisses Image und lässt niemanden zu nahe an sich heran, aus Furcht, jemand könnte die wahre Ivy entdecken.

Wobei mit der wahren Ivy ja nichts verkehrt ist. In meinen Augen kommt sie verdammt nahe an das Idealbild einer Frau heran.

„Wie kann ich es dir beweisen?"

Ich kann nicht antworten, weil ich fürchte, dass ich etwas total Bescheuertes sage und damit alles ruiniere.

Das darf ich nicht wagen. Das ist einfach zu riskant.

„Darf ich ehrlich sein?“, fragt sie plötzlich und reißt mich aus meinen Gedanken.

„Aber sicher, gern.“

Sie schaut mich direkt und ganz ernst an, so ernst, dass ich unruhig werde. „Du machst mir Angst.“

Na super. Das beruht auf Gegenseitigkeit. „Ich werde nichts tun, was du nicht willst.“

„Das ist es nicht, wovor ich Angst habe.“ Sie atmet tief durch. „In deiner Gegenwart habe ich immer das Gefühl, mich auf einer atemberaubenden Achterbahnfahrt zu befinden. Und die ganze Zeit fürchte ich mich davor, herauszufallen und in den Tod zu stürzen.“

„Na ja, das klingt …“

„Ziemlich beängstigend, oder?“ Sie schenkt mir ein Lächeln, das ihre Augen jedoch nicht erreicht. „Ich möchte dir helfen, Archer. Wirklich.“

„Dann hör mit dem Herumgesülze auf“, entgegne ich brüsk. Fuck, ich schwöre, ich verliere noch den Verstand. Sie rinnt mir wie feiner Sand durch die Finger, und ich kann nichts tun, um das aufzuhalten.

„Ich habe doch längst zugestimmt, dass ich dir helfe. Ich hatte ja auch keine andere Wahl, so wie du die Sache angegangen bist.“ Sie hält kurz inne und befeuchtet ihre Lippen. Mein Puls beschleunigt sich beim Anblick ihrer niedlichen kleinen rosa Zunge. „Ich helfe dir, wenn du mir hilfst."

Ich bekomme fast weiche Knie, so erleichtert bin ich mit einem Mal. „Alles, was du willst. Sag mir, was du möchtest, und es gehört dir."

Ivy senkt den Kopf und mustert den Tisch. „Als wir das letzte Mal … zusammen waren … am Abend von Jeff und Cecilys Hochzeit. Das war doch gut, oder?"

Unsicherheit ergreift mich und jagt mir einen kalten Schauder über den Rücken. Worauf will sie hinaus? „Ja."

„Wie wäre es also, wenn wir zusammenarbeiten und unsere gemeinsame Zeit so verbringen, als wären wir tatsächlich ein Paar?" Sie schaut nicht auf und zeichnet mit einem Finger unsichtbare Kritzeleien auf den Tisch.

„Wie meinst du das?" Eine lustvolle Hoffnung keimt in mir auf. Bittet sie mich gerade um das, was ich denke …?

Kann nicht sein. So tickt Ivy nicht. Sie wäre nicht so mutig, mir eine Affäre vorzuschlagen, oder?

Ich würde sofort Ja sagen. Ich würde mich mit allem zufriedengeben, nur um mit ihr zusammen sein zu können.

„Ich möchte mehr Zeit mit dir verbringen, Archer. Ich möchte dich kennenlernen. Dein erwachsenes Ich, nicht den unhöflichen Teenager aus unserer Vergangenheit."

Sie hebt kurz ihre schmalen Schultern, und auf einmal klingt ihre Stimme geradezu hoffnungslos. „Im Laufe der Jahre haben wir uns entfremdet, jeder hat sein eigenes Leben geführt. Als ich dich nun wiedergetroffen habe, ist mir bewusst geworden, dass ich dich vermisst habe."

Ich fasse es nicht! Dass sie so ehrlich, so unglaublich offen ist und geradeheraus ausspricht, was sie sich von mir wünscht, schockiert mich. Normalerweise bin ich derjenige, der brutal offen ist. Aber Ivy verändert alles. Ich hätte herumgestottert, gezögert und mir überlegt, wie zum Teufel ich an sie rankomme.

Mist, genau das tue ich jetzt ja auch. Und was macht sie? Sie spricht direkt aus, was sie von mir will. Das bringt ihr meine Bewunderung ein.

„Ich habe dich auch vermisst", räume ich ein, denn sie verdient es, diese Worte zu hören. Sie reißt den Kopf hoch und sieht mich mit großen Augen an, sodass ich lächeln muss. „Aber ich dachte, du hasst mich."

„Das tue ich." Sie erwidert das Lächeln. „Doch zwischen uns ist viel mehr als all diese Streitereien, der Hass und diese ständige Verärgerung. Meinst du nicht?"

Oh, ich weiß es. Ich bin mir bloß nicht sicher, ob ich mutig genug bin, es ihr zu gestehen. Ich fahre mir mit der Hand übers Gesicht und will sie schon fragen, warum sie überhaupt hier bei mir ist. Denn im Grunde habe ich sie gar nicht verdient.

„Ja“, erwidere ich leise. Ich habe keine Ahnung, was ich sonst sagen soll. Es überrascht mich zu sehr, dass sie mir – uns – eine zweite Chance geben will.

„Aber es ist nur auf Zeit. Sobald ich mit der Einrichtung für das *Crave* fertig bin, ist unsere Beziehung beendet. Ich bin überzeugt, dass du bis dahin ohnehin die Nase voll hast.“ Ihr Lächeln wirkt plötzlich unnatürlich strahlend. „Von allem.“

Stimmt nicht. Ich will es gerade leugnen, da unterbricht sie mich.

„Wir sind schon einmal auseinandergegangen, und du hast mich danach nicht angerufen. Klar hätte ich mich auch bei dir melden können, doch das ist nicht meine Art.“ Ihr Lächeln wird ein wenig spröder, und ich würde sie gerne in den Arm nehmen. Ich würde ihr gern klarmachen, wie sehr ich sie begehre, und den sorgenvollen Ausdruck in ihren Augen in einen leidenschaftlichen verwandeln.

Natürlich ist das nicht ihre Art. Ivy ist eine eher traditionelle Frau. Sie braucht einen Mann, der ihr hinterherläuft, der ihr Sicherheit gibt und sie für immer an sich bindet.

Plötzlich möchte ich diese Art von Mann sein. Allerdings nur für Ivy.

Für niemanden sonst.

„Das ist alles so peinlich." Sie seufzt und starrt wieder auf die Tischplatte. „Die Männer, mit denen ich zusammen gewesen bin, waren alle hoffnungslose Fälle, weißt du? Ich wollte sie wieder zusammenflicken, dabei wollten sie das gar nicht. Und mir ist schon klar, dass du das ebenso wenig willst. Du bist absolut glücklich, obwohl du total verkorkst bist. Aber du, Archer, warst der Erste, bei dem ich mich wirklich rundum wohlgefühlt habe. Als könnte ich endlich einmal alles loslassen und …"

„Und was?", hake ich nach.

„Und einen …" Sie bricht erneut ab und wird rot. „Du-weißt-schon-was-ich-meine bekommen."

Stolz erfüllt mich, auch wenn ich weiß, dass es typisches Machogehabe ist. Aber welcher Mann möchte diese Worte nicht von der Frau hören, zu der er sich hingezogen fühlt? „Einen Orgasmus bekommen?"

„Ja." Sie nickt. „Normalerweise fällt es mir nicht so leicht, mich gehen zu lassen."

Verdammt, ich muss ihr helfen. Muss ihr beweisen, dass sie eine schöne, begehrenswerte Frau ist, die es verdient hat, so viele Orgasmen zu bekommen, wie sie verdammt noch mal will. Ich muss ihr sagen, dass sie mich allein mit einem Blick in die Knie zwingen kann. Mit einem Lächeln. Mit einem flüchtigen Ausblick auf ein wenig entblößte Haut oder mit einer kurzen Umarmung. Alles an ihr scheint zu schreien „Nimm mich“, und mein Körper ist mehr als bereit, genau das zu tun.

Nachdem ich mich geräuspert habe, entschließe ich mich, den Deal perfekt zu machen. Schließlich bin ich im Verhandeln fast unschlagbar. „Du willst also, dass ich dir helfe.“

„Ja.“ Sie kaut sorgenvoll auf ihrer Unterlippe herum.

„Dass ich dir helfe, ganz viele Orgasmen zu bekommen.“ Die Wendung der Ereignisse erscheint mir beinahe unwirklich.

Wobei … ich beschwere mich nicht im Geringsten.

Ihre Wangen röten sich noch ein wenig mehr. „Ja.“

„Und im Gegenzug hilfst du mir.“

Sie nickt. „Ich fasse es noch immer nicht, dass du ausgerechnet mich für dieses Projekt engagieren willst.“

Ich verdrehe die Augen. „Und ich fasse nicht, dass du so an deinen Fähigkeiten zweifelst.“

„Das tue ich ja gar nicht. Nur …“

„Was?“

„Ich verstehe nicht, warum du mich in deiner Nähe haben willst“, flüstert sie. „Was passiert hier zwischen uns, Archer? Es ist alles so verwirrend.“

Mein Herzschlag setzt fast aus. Ich empfinde dasselbe wie sie. „Ich bin auch verwirrt, Ivy.“

„Du benimmst dich aber nicht so. Du bist so wie immer, der selbstgefällige und arrogante Archer."

„Tief in meinem Inneren habe ich entsetzliche Angst davor, dass du mir sagst, ich soll mich verpissen." Sieht sie das denn nicht? Ich habe während der letzten fünf Minuten so gut wie keinen Ton von mir gegeben. Ich habe sie die ganze Zeit reden lassen.

Sie lacht, und angesichts meines Geständnisses löst sich bei ihr die Spannung. „Das würde ich niemals zu dir sagen."

„Sag niemals nie."

„Also sind wir uns einig?", fragt sie und atmet unsicher ein.

„Designer-Kunst im Austausch für Orgasmen? Ich denke, schon." Ich grinse, was mir einen bösen Blick einbringt.

„Wenn du das so ausdrückst, klingt es total schmierig. Du bezahlst mich für meine Arbeit als Designerin." Ein besorgter Ausdruck erscheint in ihren Augen. „Tust du doch, oder?"

Ich lache leise. „Natürlich. Das weißt du auch." Ich halte kurz inne und betrachte sie. „Aber du brauchst mich für die Orgasmen nicht zu bezahlen. Diese Dienstleistung biete ich dir gratis. Gerne."

„Oh, mein Gott, das ist das Peinlichste, was ich je getan habe. Ich hätte das niemals vorschlagen sollen." Sie vergräbt das Gesicht in ihren Händen.

Ich stehe auf und gehe langsam zu ihr. „Das muss dir nicht peinlich sein", sage ich mit sanfter Stimme, als ich vor ihr stehen bleibe. „Ich bin froh, dass du so ehrlich zu mir warst."

Sie hebt den Kopf und sieht mich direkt an. „Bist du auch ehrlich zu mir?"

Ich denke an die Wette. Wahrscheinlich würde Matt sich über mich totlachen. Und ich schulde ihm noch diese zusätzlichen fünfzig Riesen, denn, verdammt, er hatte recht. Und dann denke ich an Gage, der mich umbringen würde, wenn er wüsste, dass ich es mit seiner Schwester treibe.

„Ich versuche es", antworte ich, denn mehr kann ich im Moment nicht zugestehen.

„Okay, das sollte reichen", murmelt sie, und ein kleines Lächeln erscheint auf ihren Lippen. „Ich freue mich schon darauf, das neue Resort zu sehen."

„Ich freue mich, es dir zu zeigen."

„Calistoga ist bezaubernd."

„Stimmt. Warte, bis du es siehst. Hoffentlich findest du das Hotel genauso bezaubernd."

Erneut knabbert sie an ihrer Unterlippe und sieht auf einmal unsicher und dabei unglaublich sexy aus. „Ich wollte dir noch dafür danken, dass du mir die Möglichkeit bietest, für dich zu arbeiten“, erklärt sie leise.

„Ich bin dankbar, dass du bereit bist, mir zu helfen.“ Ich streiche über ihr Haar, bevor ich die Finger in den seidigen Strähnen vergrabe.

„Wie ich bereits sagte: Du hast mir ja keine andere Wahl gelassen.“ Sie schüttelt den Kopf, doch ich lasse meine Hand, wo sie ist. Ich kann nicht aufhören, sie zu berühren. „Ich hoffe, ich enttäusche dich nicht.“

„Du könntest mich niemals enttäuschen“, erwidere ich, weil ich hundertprozentig davon überzeugt bin. Obwohl ich mich unwillkürlich frage, ob sie gar nicht die Arbeit meint, sondern unsere persönliche Beziehung.

Doch auch in der Hinsicht könnte sie mich niemals enttäuschen.

„Ich weiß nicht“, meint sie zweifelnd, während sie mich anschaut.

„Lass es mich dir beweisen.“ Ich nehme ihre Hand und ziehe Ivy auf die Füße.

„Wie?“ Ihre Stimme zittert zwar, doch sie sieht mich erwartungsvoll an.

„So.“

12. KAPITEL

Ivy

Archer presst seinen Mund auf meinen, ehe ich ein einziges Wort äußern kann – und dann bin ich auch schon verloren. Ich verliere mich in seinem Geschmack, seinem Duft, in der Art, wie er nahe an mich herantritt, als hätte er jedes Recht dazu. Er berührt mich, hält mich fest, zieht mich an sich und schließt die Arme um meine Taille.

Das ist es, was ich wirklich will. Okay, wenn ich mit ihm zusammenarbeite, wird das meiner Karriere einen ordentlichen Schub verleihen; das Bancroft-Unternehmen ist ein bedeutender Klient, der sich in meinem Portfolio gut machen wird, und das Ganze ist eine einmalige Chance, die man nicht ausschlagen kann.

Aber das hier ist es, wonach ich mich insgeheim verzehre. Wieder in Archers Armen zu liegen, seine verführerischen Lippen zu spüren, die meine streicheln und mich zärtlich ermutigen, mich ihm zu öffnen. Ich folge dieser Aufforderung allzu gern und stoße einen leisen Seufzer aus, als unsere Zungen sich treffen. Nach all den Streitereien und Protesten kann ich es noch immer nicht fassen, dass ich ihm gestanden habe, was ich mir so sehnlichst wünsche.

Die Chance, mit ihm zusammen zu sein, mich ihm ohne Vorbehalte hinzugeben.

Er ist der einzige Mann, der es schafft, mich zum Orgasmus zu bringen. Viele Male haben andere Männer es auf die unterschiedlichsten Arten probiert. Und als es nicht funktioniert hat, als *ich* nicht funktioniert habe, gaben sie mir das Gefühl, ein Freak zu sein. Einige von ihnen haben mich sogar frigide genannt. Teilnahmslos. Gefühlskalt.

Blödmänner. Sie haben versucht, meine Selbstachtung zu untergraben, und für eine Weile habe ich das zugelassen. Bis ich erkannt habe, dass ich sie gar nicht brauchte, um zum Höhepunkt zu kommen. Das konnte ich ganz gut alleine besorgen. Und war damit durchaus glücklich, wie ich hinzufügen möchte.

Bis Archer kam. Und dann – *zack* – kriegte ich sofort einen Orgasmus. Das würde ich gern noch einmal erleben.

Und wieder und wieder.

„Ich habe dich vermisst“, flüstert er mir zu, und seine heisere Stimme beschert mir eine wohlige Gänsehaut. „So verdammt vermisst, Ivy.“

Gerade als ich ihm sagen will, dass ich ihn auch vermisst habe, küsst er mich wieder und diesmal schon etwas drängender. Seine Zunge streichelt meine, seine Hände umschließen fest meine Taille, und ich schmiege mich an ihn. Ich fahre mit den Fingern über seinen Oberkörper und spüre seine Muskeln. Er erzittert unter meiner Berührung; offenbar genießt er meine Zärtlichkeiten genauso wie ich seine.

Das ist eine wahrlich berauschende, überwältigende Entdeckung.

Während unsere Hände auf Erkundungstour gehen, verschmelzen unsere Lippen, und der Kuss wird immer leidenschaftlicher. Heißer. Ich gleite mit der Zunge in seinen Mund und schiebe zugleich meine Finger unter seinen Pullover, um seinen nackten Rücken zu streicheln. Er umschlingt weiterhin meine Taille und beginnt jetzt damit, mich nach hinten zu drängen, bis ich gegen die Wand stoße und er mich gefangen hält. Auf köstliche, wunderbare Art gefangen hält.

Er spielt mit dem Gürtel meines Kleides, bis er schließlich nach den Enden greift und daran zieht. So lange zieht, bis mein Kleid sich öffnet und er es auseinanderschieben kann, um mich anzusehen.

Nachdem er den Mund von meinem gelöst hat, lässt er seinen feurigen Blick über meinen Körper wandern und macht mir damit bewusst, dass ich gerade wie auf dem Präsentierteller vor ihm stehe. Ich strecke meine Brust ein wenig raus und gewähre ihm einen Blick auf das, was er während des letzten Monats versäumt hat.

Mich.

„Du bringst mich noch um.“ Langsam gleitet er mit einem Finger über den Träger meines schwarzen BHs, danach berührt er den Spitzenbesatz über der einen Brust, dann über der anderen. „Du bist so verdammt schön.“

Ein Wonneschauer durchrieselt mich, sodass mir ganz schwindelig wird und ich die Knie zusammenpressen muss, um nicht hinzusinken. Mit einem Mal beugt er sich vor, eine Hand noch immer an der Wand neben meinem Kopf abgestützt, und küsst meinen Hals. Ich schreie fast auf, als er sich den Weg hinunter zu meinem Schlüsselbein bahnt. Er verteilt kleine, sinnliche Küsse auf meinem Dekolleté, auf der Wölbung meiner Brüste und kostet mich. Ich umklammere seine Hüften und halte mich an ihm fest, während er meine Haut leckt und küsst.

Alles, was er tut, fühlt sich so gut an, dass ich schon fürchte, vor lauter Lust zu vergehen. Mein Magen zieht sich zusammen, ich spüre die feuchte Hitze zwischen meinen Beinen und muss mir auf die Lippen beißen. Ganz allmählich lässt Archer seine Hand an meinem Bauch hinabwandern, bis er mit dem Bündchen des schwarzen Slips spielt, der zu meinem BH passt.

„Ich kann hindurchsehen“, murmelt er. Als ich die Augen öffne, erkenne ich, dass er den Kopf gesenkt hat und sehr intensiv auf das winzige Stückchen Stoff starrt, das mich kaum verhüllt. „Ich glaube wirklich, du hast es darauf abgesehen, mich umzubringen.“

Ein leises Lachen entschlüpft mir. Mit einem sexy Lächeln schaut Archer mich an. Ich beuge mich vor, küsse ihn, lecke seine Lippen und stoße einen wohligen Seufzer aus, als unsere Zungen sich treffen. An seinen Küssen könnte ich mich berauschen. Mit den Fingern reizt er mich immer weiter, schiebt sie nun unter das Bündchen des hauchdünnen Slips, ohne allerdings die Stelle zu erreichen, wo ich ihn gern spüren würde.

„Ich glaube, ich werde diese Orgasmus-Aufgabe genießen“, sagt er und bringt mich damit erneut zum Lachen. Ich liebe es, wie offen er ist. Wie ehrlich. Mit ihm ist es niemals langweilig.

Vor allem jetzt nicht.

„Lass uns das ausziehen“, flüstert er, bevor er mir das Kleid von den Schultern streift, sodass es bis zu meiner Armbeuge herabfällt. Als Archer einen Schritt zurücktritt, strecke ich die Arme durch, und das Kleid bauscht sich zu meinen Knöcheln auf dem Boden. Mit dem Fuß befördere ich es aus dem Weg. Ich stehe nur noch mit meinem Slip, dem BH und meinen schwarzen High Heels bekleidet vor Archer.

Er betrachtet mich eingehend, die Bewunderung in seiner Miene ist offensichtlich. „Heilige Scheiße.“

Seine Worte und sein anerkennender Blick verstärken mein Verlangen. Ein weiteres Mal strecke ich meine Brust nach vorn und mustere nun ihn, während sich die Hitze zwischen meinen Schenkeln sammelt. Noch immer sieht er mich an, hat sicherlich sofort bemerkt, dass sich meine harten Nippel längst unter dem dünnen Stoff des BHs abzeichnen.

Ohne Vorwarnung reißt er mich wieder an sich und presst seinen Mund auf meinen, während er meine Brüste umschließt und seine Daumen über die Spitzen kreisen lässt. Ich dränge mich seinen Berührungen entgegen und keuche auf, als er an meinen Nippeln zieht. Ein köstlicher Schmerz durchzuckt mich, landet zwischen meinen Beinen. Ich kann gar nicht anders: Ich reibe mich an seinem Schenkel und genieße die Hitze, die sich in mir ausbreitet.

„Ich will dich hier ficken. Gegen die Wand gelehnt." Er schiebt die Hand in meinen Slip und berührt mich endlich dort, wo ich es gerne hätte. „So feucht, Ivy. Himmel."

Er klingt gequält. Ich *fühle* mich gequält. Ohne nachzudenken, packe ich ihn, umfasse seine Erektion und streichle ihn durch den Jeansstoff hindurch. Ich wünschte, ich könnte seine nackte Haut berühren. Ich wünschte, ich könnte auf die Knie sinken und ihn in den Mund nehmen …

Nachdem ich entschieden habe, dass das doch eine grandiose Idee ist, öffne ich hastig den Knopf und den Reißverschluss und schiebe seine Hose mit ungeduldigen, zittrigen Bewegungen hinunter. Archer steigt heraus und kickt sie zur Seite, ehe er mich erneut küsst und seine Finger zwischen meine Beine gleiten. Hemmungslos reite ich seine Hand und wimmere vor Lust, während er mich mit seinen Berührungen verzaubert und ich mich in den Empfindungen verliere. Mein Atem geht stoßweise, ich werfe den Kopf zurück und schließe die Augen, als Archer über meine Klit streicht.

„Komm für mich, Baby", raunt er mir zu. „Greif nach den Sternen."

Ein heiserer Schrei entfährt mir, und ich stöhne, als ich seine Lippen auf meinem Hals spüre. Er gleitet mit seiner heißen Zunge über meine Haut, während ich weiter meinen Schoß gegen seine Hand presse. Ich bin kurz davor zu kommen. So kurz davor, dass ich beinahe befürchte, es könnte nicht passieren.

„Ich spüre dich. Du bist so heiß und feucht. Du willst mehr, oder, Ivy?"

Seine sinnlichen Worte sind der Auslöser. Mein Körper bebt, während der Orgasmus mich durchzuckt und mich über den Gipfel katapultiert. Ich umklammere Archers Schulter aus Angst, dass ich sonst keinen Halt mehr finde und zusammenbreche. Währenddessen streichelt er mich weiter, berührt mich jetzt so federleicht und zärtlich, dass ich beinahe in Tränen ausbreche, weil es sich so wunderbar anfühlt.

Himmel. Er bringt mich mit ein paar heißen Küssen und seinen Händen an den Rand des Wahnsinns – das ist ja wie ein sexuelles Wunder.

Als ich mich allmählich wieder fasse, spüre ich noch immer seine Finger auf mir. Er küsst mein Schlüsselbein und presst sich an mich. Seine Erektion drängt sich unter seinen Retroshorts gegen mich. Ich streiche über die dunklen Haare auf seinem Bauch, ehe ich tiefer gleite – bis unter das Bündchen. Endlich berühre ich nackte Haut, und meine Finger schließen sich um seinen harten Schwanz.

„Verdammt, Ivy", stößt er hervor.

Lächelnd lasse ich mich an der Wand hinabsinken und gehe in die Knie. Dann ziehe ich die Boxershorts nach unten und kann im nächsten Moment seine Männlichkeit bewundern, die mir geradezu begierig entgegenschnellt.

Ich fühle mich genauso begierig. Aufgeregt. Schließlich umfasse ich ihn und beuge mich vor, um ihm einen Kuss auf seine Spitze zu geben. Ein gequältes Stöhnen bricht aus Archer hervor, als ich meine Lippen um ihn schließe und ihn tiefer und tiefer in den Mund nehme.

„Nicht so“, keucht er und reißt mich so heftig hoch, dass ich gar keine andere Wahl habe, als aufzustehen. Allerdings bin ich nicht sicher auf den Beinen, denn ich trage immer noch diese verdammten High Heels. Gerade will ich sie ausziehen, als Archer meine Wange berührt und mich dazu bringt, ihn anzusehen. „Lass die Schuhe an.“

Archer

Mein Traum wird wahr. Ivy in meinen Armen, erschöpft von dem Orgasmus, den ich ihr soeben beschert habe. Ivy, die vor mir kniet, mich in den Mund nimmt und mich mit ihrer Zunge heißmacht. In der Sekunde wurde mir sofort klar, dass das so nicht lange dauern würde.

Aber diesmal will ich nicht so schnell kommen. Diesmal will ich das alles so lange wie möglich auskosten. Also reiße ich sie hoch und fummele ungeduldig an ihrem winzigen Slip, weil ich ihn aus dem Weg haben will. Anschließend öffne ich ihren BH und sehe zu, wie Ivy ihn zu Boden wirft. Im nächsten Moment schließe ich sie wieder fest in die Arme. Unsere Münder finden sich, und unsere Zungen beginnen einen erotischen Tanz, während ich meine Hände auf Wanderschaft schicke.

Wir sind beide nackt, abgesehen von den High Heels, die Ivy trägt. Kurz entschlossen hebe ich sie hoch, und automatisch schlingt sie die Beine um meine Taille. Dabei bohren sich die spitzen Absätze in meinen Arsch, aber ich ignoriere den Schmerz einfach. Stattdessen presse ich meinen Schwanz gegen ihren Unterleib, weil ich es nicht erwarten kann, endlich in sie einzudringen.

Fuck. Ich brauche aber erst noch ein Kondom.

„Ich nehme die Pille", flüstert sie, als ob sie meine Gedanken gelesen hätte, und ich lehne mich ein wenig zurück, um sie anzuschauen. Ihre Lippen sind geschwollen von unseren leidenschaftlichen Küssen, und ihr Haar ist völlig zerzaust. Rote Flecken überziehen ihren Hals, überall dort, wo ich sie geküsst habe. Ihr Oberkörper schimmert leicht rot, und die Nippel sind so hart, dass ich am liebsten einen in den Mund nehmen würde, um daran zu saugen, bis Ivy vor Lust wimmert.

„Ja, äh … Trotz allem, was du vielleicht gehört hast, bin ich okay. Ich schwöre es." Ich schlucke, weil mich die Vorstellung, Ivy ohne Gummi zu nehmen, so ungeheuer anmacht. Nur Haut an Haut …

„Ich will dich, Archer." Sie schließt die Beine noch fester um mich, und ich kann sie fühlen. Heiß. Feucht. Noch keine Frau hat mich so gereizt. „Ich vertraue dir."

Ihre schlichten Worte sind fast mein Untergang.

Ich greife zwischen uns und reize sie zunächst nur mit der Spitze meines Schwanzes, bevor ich tief in sie eindringe. Ivy legt den Kopf in den Nacken und stöhnt laut auf, als ich sie vollständig ausfülle und wir anfangen, uns zu bewegen. In perfekter Harmonie reiben sich unsere Körper aneinander, während Ivy mich langsam reitet.

Ich schließe die Augen und lehne meine Stirn an ihre, während ich schwer atmend versuche, mich zusammenzureißen. Sie fühlt sich so verdammt gut an. Sie ist alles, was ich wahrnehme; ich sehe nur noch sie, höre sie, schmecke sie, rieche sie. Ich drehe den Kopf und beiße sie zärtlich in den Hals, bevor ich besänftigend mit der Zunge über die Stellen lecke. Das entlockt Ivy einen zitternden Seufzer, und sie flüstert meinen Namen.

Dieser kleine Seufzer spornt mich an, und ich beschleunige das Tempo. Sie umklammert mich fester. Ich vergrabe meine Nase in ihren feuchten Haaren und atme ihren betörenden Duft ein. Nie zuvor habe ich mich einer Frau so nahe gefühlt wie in diesem Moment. Ivy ist alles, was ich will. Alles, was ich je wollte.

Diese Erkenntnis ist so atemberaubend, dass ich einen Moment lang ins Stocken gerate. Ich umfasse ihren Po und halte kurz inne, während ich mich bemühe, meine Gefühle unter Kontrolle zu bekommen. Ich will, dass es gut für sie wird, aber sie kreist ihre Hüften, damit ich noch tiefer in sie eindringe. So viel tiefer, dass ich Angst habe, nie mehr einen Weg hinaus zu finden.

„Fester, Archer“, haucht sie mir ins Ohr, und das ist so erotisch, dass ich erzittere. „Ich will kommen, während du tief in mir bist.“

Oh, verdammt, sie ist eine Verführerin. Ich steigere noch einmal das Tempo und ficke sie so heftig, dass ihr Rücken jedes Mal laut gegen die Wand schlägt. Unsere schweißnassen Körper reiben sich aneinander, als ich meine Hand in Ivys Haaren vergrabe, ihren Hinterkopf packe und sie zu mir ziehe, um sie zu küssen. Unsere Lippen treffen sich, unsere Zungen umkreisen sich, und dann stöhne ich auf und komme so verdammt heftig, dass ich Sterne sehe.

Sie kommt ebenfalls. Ich spüre, wie sich ihre Muskeln anspannen, wie sie sich von ihren Empfindungen mitreißen lässt, wie sie den Moment auskostet, bis ich mich absolut ausgelaugt fühle. Schweigend stehen wir anschließend einen langen Moment da, und nur unser keuchender Atem und unser frenetischer Herzschlag sind zu hören. Ich bin noch nicht bereit, sie loszulassen, noch nicht bereit, mich aus ihren heißen Tiefen zu lösen. Deshalb rühre ich mich nicht. Ich will mich niemals wieder bewegen.

„Ich … oh. Wow“, murmelt sie Minuten später, und

ich muss leise lachen, als ich den Kopf hebe, um sie anzusehen. „Das war … Das hatte ich nicht geplant."

„Wirklich nicht?" Ich küsse sie, ohne beleidigt zu sein. Ich bezweifle nicht eine Sekunde, dass sie das nicht geplant hatte. Ich ja auch nicht.

Aber als sie da vorhin saß und darüber geredet hat, dass sie nicht so leicht zu einem Orgasmus kommt, war es, als würde sie mich herausfordern. Ich musste ihr doch beweisen, wie falsch sie lag.

Na, das habe ich ja wohl geschafft.

„Ich …" Sie lacht und schüttelt den Kopf. „Nach all dem fällt es mir schwer, überhaupt Worte zu finden."

„Mm." Ich küsse sie erneut, und ihre geschwollenen Lippen öffnen sich sofort, als ich sie mit der Zunge berühre. „Wir sind echt fantastisch zusammen."

„Das sind wir tatsächlich, nicht wahr?"

„Ich werde dir in den nächsten beiden Wochen wieder und wieder zeigen, wie fantastisch." Es ist ein Versprechen. Ein Eid.

Sie legt die Hände auf meinen Oberkörper und schiebt mich ein Stückchen von sich weg, doch noch immer löse ich mich nicht ganz von ihr. „Das hört sich vielversprechend an."

Ich schaue sie direkt und ernst an, denn ich will, dass sie die Wahrheit erfährt. „Es war absolut idiotisch von mir, dass ich so getan habe, als wäre zwischen uns nichts passiert. Und das tut mir echt leid." Ich gebe ihr einen Kuss. „Ich entschuldige mich dafür, dass ich dich so enttäuscht habe. Ich kann es kaum erwarten, mit dir zusammenzuarbeiten. Ich vertraue auf deinen Instinkt. Ich glaube an deine Fähigkeiten. Und ich freue mich riesig darauf, dass wir gemeinsam an diesem Projekt arbeiten und mein Resort zum verdammt noch mal besten Hotel machen werden, das die Branche je gesehen hat."

Ein sexy Lächeln erscheint auf ihrem Gesicht, und sie küsst mich erneut. „Ich liebe es, wenn du so redest."

„Wie denn? Wie ein arrogantes Arschloch?"

„Ja." Ihre Lippen berühren kurz meine. „Ich finde deine Arroganz … erregend."

„Im Ernst?" Ich kann es nicht so recht glauben, aber wenn sie meint …

„Ja. Im Ernst." Sie leckt über meine Wange, und ich zucke zusammen. Was zum Teufel sollte das jetzt? „Bring mich ins Bett, Archer. Zeig mir, was deine magischen Hände und Finger noch alles draufhaben."

„Warte, bis ich dir zeige, was meine magische Zunge alles bei dir anrichten kann." Allein der Gedanke daran lässt mich hart werden.

„Ich kann es kaum erwarten."

13. KAPITEL

Ivy

Elf Tage. Ich bin seit elf Tagen zusammen mit Archer in Calistoga und fasse es immer noch nicht, wie wunderbar es ist. Wir stecken bis über beide Ohren in Arbeit, es ist ermüdend und anstrengend, aber auch … unglaublich fantastisch.

Ich möchte überhaupt nicht wieder weg.

Wir arbeiten praktisch nonstop an der Einrichtung für das *Crave*. Es ist ein kleines, malerisches und wunderschön elegantes Haus. Ich habe mir unzählige Stoff- und Farbmuster angeschaut und so lange über Möbelkatalogen und Websites gebrütet, bis ich fast geschielt habe. Dann habe ich endlich das perfekte Farbschema für alle acht Suiten sowie für die Lobby und den Spa-Bereich gefunden.

Natürlich immer mit Archers Zustimmung, doch ihm hat alles sofort gefallen, was ich vorgeschlagen habe. Da wir einen ähnlichen Geschmack haben, war das relativ einfach. In Anbetracht all unserer Streitereien in der Vergangenheit wundert es mich noch immer, wie leicht und gut wir zusammenarbeiten. Er ist brillant und clever und hat ausgezeichnete Ideen, sodass ich gar nicht anders kann, als ihm ständig Komplimente zu machen.

Und dann dankt er mir, indem er mich so lange küsst, bis ich nicht mehr weiß, wo oben und unten ist. Und indem er mich auszieht und mich vernascht. Wieder und wieder und wieder.

Nacht für Nacht geht das so. Heißer Atem, köstliche Küsse, sanfte Seufzer und wandernde Hände auf nackter Haut – die ultimative Leidenschaft. Tagsüber benehmen wir uns mustergültig. Wir arbeiten hart, besprechen Pläne, alle möglichen Pläne, oder kehren ins *Hush* zurück, wo Archer sich um seine tagtäglichen Pflichten kümmern muss, die manchmal lästig und anstrengend sind und die er dennoch mit Leichtigkeit erfüllt.

Er ist so gut in seinem Job, dass es eine wahre Freude ist, ihn dabei zu beobachten. Ich bewundere seine lockere Art, mit Menschen umzugehen. Wie effizient er Beschwerden von Gästen oder Angestellten abarbeitet oder mit Anrufen von Reportern umgeht, die sich nach dem Standort in Calistoga erkundigen. So geht das ununterbrochen, ohne Pause.

Von Tag zu Tag steigt meine Bewunderung für ihn. Inzwischen bedeutet mir Archer sehr viel mehr, als ich zugeben möchte. Ich glaube, dass ich auch ihm viel bedeute. Je mehr Zeit ich mit diesem fantastischen, frustrierenden, anbetungswürdigen, launischen, süßen und sturen Mann verbringe, desto mehr erstaunt es mich, wie wenig ich bisher eigentlich von ihm gewusst habe.

Seine Tatkraft. Seine Leidenschaft. Seine Intelligenz. Er glaubt an das, was er tut, an den Kundendienst, den er für seine Gäste bereithält, und er würde alles tun, um seinen Gästen den absolut besten Service zu bieten, den man für Geld bekommen kann. Und im neuen Resort zieht er wirklich alle Register. Das Ganze kostet ihn ein Vermögen. Allerdings werden auch seine Gäste ein Vermögen zahlen müssen. Doch ich vermute ganz stark, dass es ihnen so gefallen wird, dass sie immer wiederkommen werden.

Und Archer wird eine weitere tolle Erfolgsgeschichte schreiben.

Ich fahre mir durchs Haar und kratze mich am Hinterkopf, während ich auf den Laptop starre. Bereits seit einer Weile suche ich nach Teppichen für die Lobby, kann jedoch keinen finden, der mir zusagt. Ich habe eine bestimmte Vorstellung im Kopf, aber bisher war nichts dabei, was dieser Vorstellung entspricht. Ich fürchte schon fast, dass ich mich mit etwas anderem begnügen muss.

Ich weiß, wenn ich das Archer erzähle, flippt er aus. Er wird mich auffordern, so lange weiterzusuchen, bis ich die Teppiche finde, die ich wirklich gut finde. Nicht einmal bei der Auslegeware ist er bereit, sich mit dem Zweitbesten zufriedenzugeben.

Auf meinem Stuhl beuge ich mich über meinen Computer und ziehe die Beine unter mich. Seufzend durchforste ich eine weitere Website und betrachte dabei unzählige hässliche Teppiche, die alle nicht das Richtige für das *Crave* sind, auch wenn ich noch so sehr versuche, sie so zu sehen. Mir verschwimmt schon alles vor den Augen, und mein Nacken tut mir weh. Es ist mittlerweile nach sieben, und ich würde gern Feierabend machen, aber ich wollte ja warten, bis Archer zurückkommt.

Es ist albern, doch ich kann nicht anders. Ich will ihn sehen.

Wenn wir nicht in Calistoga sind, haben wir unser Hauptquartier in Archers Büro im *Hush* aufgeschlagen. Da sitze ich auch jetzt und warte auf ihn, während er sich um dringende Angelegenheiten kümmert. Es gibt immer dringende Angelegenheiten, um die Archer sich kümmern muss. Er macht alles im *Hush*. Der Mann hat so viel um die Ohren, dass es mich fast überwältigt; dabei bin ich nicht einmal diejenige, die sich mit alldem beschäftigen muss. Ich bin bloß eine Beobachterin. Meistens muss er irgendwelche brenzligen Situationen klären, was ihm inzwischen doch eigentlich auf die Nerven gehen müsste.

Das gehört allerdings wohl dazu, wenn man der Besitzer ist.

Ich strecke die Arme über den Kopf und verziehe das Gesicht, als ich höre und spüre, wie es in meinem Nacken knackt. Trotzdem richte ich den Blick wieder auf den Monitor und greife nach der Maus. In dem Moment legen sich große, warme Hände auf meine Schultern. Erschrocken quietsche ich auf.

„Was bist du verspannt“, murmelt Archer mit seiner tiefen Stimme direkt an meinem Ohr.

„Du hast mich zu Tode erschreckt.“ Um ein Stöhnen zu ersticken, beiße ich mir auf die Lippen, als er anfängt, mich zu massieren. Oh, mein Gott, fühlt sich das gut an! Wenn er so weitermacht, schmelze ich dahin.

„Tut mir leid. Du warst so sehr damit beschäftigt, den Laptop böse anzuschauen.“ Er fährt mit der Massage fort, und ich schließe die Augen und genieße seine Berührung. Wie herrlich das ist! „Hast du gefunden, wonach du gesucht hast?“

Wenn wir von dir reden würden, dann auf jeden Fall. „Nicht wirklich“, gebe ich seufzend zu.

Er steht direkt hinter meinem Stuhl, reibt und knetet meinen Nackenbereich. Mein gesamter Körper wärmt und entspannt sich unter seinen Berührungen, und am liebsten würde ich mich zu ihm umdrehen und ihn bitten, mit mir nach Hause zu fahren.

Es ist schon ein wenig beängstigend, dass ich sein Haus bereits als mein Zuhause ansehe. Jedenfalls verbringe ich meine Nächte nicht im Gästezimmer. Und auch nicht im *Hush*, wie wir ursprünglich geplant hatten. Nein, ich verbringe sie in Archers unglaublich gigantischem Bett in seinem ebenso unglaublich gigantischen Schlafzimmer.

Der Mann weiß, wie man Luxus lebt. Meine Eltern mögen ja durchaus gut betucht sein, aber verglichen mit Archer sind sie geradezu bescheiden.

„Du solltest dir eine professionelle Massage gönnen", murmelt er und gibt mir einen Kuss auf den Kopf.

Seine Fürsorge rührt mich. Ich kann es kaum erwarten, einen richtigen Kuss von ihm zu bekommen. „Wieso sollte ich woanders hingehen, wenn ich dich habe?" Ich öffne die Augen und stoße einen tiefen Seufzer aus. Ja. Ja, mich hat es richtig erwischt.

Archer hat mich richtig erwischt.

„Stimmt." Er klingt amüsiert, während er ganz zärtlich meine Schultern drückt. „Wenn wir zu Hause sind, bekommst du eine noch gründlichere Massage."

„Das klingt gut."

„Sie wird ein spezielles Öl aus dem Spa beinhalten, und du wirst komplett nackt sein.“ Er senkt die Stimme zu einem heiseren Flüstern und jagt mir damit einen wohligen Schauer über den Rücken.

Ich muss lächeln. „Das klingt sogar absolut köstlich.“

„Das wird es werden, das kann ich dir versprechen.“ Er hockt sich neben mich, sodass unsere Gesichter auf einer Höhe sind. Wieder einmal bewundere ich sein gutes Aussehen. Sein dunkelbraunes Haar fällt ihm in die Stirn und weckt in mir den Wunsch, die Hand auszustrecken und es zurückzustreichen. Also tue ich es und lasse meine Finger durch die seidigen Strähnen gleiten. „Bist du immer noch auf der Suche nach den Teppichen für die Lobby?“

„Ja, und das ist so unglaublich … frustrierend.“ Ich klicke die Website weg, auf der ich eben gesucht habe, und wende mich Archer ganz zu.

„Ich kenne jemanden, der Teppiche entwirft und ein Studio hat, wo sie von Hand gewebt werden.“ Er lächelt. „Jeder einzelne von ihnen ist ein Kunstwerk.“

„Das will ich dir gern glauben. Ein sehr teures Kunstwerk vermutlich“, betone ich. Wir haben das Budget schon weit überzogen, doch anscheinend kümmert Archer das überhaupt nicht. Er scheut weder Kosten noch Mühen, was mich in gewisser Weise in den Wahnsinn treibt.

Und mich dazu bringt, ihn noch mehr zu bewundern.

Er schüttelt den Kopf. „Ich habe nie zuvor jemanden getroffen, der so besessen von Teppichen ist wie du."

„Das liegt daran, dass ich diese bestimmte Vorstellung im Kopf habe." Ich klopfe mir auf die Stirn. „Und das nervt, weil ich bei jedem verdammten Teppich, den ich sehe, maßlos enttäuscht bin."

„Okay, das reicht. Ich rufe sie sofort an, damit wir für morgen einen Termin mit ihr verabreden können. Sie kreiert dir, was du willst. Sie ist wirklich extrem gut." Er holt sein Smartphone heraus und scrollt durch seine Kontakte. „Ach nein, ich schicke ihr lieber eine SMS, um zu hören, ob sie gleich morgen früh Zeit hat."

„Archer, es sind nur noch wenige Tage bis zur Eröffnung. Nie im Leben kann sie es schaffen, bis dahin die Teppiche fertig zu haben." Ich schüttele den Kopf. Es schockiert mich, dass er so weit gehen würde, um mir einen Gefallen zu tun.

„Dann legen wir eben zunächst ein paar einfarbige Läufer aus, um die ersten Tage zu überbrücken. Ich werde darauf bestehen, dass sie sich beeilen. Vertrau mir, die werden rund um die Uhr daran arbeiten, wenn ich sie vernünftig bezahle."

„So viel sind sie nun auch wieder nicht wert …", beginne ich, aber er bringt mich mit einem Blick zum

Schweigen, den ich unglaublich süß und sexy finde. Jedes Mal, wenn Archer mich so ansieht, öffnet sich mein Herz ein kleines Stückchen weiter.

So wie in diesem Moment. Es öffnet sich ganz und gar – für Archer.

„Wenn es dich glücklich macht, dann ist es das wert. Du hast doch skizziert, was du haben möchtest, oder nicht?"

Ich nicke. Es ist mir ein bisschen peinlich, dass wir diese Diskussion über läppische Teppiche führen. „Dass du so weit gehen willst, obwohl du gar nicht weißt, wie es hinterher aussehen wird, sagt eine ganze Menge über dich aus."

„Dass ich verrückt bin?" Als er mich anlächelt, erscheint sein kleines Grübchen, und ich gebe ihm einen Kuss darauf.

„Ich bin die Verrückte." *Verrückt nach dir …*

Wenn ich bloß daran denke, bekomme ich schon Panik.

„Ja, das bist du, Baby", entgegnet er gedehnt. Ich mag es, wenn er mich Baby nennt. Mein Magen beginnt zu kribbeln, als er sich vorbeugt und ich die Bartstoppeln auf seinen Wangen und die Müdigkeit in seinen Augen erkennen kann. Er sieht genauso erschöpft aus, wie ich mich fühle. Mit einem Mal verspüre ich den Wunsch, ihn zu trösten.

„Du bist allerdings ebenso verrückt“, sage ich, hingerissen von den kleinen goldenen Punkten in seinen braunen Augen, die mich so voller Gefühl anschauen. Ein Gefühl, das ich nicht richtig benennen kann, aber das will ich auch gar nicht. Es ist ein wenig beängstigend, darüber nachzudenken, und ich glaube, ich bin noch nicht bereit, mich der Wahrheit zu stellen. „Du hast das Budget drastisch überzogen.“

„Du warst diejenige, die mir ein Budgetlimit auferlegt hat. Bei diesem Projekt gibt es keine Grenzen nach oben. Das habe ich dir mehrfach gesagt.“ Er küsst mich zärtlich, und spätestens da ist es wieder um mich geschehen … Ich will ihn.

Er bringt mich dazu, dass ich mich gehen lassen will … und zwar liebend gerne.

Ich ziehe den Kopf zurück und verdrehe die Augen. Das Budget, das ich ihn habe einrichten lassen, war im Prinzip von Anfang an überschritten. Kein Wunder, dass er seinen Vater verrückt macht. Don Bancroft kalkuliert und plant alles bis ins kleinste Detail. Er hat Listen und Tabellen – selbst für die kleinste Sache. Er überschreitet seinen Finanzplan nie auch nur um einen Penny, es sei denn, er ist wirklich dazu gezwungen. Jedenfalls sind das die Geschichten, die mein Bruder mir erzählt hat. Und wenn er seinen Plan nicht einhalten kann, jammert und meckert er ununterbrochen.

Archer dagegen schert sich den Teufel um solche Details: Er legt einfach los und hofft, dass sich am Ende alles fügt. Mit dem *Hush* hat es so funktioniert. Ich weiß, dass es auch hier mit dem *Crave* klappen wird. Ich kann es fühlen. Seine Liebe und Begeisterung, was diese Eröffnung betrifft, überstrahlen alles andere.

Wobei ich feststellen muss, dass er sich auch für mich begeistert. Liebe? Daran mag ich nicht so recht glauben. Trotzdem genieße ich das, was wir im Moment haben. Auch wenn ich fürchte, dass es nur ein flüchtiger Moment ist.

Ich glaube, das weiß Archer auch.

Unsere zwei Wochen sind beinahe vorbei. Ich kann den Gedanken kaum ertragen, von ihm getrennt zu sein.

„Wir sollten deine Freundin nicht bitten, diese Teppiche herzustellen. Ich bin sicher, ich finde noch etwas, was passt. Mir gefällt die Idee mit den einfarbigen Läufern. Es ist schlicht. Und ich muss mich nicht weiter damit quälen, das perfekte Muster zu suchen … nur noch die perfekte Farbe.“ Ich drehe mich wieder zum Laptop und will gerade zur Maus greifen, als Archer meinen Arm berührt und mich dazu bringt, ihn anzuschauen.

„Ich habe ihr schon eine Nachricht geschickt. Wir

treffen sie morgen früh gleich als Erstes. Dein Arbeitstag ist hiermit offiziell beendet", erklärt er bestimmt, lächelt aber, um seinem Befehlston die Schärfe zu nehmen. „Wenn du möchtest, führe ich dich zum Essen aus."

„Wohin?", frage ich atemlos, denn mein Arm fängt unter seiner Berührung sofort an zu kribbeln. Archers Handfläche ist groß, seine Finger sind lang. Als er sacht über meine Haut streicht, wird mein Atem ein klein wenig schneller. „Ich bin ziemlich müde. Es war ein langer Tag."

„Wir können heute Nacht hierbleiben. Es sind noch Suiten frei. Sollen wir den Zimmerservice bitten, uns etwas zu essen zu bringen?" Er hebt die Brauen und wartet auf meine Antwort.

Hm, ich wollte doch diese Badewannen, die draußen auf den Terrassen stehen, schon ausprobieren, als ich sie das erste Mal gesehen habe. Die Zusammenarbeit mit Archer hat sich zu einer Art Vorspiel entwickelt. Eins, das ich genieße, das aber zugleich wie eine Folter wirkt. Dieses ständige Verlangen und die Sehnsucht, die ich den ganzen Tag über verspüre, die bedeutungsvollen Blicke und die verstohlenen Berührungen.

Archer Bancroft gibt mir das Gefühl, eine selbstsichere, kluge und begehrenswerte Frau zu sein. Und ich habe die Absicht, meine neu entdeckte Macht an genau dem Mann auszuprobieren, der sie mir gegeben hat.

„Zimmerservice hört sich gut an“, sagt Ivy nach einer viel zu langen Pause. Verdammt, einen Moment lang habe ich tatsächlich geglaubt, sie würde Nein sagen.

Im *Hush* ist zurzeit nicht so viel los, was mir ganz recht ist, denn ich habe in den letzten Wochen ohnehin den Großteil der Zeit in Calistoga verbracht. Immer mit Ivy an meiner Seite. Sie hilft mir, unterbreitet mir Vorschläge und führt mich wieder auf den rechten Weg, wenn ich mal eine falsche Richtung einschlage – während ich sie mit der Nase draufstoße, wenn sie zu konservativ ist.

Gleich am ersten Tag wurde mir klar, dass wir ein gutes Team bilden. Es gibt genügend Unterschiede zwischen uns, die unsere Persönlichkeiten ausgleichen und dafür sorgen, dass wir gut zusammenarbeiten können. Bisher war uns das gar nicht so richtig aufgefallen, weil wir uns jedes Mal gestritten haben, wenn wir uns begegnet sind.

Aber diese Streitereien waren vermutlich das Ergebnis dieser sexuellen Anziehungskraft, die uns im Weg gestanden hat. Was nicht heißt, dass sie jetzt verschwunden ist. Himmel, nein. Wir kümmern uns jede Nacht um dieses „Problem“. In der Regel sind wir beide nach einem langen und harten Arbeitstag total erschöpft; trotzdem nehmen wir uns immer Zeit füreinander. Im Bett, wo wir in den Armen des anderen liegen, die nackten Glieder miteinander verschlungen. Meine wichtigste Aufgabe des Tages ist es, Ivy dazu zu bringen, vor Wonne zu stöhnen.

Ich bin dabei, ihr zu verfallen. Heftig und schnell. Ich will nicht, dass sie mich wieder verlässt. Es fühlt sich an, als wäre sie eine wahre Partnerin – im wahrsten Sinne des Wortes.

Das macht mir jedoch auch höllische Angst.

Die Zusammenarbeit mit Ivy, seit sie hierhergekommen ist, war ein berauschendes Erlebnis. Sie kennenzulernen und sie in ihrem Element zu beobachten hat mich tief beeindruckt. Sie mag jung sein und noch am Anfang ihrer Karriere stehen, aber sie ist clever, hat einen guten Instinkt und einen ausgezeichneten Geschmack. Mein neues Hotel wird zweifellos unglaublich aussehen, wenn wir fertig sind.

Ich kann nur hoffen, dass wir das Ganze innerhalb der nächsten Tage abschließen und fertigstellen können. Das ist das Einzige, was mich beunruhigt.

Na ja, das und die Tatsache, dass Ivy, sobald das *Crave* eröffnet hat, wieder weg sein wird. Aus meinem Leben verschwunden.

Fuck, das lässt mich derart verzweifeln, dass ich kaum daran denken mag. Sie glaubt nicht daran, dass ich bei ihr bleibe. Und manchmal bezweifle ich das auch. Ich will mich nicht auf eine Beziehung einlassen, die zum Scheitern verdammt ist.

Aber sind wir wirklich dazu verdammt? Ich weiß es nicht. Ich bin so daran gewöhnt, genau das zu denken, dass ich mir etwas anderes gar nicht vorstellen kann.

„Soll ich uns also ein Zimmer besorgen? Oder wollen wir hier im Büro essen und dann nach Hause fahren?" Eigentlich habe ich überhaupt keine Lust, den heutigen Abend im Büro zu verbringen und am Schreibtisch zu essen, während wir über geschäftliche Dinge reden. So haben wir es ständig getan, seit ich Ivy mit hergebracht habe.

Ich möchte heute Nacht eine Suite haben, allein mit Ivy und abgeschottet vom Rest der Welt sein. Wir können essen, unsere Termine für morgen besprechen, bevor wir uns nur noch miteinander beschäftigen. Meine Lieblingszeit des Tages ist die Nacht. Wenn ich allein mit Ivy bin.

Wenn ich in ihr bin.

Doch wie werde ich mich fühlen, wenn alles vorbei ist? Bei anderen Frauen hat das kein Problem dargestellt. Zur Hölle, nein, schließlich lasse ich Frauen nie so nah an mich ran. Ihre Erwartungen wachsen dann ins Unermessliche, und ich muss mich anschließend mit ihrer Enttäuschung und dem Frust auseinandersetzen, wenn ich sie verlasse.

Ich habe das Gefühl, dass es mir bei Ivy schwerfallen wird, sie aus den Augen zu lassen – ganz zu schweigen davon, sie aus meinem Leben entschwinden zu lassen. Ich werde derjenige sein, der sich verlassen fühlt, wenn sie geht.

„Wie wäre es, wenn du uns was zu essen bestellst, während ich mich um eine Suite kümmere?", schlage ich vor.

Sie lächelt, und ihre braunen Augen funkeln. Wenn sie mich so anschaut, komme ich mir riesig vor. So als könnte ich nichts falsch machen. In gewisser Weise kommt mir unsere Beziehung – alles – zu einfach vor.

Ich erinnere mich an das Gespräch mit Gage, als ich ihm gegenüber geäußert habe, dass es mich nervös macht, wenn Dinge zu einfach erscheinen. Eigentlich müsste ich diese Nervosität in diesem Moment auch spüren.

Aber alles, woran ich denken kann, ist, wie bezaubernd Ivy ist. Wie sehr ich mich danach sehne, sie zu küssen. Wie sehr ich es genieße, jede Minute des Tages mit ihr zusammen zu sein. Ganz zu schweigen von jeder Minute der Nacht.

„Das klingt perfekt. Ich wollte schon die ganze Zeit mal eine dieser Badewannen dort draußen ausprobieren“, gibt sie zu. „Soll ich für dich mitbestellen? Ich finde es toll, dass sich die Speisekarte hier ständig ändert.“

Das liegt daran, dass ich einen Küchenchef von Weltrang eingestellt habe. Er ist zwar eine absolute Nervensäge, aber jeden Dollar wert, den ich ihm bezahle. „Ja, bestell uns was. Du weißt ja, was ich gerne mag. Ich hole dich in zehn Minuten hier ab, okay? Ich muss noch ein paar Dinge regeln.“

„In Ordnung.“ Sie schließt ihren Laptop, und als sie aufsteht, packe ich sie und nehme sie in die Arme. Sie dreht sich ganz zu mir um und schaut mich mit großen Augen an. Ich kann ihren Blick nicht deuten, als sie nach meiner Krawatte greift und mich zu sich zieht, um mich zu küssen. Ich vergrabe meine Hände in ihrem Haar und ruiniere ihre Frisur, was mir aber scheißegal ist. Ich liebe es, wenn sie zerzaust und benommen aussieht, die Wangen gerötet, die Lippen geschwollen von unseren leidenschaftlichen Küssen.

Verflixt, es hat mich echt schwer erwischt. Und es ist mir inzwischen sogar egal, ob jemand davon erfährt, dass ich mit Ivy zusammen bin. Selbst Matt.

Selbst Gage.

Ja, ich muss es wohl Gage erzählen. Sowohl er als auch Matt müssen erfahren, was hier vor sich geht. Wobei ich noch nicht bereit bin, das Geld auf den Tisch zu legen. Noch nicht. Sie haben gesagt, Ivy würde nicht zählen, aber, verdammt, sie zählt für mich. Doch bevor ich ihr nicht einen Ring an den Finger gesteckt habe, brauche ich meine Wettschulden nicht zu begleichen.

Ich fasse es nicht! Ich denke tatsächlich darüber nach, ihr einen Ring zu kaufen.

„Dann sehen wir uns gleich?“, murmelt sie, als ich schließlich den Mund von ihrem löse. Sie hat den Kopf in den Nacken gelegt und schaut mich an, die Lippen noch immer ein wenig geschürzt, die Lider halb gesenkt, sodass sie äußerst sinnlich, äußerst sexy aussieht. Ihr Duft umgibt mich, berauschend und süß, und ich bin versucht, sie gleich hier zu verführen. Es wäre nicht das erste Mal, dass wir es auf meinem Schreibtisch treiben. Beim letzten Mal habe ich ihr den Rock hoch- und den Slip beiseitegeschoben und sie mit meiner Zunge in Rekordzeit dazu gebracht zu kommen. Es musste schnell gehen, denn ich musste zu einer Besprechung, wo schon alle auf mich warteten.

Ich werde schon hart, wenn ich bloß daran denke.

„Ja, ich beeile mich, versprochen.“ Ich sehne mich bereits danach, sie wiederzusehen, obwohl wir noch nicht einmal getrennt sind. Sie lächelt, als könnte sie meine Gedanken lesen, und ich befeuchte meine Lippen, während ich auf ihre Lippen starre, nur allzu bereit, nachzugeben und sie erneut zu küssen. Sie stößt einen leisen Seufzer aus, als unsere Münder sich wieder näher kommen, immer näher …

Fuck. Mein verdammtes Smartphone klingelt, und ich zucke zurück und fahre mir mit der Hand durchs Haar, sodass es zu Berge steht. Wir sind schon öfter so rüde unterbrochen worden, und ich hasse das. „Scheiße", fluche ich vor mich hin, als ich das Telefon aus der Tasche ziehe und die Nummer auf dem Display lese. Ivy weicht ein Stück zurück und streicht sich eine Strähne hinter das Ohr, während sie auf ihrer Unterlippe knabbert.

Verdammt, ich wünschte, ich wäre derjenige, der an ihrer Unterlippe knabbert.

„Was zum Teufel geht zwischen dir und meiner Schwester vor?", schnauzt Gage mich an. Kein „Hallo", kein „Wie geht's". Er kommt gleich zur Sache.

„Sie arbeitet für mich, Gage. Das weißt du doch." Ich schaue zu Ivy, die zur Tür zeigt und mir bedeutet, dass wir uns gleich sehen, ehe sie ohne ein weiteres Wort aus meinem Büro verschwindet.

Die Glückliche. Sie braucht sich nicht mit ihrem angepissten Bruder auseinanderzusetzen.

„Ja, aber ich hab da so ein nettes kleines Foto von euch beiden gesehen. Da wirkt es so, als würdest du sie gleich küssen!", schreit Gage mich an. „Was zur Hölle ist da los?"

„Von was für einem Bild redest du?" Oh, Scheiße. Wer hat ein Foto von uns geschossen? Und wo? Sind mir etwa Paparazzi auf den Fersen?

Natürlich. Ich vergesse das nur leider immer wieder.

„Weiß ich nicht. Ihr beiden seid irgendwo draußen. Du stehst ganz dicht vor ihr, und sie lehnt sich zu dir vor. Es sieht ernsthaft so aus, als würdet ihr zwei euch gleich küssen oder als hättet ihr euch gerade geküsst." Gage hält inne und atmet hörbar durch. „Wenn du mit ihr zusammen bist, solltest du ihr besser nicht das Herz brechen. Denn dann bringe ich dich um, Archer, und das weißt du."

„Wir sind nicht zusammen", antworte ich automatisch und schrecke in dem Moment zusammen, in dem die Worte meinen Mund verlassen. Ich habe mich zu einem Lügner entwickelt.

Einfach so.

„Also, was hat es mit diesem Foto auf sich? Ach ja, habe ich schon erwähnt, dass du deinen Arm um sie geschlungen hast?"

Verflucht, hat Gage denn dieses kleine Detail extra zurückgehalten?

„Keine Ahnung. Ich gebe ja zu, dass wir uns nähergekommen sind. Wir verbringen während der Arbeit viel Zeit miteinander. Und – ob du es glaubst oder nicht – wir kommen sogar miteinander aus.“ Am anderen Ende der Leitung herrscht Schweigen, was mich natürlich noch unruhiger macht. „Es gibt nichts, worüber du dir Sorgen machen müsstest, Gage. Ich schwöre“, versichere ich ihm, während ich durchs Büro laufe, herumliegende Papiere einsammele und Sachen aufräume, damit ich Feierabend machen kann. Ich stecke voller nervöser Energie, und ich muss mich beschäftigen, bevor ich mit irgendwelchem Schwachsinn herausplatze. Zum Beispiel mit einem Geständnis wie *Na gut, du hast mich ertappt. Ich glaube, ich bin dabei, mich in deine Schwester zu verlieben.*

„Sag mir, dass du nicht mit ihr schläfst.“

Verdammt. Typisch Gage: Er kommt direkt zum Punkt.

„Ich schlafe nicht mit ihr“, erwidere ich prompt, denn das tue ich ja nicht – nicht wirklich. Wenn ich mit Ivy ins Bett gehe, kommen wir kaum zum Schlafen.

„Vergiss die Wette nicht“, erinnert er mich. Als könnte ich die jemals vergessen. Sie hat sich in mein Gedächtnis eingebrannt, und wann immer ich daran denke, fühle ich mich scheiße. Wenn Ivy das herausfindet – vor allem jetzt –, wird sie mich vermutlich an meinen Eiern aufhängen und es Gage überlassen, mit mir zu machen, was er für richtig hält. Ich könnte es ihr nicht einmal verdenken. Ich komme mir wie ein elender Lügner vor. Als würde ich die Wette vor ihr verheimlichen, als würde ich unsere Beziehung verheimlichen und als würde ich mich dafür schämen, mit ihr gesehen zu werden. Und das ist definitiv nicht so. „Und vergiss nicht, dass sie meine gottverdammte Schwester ist."

„Ich habe nichts mit Ivy", murmele ich und lasse mich auf meinen Bürostuhl fallen. Scheiße. Eine derartige Lektion kann ich heute Abend wirklich nicht gebrauchen. Wenn ich nicht aufpasse, verdirbt mir das die Stimmung. Und die Gefahr ist gerade recht groß. „Sie zählt nicht, schon vergessen? Du und Matt habt das doch beide betont."

Ich hasse es, das auszusprechen, hasse allein den Gedanken. Sie zählt für mich mehr, als ich mir je hätte vorstellen können.

„Ja, das haben wir gesagt. Trotzdem ist sie hübsch und süß und … Himmel, was weiß ich. Vielleicht bist du ja seit Jahren heiß auf sie. Woher soll ich das wissen?" Gage ist der Wahrheit beunruhigend nahe. Er klingt besorgt, und das ist ein Scheißgefühl.

Hält er mich tatsächlich für solch einen Mistkerl, dass

ich seine Schwester einfach so verführen und ihr das Herz brechen würde, ohne irgendwelche Rücksicht zu nehmen? „Sie ist eine Freundin. Sie macht ihren Job gut. Du wusstest doch, dass es so laufen würde, als ich dich vor ein paar Wochen angerufen habe, oder?“, entgegne ich. Gage kann furchtbar vergesslich sein. Ich schwöre, er lebt in seiner eigenen Welt. „Wieso kriegst du jetzt plötzlich Panik?“

„Ich hätte nicht damit gerechnet, dass du sie engagieren würdest.“ Er macht eine kleine Pause. „Und ich war … abgelenkt. War viel unterwegs. Ich hatte keine Ahnung, dass sie gar nicht in der Stadt ist.“

„Na ja, ich habe sie engagiert, und sie wohnt hier bei mir. Im Resort.“ Schon wieder eine Lüge. Aber er soll nicht erfahren, dass Ivy bei mir im Haus wohnt. Dass sie nachts in meinem Bett liegt. „Und sie leistet hervorragende Arbeit.“ Ich lehne mich in meinem Stuhl zurück und starre an die Decke. „Keine Angst. Deine Schwester ist bei mir sicher.“

„Wehe, wenn nicht. Normalerweise traue ich dir nicht über den Weg, aber hier geht es um Ivy. Wenn du ihr wehtust, dann gnade dir Gott.“

Mir ist ohne jeden Zweifel klar, dass Gage es ernst meint.

14. KAPITEL

Archer

Eröffnung

„Na, was denkst du?“

Ich drehe mich um und sehe Ivy in einem Kleid vor mir stehen, das eigentlich verboten sein müsste, so verdammt gut sieht sie darin aus. Viel zu gut. „Äh …“ Ich bekomme kein Wort heraus und verschlucke mich fast an meiner Zunge, als Ivy sich im Kreis dreht und ihr Kleid dabei hochwirbelt, sodass ich ihre hübschen Knie und die schlanken Schenkel erkennen kann.

„Ich liebe es, aber ich bin mir nicht ganz sicher“, sagt sie, als sie mich wieder anschaut, ein strahlendes Lächeln auf den Lippen. Sie hat ihre Haare hochgesteckt, und kleine dunkelbraune Locken kringeln sich um ihre Wangen und ihren schlanken Hals. Sie ist einfach zum Anbeißen, und es tut beinahe weh, sie anzuschauen. „Sag etwas, Archer, bevor ich denke, dass du es abscheulich findest.“

Das ärmellose Kleid ist aus weißer Spitze, und der V-Ausschnitt ist so tief, dass er ganz viel von dieser weichen Haut entblößt, die ich so gern küsse. Ein schlichtes goldenes Satinband ist direkt unter ihren Brüsten um ihren

Körper geschlungen und auf dem Rücken zu einer hübschen Schleife gebunden. Die Versuchung, die Schleife langsam aufzuziehen, ist unglaublich groß. Anschließend würde ich den Reißverschluss öffnen, das Kleid zu Boden gleiten lassen und Ivy überall küssen.

Aber wir müssen zur Eröffnungsfeier vom *Crave*. Und wir sind ohnehin schon spät dran.

„Ich finde, du siehst unglaublich aus." Ich gehe zu ihr und drücke einen zarten Kuss auf ihre Lippen. Da sie nervös wirkt, nehme ich ihre Hand und drücke sie kurz. „Was ist los, Baby?"

„Was ist, wenn sie es hassen?", platzt sie heraus. „Die Inneneinrichtung? Alles? Das würde ich mir niemals verzeihen."

„Sie werden es nicht hassen. Alles sieht so verdammt fantastisch aus." Tut es wirklich. Ivy hat unglaublich gute Arbeit geleistet. Wir haben zusammen unglaublich gute Arbeit geleistet. Was einmal mehr beweist, was für ein tolles Team wir abgeben.

„Ehrlich?" Sie betrachtet mich ernst, und ich weiß, dass sie in diesem Moment mehr als je zuvor meine Bestätigung braucht.

„Ganz bestimmt." Ich küsse sie erneut, diesmal ein wenig länger, bis sie atemlos ist, als wir uns voneinander lösen. „Ich würde dich nicht anlügen."

Das an sich ist ja bereits eine Lüge, denn ich verheimliche ihr etwas. Zum Beispiel diese idiotische Wette. Es ist eine der kindischsten Sachen, die ich je gemacht habe, und ich will nicht, dass sie mitbekommt, was Matt und Gage gesagt haben. Dass Ivy nicht zählen würde. Dass keiner von den beiden geglaubt hat, dass ich an ihr interessiert sein könnte.

Ich muss ihr reinen Wein einschenken, ehe Gage oder Matt es tun. Sie werden beide heute dabei sein, aber sie werden keine Chance bekommen, allein mit Ivy zu reden. Dafür werde ich sorgen, indem ich Ivy den ganzen Abend lang nicht von der Seite weiche.

„Archer …" Sie holt tief Luft, als wollte sie sich wappnen, und ich ziehe sie näher, weil ich diese körperliche sowie emotionale Bindung zwischen uns nicht abreißen lassen will. „Was passiert nach heute Abend?"

„Was meinst du?" Mir ist klar, was sie meint. Ich will bloß Zeit schinden, damit ich mir eine vernünftige Antwort einfallen lassen kann.

„Mit uns beiden. Ich … ich muss wieder nach Hause. Ich muss zurück zu meinem Job." Sie senkt den Kopf und lehnt die Stirn an meine Brust. Ich schlinge die Arme um ihre Taille und halte sie fest. „Ich möchte dich nicht verlassen", wispert sie.

Mein Herz zieht sich zusammen. Das ist alles so

schnell gegangen. Und ich habe es zugelassen. Es sogar genossen. „Ich möchte auch nicht, dass du gehst“, gebe ich zu.

Sie seufzt, und ich spüre, wie all die Spannung aus mir weicht, als sie sich an mich schmiegt. „Du weißt ja gar nicht, wie glücklich es mich macht, dass du das gesagt hast.“

Sanft lege ich einen Finger unter ihr Kinn und hebe ihr Gesicht an. Tränen schimmern in ihren hübschen haselnussbraunen Augen. In diesem Moment sind sie mehr grün als braun, und zärtlich küsse ich die Träne fort, die ihr über die Wange rinnt. Es bedrückt mich, dass ihr diese Empfindungen Kummer bereiten. „Ich bin dabei, mich in dich zu verlieben, Ivy.“ Nein, es ist bereits passiert. Und jetzt habe ich es sogar offen eingestanden. Was ist nur mit mir los?

Ich liebe Ivy. Das ist mit mir los.

„Oh.“ Sie presst die Lippen aufeinander und schließt die Augen. Erneut kullert ihr eine Träne über die Wange, und ich küsse auch diese fort. „Ach, Archer, ich … ich bin dir doch auch schon verfallen.“

Sie hat nichts von Liebe gesagt, wobei ich ihr das nicht vorwerfe. Zum ersten Mal bin ich derjenige, der es einer Frau ganz unverblümt gesteht. Dieser Frau – der Frau, die ich liebe. Der Frau, die ich vermutlich immer geliebt habe, was mir allerdings erst jetzt bewusst geworden ist.

„Wir müssen los, Baby." Ich küsse sie noch einmal. Wenn man ein solches Geständnis abgelegt hat – eins, das aus den Tiefen des Herzens kommt –, dann will man sich natürlich vergewissern, dass die betreffende Frau mit einem auf einer Wellenlänge liegt.

An der leidenschaftlichen Art, mit der sie meinen Kuss erwidert und sich an mich schmiegt, kann ich erkennen, dass sie tatsächlich mit mir auf einer Wellenlänge liegt. Wir sitzen im selben Boot, sozusagen.

„Können wir später darüber reden? Morgen? Über … uns?", fragt sie, als ich mich schließlich, sehr widerstrebend, von ihr löse.

„Wann immer du möchtest." Ich umschließe ihre Wange, schaue ihr in die Augen und spüre, dass ich mich immer mehr in sie verliebe.

„Ich fasse es nicht, wie sehr du das Teil hier verwandelt hast." Matt schaut sich interessiert und mit großen Augen in der Lobby um. „Es sieht unglaublich aus, Archer. Darauf kannst du echt stolz sein."

Bin ich. Verdammt, ich platze fast vor Stolz. „Ja, du hast es gesehen, als es wirklich in einem erbärmlichen, abgewrackten Zustand war, oder?"

Das Gebäude, in dem sich früher ein exklusives Spa befunden hatte, war baufällig und fast abbruchreif gewesen. Der vorherige Besitzer war aufgrund der Rezession pleitegegangen, und fast vier Jahre lang hatte das Gebäude leer und damit Plünderern und anderen Rumtreibern offen gestanden. Die hatten es verwüstet und alles herausgeholt, was man zu Geld machen konnte.

Aber sobald ich damals das Haus betreten hatte, war mir sein Potenzial klar. Ich konnte es mitsamt dem Grundstück zu einem Schnäppchenpreis ergattern. Die beste Entscheidung, die ich je getroffen habe. Nicht nur, dass ich ein fantastisches neues Unternehmen habe; nein, die Einrichtung des Resorts hat außerdem Ivy und mich zusammengebracht.

„Stimmt, mich hat das Ganze hier an einen Horrorfilm erinnert. Am liebsten hätte ich dich davon abgehalten, es zu kaufen, aber du hörst ja sowieso nie auf mich. Andererseits bist du ja derjenige mit den Visionen, nicht ich.“ Matt schüttelt den Kopf und lässt noch einmal den Blick durch den Raum schweifen. „Und Ivy hat dir hierbei geholfen?“

„Ja, genau genommen hat sie alles ausgesucht. Die Möbel, die Kunstwerke an den Wänden, die Beleuchtung, die Accessoires – all das ist Ivys Vision, die zum Glück mit meiner übereinstimmt. Ich musste nur sämtliche Rechnungen unterschreiben und brauchte mich nicht einmal mit ihr zu streiten. Alles, was sie ausgesucht hat, passt total gut hierher, findest du nicht?“ Ich will hören, dass er sie lobt. Ich brauche noch jemanden, der das tut, denn ich klinge wie ein übereifriger Teenager, der maßlos stolz auf seine Freundin ist.

Was ich in gewisser Weise ja auch bin.

„Da muss ich dir zustimmen. Das Hotel ist traumhaft schön. Und ihr zwei habt euch nicht gestritten? Das ist ja mal ganz was Neues bei dir und Ivy“, scherzt Matt.

„Ich weiß. Wir arbeiten gut zusammen.“ Das ist die Untertreibung des Jahres. Ivy und ich machen alles gut zusammen.

„Kann ich mir vorstellen“, gibt Matt trocken zurück. „Du hast was mit ihr angefangen und versuchst nun, das vor uns zu verheimlichen – habe ich recht?“

„Natürlich nicht“, erwidere ich hastig, während sich mir der Magen verkrampft. Ivy ist in der Nähe, aber außer Hörweite. Dass sie diese Unterhaltung mitbekommt, ist nämlich das Letzte, was ich will.

„Ihr habt aber ziemlich vertraut miteinander gewirkt, als ich ankam.“

Wir waren ein bisschen spät dran, sind jedoch noch vor dem offiziellen Beginn der Veranstaltung eingetroffen. Daher hatten wir nicht erwartet, dass schon jemand von den Gästen da sein könnte.

Typisch Matt, uns alles zu verderben, indem er einfach früher auftaucht und sieht, wie Ivy und ich Arm in Arm in die Lobby geschlendert kommen. Ich hatte sie gerade zum Erröten gebracht, weil ich ihr gesagt hatte, wie verdammt sexy sie aussieht.

Obwohl Matt uns beide mit einem warmen Lächeln und einer freundschaftlichen Umarmung begrüßt hat, habe ich gemerkt, dass Ivy nervös war. Konnte sie meine Nervosität wohl auch spüren?

Wahrscheinlich. Wir sind bisher nicht von der Welt da draußen erwischt worden. Na ja, jedenfalls geht Ivy davon aus. Ich habe ihr nämlich nichts von Gages Anruf wegen des Fotos erzählt.

„Ich will ja nicht leugnen, dass wir uns nähergekommen sind", erwidere ich schließlich, als mir klar wird, dass Matt auf eine Erklärung wartet. „Aber wir sind nur Freunde. Zwischen uns läuft nichts." Verdammt, warum habe ich das gesagt?

„Tatsächlich." Matts Stimme klingt neutral und emotionslos. Was bedeutet, dass er mir kein Wort glaubt.

„Tatsächlich", bekräftige ich und nicke. „Sie ist so verdammt talentiert. Du solltest dir überlegen, ob du sie nicht anheuerst, wenn du dein Weingut renovieren willst."

„Wer sagt, dass ich es renovieren will?“, fragt Matt und sieht ein wenig perplex aus.

„Hast du dich da mal umgeschaut? Es könnte echt mal wieder auf Vordermann gebracht und modernisiert werden.“ Das Weingut, das er erst kürzlich gekauft hat, wirkt düster und trostlos; die Einrichtung ist zwar ganz gut erhalten, aber alt. Er braucht ein neues Design, wenn er unter den vielen anderen Weingütern in der Gegend herausstechen will.

„Ist sie teuer? Ich bin sicher, dieser Snob Sharon Paxton verlangt ein Vermögen für Ivys Dienste“, murmelt Matt.

„Sie ist es wert.“ Ich entdecke Ivy einige Schritte entfernt, wo sie mit einem meiner Gäste aus dem *Hush* redet. Er ist hier, um die neue, erlesene Location kennenzulernen. Die Eröffnungsfeier ist klein und sehr intim, genau wie das Resort selbst. Ich habe nur wenige ausgewählte Leute eingeladen, damit sie einen ersten Blick auf das *Crave* werfen können.

Die Suiten werden in einer Woche eröffnet. Ein paar Kleinigkeiten müssen noch gemacht werden, aber im Großen und Ganzen ist Ivys Arbeit erledigt. Aber wir wollen ja morgen miteinander reden, vielleicht sogar heute Abend noch. Wenn es nach mir geht, wird sie mich gar nicht mehr verlassen. Ich möchte, dass sie bei mir einzieht.

Gage wird ausrasten. Matt wird mich fertigmachen, weil ich ihm all diese Lügen aufgetischt habe. Doch es ist mir egal. Vielleicht sollte ich einfach jetzt reinen Tisch machen. Ich möchte Ivy für den Rest meines Lebens an meiner Seite wissen – scheiß auf diese blöde Wette. Sie ist eine Million Dollar wert. Verdammt, sie ist für mich unbezahlbar.

„Ich bin mir sicher, dass du glaubst, sie ist jeden Penny wert", meint Matt sichtlich amüsiert.

„Ich habe ihr schon geraten, ihre eigene Inneneinrichtungsfirma aufzumachen." Ich stecke die Hände in die Hosentaschen und beobachte Ivy, als sie sich von meinem Gast entfernt und von einem Kellner angehalten wird, der ihr ein Glas Champagner reicht.

„Na, dann bin ich ihr erster Kunde. Sag ihr, wenn sie das ernsthaft überlegt, soll sie mich auf die Liste der potenziellen Klienten setzen", sagt Matt. „Sie leistet herausragende Arbeit." Als ich mich von Ivy losreiße, stelle ich fest, dass er mich grinsend mustert. „Zwischen euch läuft nichts, was? Du hast sie mit deinen Blicken eben geradezu verschlungen. Als ob du genau wüsstest, wie sie unter diesem Kleid aussieht."

Arschloch. Panik macht sich in mir breit. Ich will das in diesem Moment nicht bereden. „Wo zum Teufel ist eigentlich Gage?", frage ich und versuche so, das Thema zu wechseln.

„Weiß ich nicht. Der Kerl ist in letzter Zeit echt schwer zu erreichen gewesen. Keine Ahnung, was mit ihm los ist.“ Matt tritt näher zu mir heran und senkt die Stimme. „Komm schon, Archer, raus damit. Ich verrate Gage auch nichts. Bist du mit Ivy zusammen?“

Ich bekomme ein furchtbar schlechtes Gewissen. Ich kann jetzt nicht darüber reden. Erst muss ich mit Gage sprechen – sozusagen seine Erlaubnis einholen und ihm versichern, dass ich seiner Schwester nicht wehtun werde. Ich liebe sie. Aber ich kann das noch nicht eingestehen. Nicht hier, nicht jetzt.

„Nein“, erwidere ich vehement. „Es ist nur Ivy, schon vergessen? Sie zählt nicht.“ Schon während ich die Worte ausspreche, weiß ich, wie falsch sie klingen. Sie ist nicht nur Ivy. Sie ist alles andere als einfach *nur* irgendetwas.

Nur die richtige Frau für mich, das ist alles. Und das ist genug.

„Was hast du gesagt?“

Ein kalter Schauer läuft mir über den Rücken, als ich mich umdrehe und Ivy mit aufgerissenen Augen vor mir stehen sehe. Sämtliche Farbe ist aus ihrem Gesicht gewichen. Oh, verdammt, sie hat mich gehört. „Hey, Baby“, beginne ich, doch sie unterbricht mich.

„Ich möchte, dass du es wiederholst, Archer.“ Ihre

Stimme und ihr Blick sind eisig, und mir rutscht das Herz in die Hose.

Ich stecke echt in der Scheiße. Verdammt, ich muss sie dazu bringen, mir zuzuhören. „Ivy, lass es mich erklären …“, setze ich an, doch wieder hält sie mich auf, diesmal mit einem Kopfschütteln.

„Nein. Es ist keine Erklärung mehr nötig. Ich habe mitbekommen, was du gesagt hast. Ich zähle nicht.“

„Du hast mich missverstanden …“ Ich muss das unbedingt berichtigen, unter allen Umständen. Ihre Miene ist total angespannt, ihr Mund zu solch einer schmalen Linie verzogen, dass ihre Lippen kaum noch zu sehen sind, und sie ist so steif, dass ich fast Angst habe, sie könnte zerbrechen, wenn ich sie nur leicht berühre.

Das traue ich mich jedoch gar nicht. Sie würde mir wahrscheinlich einen Tritt in den Hintern verpassen, so sauer sieht sie aus. Und ich kann es ihr nicht verdenken.

Wieder einmal habe ich es gründlich versaut. Dabei wollte ich das weiß Gott nicht.

„Was gibt es da misszuverstehen? Das war doch sehr deutlich, Archer. Ich. Zähle. Nicht.“ Sie geht einen Schritt auf mich zu, streckt die Arme aus und gibt mir einen so heftigen Schubs, dass ich gar nicht anders kann, als rückwärts zu stolpern. „Ich fasse es nicht. Nach allem, was ich vorhin zu dir gesagt habe. Nach allem, was *du* vorhin gesagt hast. Und dann leugnest du Matt gegenüber, was zwischen uns passiert ist, so als würde ich dir nichts bedeuten. Was war ich bloß für eine Idiotin! Ich hatte tatsächlich geglaubt, zwischen uns könnte sich was Ernsthaftes entwickeln."

Ich bin dabei, sie zu verlieren. Fuck, ich darf sie nicht verlieren. Nicht so. „Komm schon, Baby, lass uns das woanders bereden." Wenn ich mit ihr allein wäre, könnte ich die Sache geradebiegen. Sie muss mir nur zuhören. Aber nicht in Gegenwart von Matt oder all den anderen Leuten, die uns wahrscheinlich schon belauschen. Matt betrachtet uns, als hätten wir beide völlig den Verstand verloren, und ein paar der Gäste lungern um uns herum, um etwas von der erhitzten Unterhaltung mitzubekommen.

Scheiße. Nicht nur, dass ich innerhalb von Sekunden die einzige Frau vertreibe, die mir je etwas bedeutet hat; nein, ich mache mich während der Eröffnungsfeier des *Crave* auch noch zum Narren.

Aus einem Gefühl der Hilflosigkeit heraus greife ich nach ihrem Arm, doch sie entreißt ihn mir und funkelt mich wütend an. „Bitte, Ivy, ich erkläre dir alles", sage ich. „Unter vier Augen."

„Ich will deine blöden Erklärungen nicht hören. Sie sind wertlos. Absolut wertlos. Genau wie alles ohne Bedeutung ist, was auch immer da zwischen uns während der vergangenen Wochen passiert ist. Ich hätte wissen müssen, dass das nichts weiter als eine Illusion war. Dass du mich Matt gegenüber so locker abtust, mich verleugnest … Ich kann das einfach nicht, Archer." Mit hocherhobenem Haupt marschiert sie davon, aber mir fällt auf, wie ihre Beine zittern. Ich habe ihr so wehgetan, dass ich nicht weiß, ob ich mich selbst jemals wieder davon erholen werde.

Und ich frage mich, ob sie sich wohl davon erholen kann. Dass sie sofort zu dem Schluss gelangt ist, ich würde mir nichts aus ihr machen, versetzt mir allerdings ebenfalls einen Stich. Nach allem, was wir gemeinsam erlebt haben, ist sie nicht einmal mehr bereit, mir zuzuhören. Fuck!

Das ergibt keinen Sinn.

„Na, das hast du ja richtig schön versaut", murmelt Matt, kaum dass Ivy fort ist.

„Halt's Maul", zische ich ihn an. Ich kann ihr jetzt nicht hinterherlaufen, und das bringt mich fast um. Doch das hier ist meine verdammte Party, und daher muss ich bleiben, um alle zu begrüßen. Und sie hat gerade erst angefangen.

Aber ich möchte zu Ivy gehen und ihr alles erklären. Ich muss es ihr erklären. Dass sie gehört hat, was ich gesagt habe … Fuck, das muss so schmerzhaft für sie sein, dass es mir fast das Herz bricht, wenn ich daran denke.

„Warum hast du mir nicht einfach die Wahrheit gesagt? Ich habe doch ohnehin gewusst, dass du lügst“, meint Matt.

„Wieso musstest du auch ständig weiterbohren?“

„Weil ich wollte, dass du es offen zugibst. Ehrlich, ich habe mich für dich gefreut, als ich dich mit Ivy hereinkommen sah. Dein Gesicht hat so gestrahlt, als du sie angeschaut hast, und sie hat dich angesehen, als hättest du ihr die Sterne vom Himmel geholt.“ Matt schüttelt den Kopf. „Das ist mal wieder typisch für dich, etwas so Idiotisches zu sagen und eine gute Sache mit wenigen Worten zu versauen.“

Ja, das ist echt typisch. Mit nur zwei Worten so eine Scheiße anzurichten. *Nur Ivy.*

Die Frau, die ich liebe.

Nur Ivy.

Die Frau, der ich wehgetan habe.

Die Frau, bei der ich kläglich versagt habe.

15. KAPITEL

Ivy

Zwei Wochen später

„Unsere Verabredung zum Lunch steht doch noch, oder?“

Seufzend werfe ich einen Blick in meinen Kalender und sehe, dass ich am Mittag keinerlei Termine habe. Was für ein Pech. Ich bin in letzter Zeit so unsozial geworden, dass es schon unangenehm ist. „Ich weiß nicht, ob ich das schaffe, Wendy“, entgegne ich, aber sie unterbricht mich mit einem genervten Schnauben.

„Scheiß auf deine Arbeit, meine Liebe. Ich nehme dich mit zum Essen – ob du willst oder nicht. Wir gehen in dieses Sushi-Restaurant, das dir so gut gefällt, und werden dort nicht nur eine, sondern zwei deiner Lieblingsröllchen bestellen. Das heißt, wir werden so viel essen, bis wir kurz davor sind zu platzen. Was hältst du davon?“

Klingt nach einem echten Albtraum. Das kann ich Wendy natürlich nicht sagen. Sie ist ja meine beste Freundin und will mich bloß aufmuntern nach diesem Fiasko, zu dem sich die sogenannte Beziehung mit Archer entwickelt hat. „Na schön. Wollen wir uns dort treffen?“

„Ja, das wäre gut. Sagen wir, gegen halb eins?“

„Das müsste passen.“ Zum Glück bin ich flexibel, was die Mittagspause betrifft. Sharon macht das nichts aus, solange ich erreichbar bin, wann immer sie mich braucht. Je länger ich für sie arbeite, desto besser gefällt es mir.

Sie hat auch keine Fragen zu meinem Auftrag für Archer gestellt. Ich habe ihr ein paar Fotos für mein Online-Portfolio geschickt, sie hat meine Inneneinrichtung für das *Crave* gelobt, und das war's. Ansonsten wurde kein Wort darüber verloren.

Und so ist es mir auch am liebsten. Über Archer zu reden – Mist, sogar an ihn zu denken – tut einfach viel zu sehr weh.

„Also, bis nachher.“ Wendy hält hörbar inne, und ich umklammere das Telefon voller Angst vor dem, was sie als Nächstes sagen wird. „Kopf hoch, okay, Liebes? Lass dich nicht unterkriegen. Er ist schließlich nur ein Mann.“

„Genau, nur ein Mann“, wiederhole ich schwach und überlege, ob ihr bewusst ist, dass er ebenso verletzende Worte für mich gebraucht hat.

Nur Ivy … Sie zählt nicht.

Wenn er in diesem Moment ins Zimmer käme, würde ich ihm vermutlich eine Ohrfeige in sein hübsches Gesicht verpassen. Mal sehen, ob er mich dann immer noch so bezeichnen würde. *Nur Ivy.*

O Gott, ich vermisse ihn. Ich will ihn zurückhaben; ich liebe ihn. Trotzdem kann ich ihm nicht vergeben, was er zu Matt gesagt hat. Und es hat die Sache nicht besser gemacht, als ich von meinem Bruder erfahren habe, dass Archer auch ihm irgendeine Geschichte aufgetischt hat. Er hat Gage gegenüber geleugnet, dass wir zusammen waren, hat Stein auf Bein geschworen, dass zwischen uns nichts laufen würde. Gage hat mir bei der Gelegenheit außerdem noch irgendwas von einem Foto erzählt, das er im Netz von uns beiden gesehen hätte und auf dem wir uns total verliebt angehimmelt hätten.

Archer hat es offenbar nicht für nötig befunden, mir von diesem Bild zu berichten.

Er hat alle angelogen. Er hat mich angelogen. Und das tut noch immer höllisch weh.

Aber werde ich je über ihn hinwegkommen? Ich kann es nur inständig hoffen.

Irgendwann.

Ich stürze mich wieder in meine Arbeit, denn das ist das Einzige, was mich von meinen Problemen ablenkt. Wie eine Art Geist bewege ich mich durch den Tag. Ich funktioniere, erledige meine Aufgaben, treffe Kunden und telefoniere, um anschließend nach Hause zu gehen und mich im Bett zu verkriechen. Ich schaue mir rührselige Filme an und heule in mein Kissen, während ich mich danach sehne, nicht länger allein zu sein.

Ich bin ein bemitleidenswertes, erbärmliches Wrack.

Im Schlaf kommt er zu mir. Mit diesem wunderbaren Lächeln auf den Lippen, bei dem sich das Grübchen bildet. Plötzlich liege ich in seinen Armen. Ich schmelze dahin, als er mir zuflüstert, wie sehr er mich liebt. Bis ich schließlich erneut seinem Zauber verfalle und bereit bin, mit ihm zu schlafen.

Und dann wache ich auf und stelle fest, dass alles bloß ein Traum war und ich allein bin. Ohne ihn. Ich rede mir ein, dass es besser so ist. Dass Archer mich früher oder später ohnehin verletzt hätte. Es ist nur von Vorteil, wenn es früher passiert, oder? Jetzt ist die Sache erledigt, und ich kann nach vorn blicken.

Doch mein Verstand und mein Körper stecken in der Vergangenheit fest und sehnen sich nach Archer. Ich kann nichts dagegen tun.

Wobei der Vorfall – wie ich es nenne – ja noch gar nicht so lange zurückliegt. Gerade einmal zwei Wochen. Er hat angerufen. Er hat mir Textnachrichten geschickt, aber ich weigere mich, ihm zu antworten oder mit ihm zu reden. Wenigstens hat er nicht versucht, mich bei der

Arbeit zu erreichen. Oder, noch schlimmer, bei meinen Eltern.

Himmel, das wäre echt peinlich. Schlimm genug, dass er Gage ständig anruft, der ihn jedoch nur wüst beschimpft, ehe er auflegt.

Einen großen Bruder, der einen sogar gegenüber seinem besten Freund verteidigt, muss man einfach lieben, oder?

Das Telefon auf meinem Schreibtisch klingelt und reißt mich aus meinen finsteren Gedanken. Als ich abhebe, bin ich überrascht, Sharons Stimme zu hören. „Ivy, ich möchte dich um einen großen Gefallen bitten", beginnt sie.

„Sicher." Ich schnappe mir einen Stift, um mir notfalls Notizen machen zu können. Sharon redet schnell, und ich habe immer das Gefühl, dass ich ständig etwas aufschreiben muss, wenn ich mit ihr spreche, damit ich bloß nicht vergesse, was ich tun soll. „Was gibt es denn?"

„In fünfzehn Minuten kommt ein Kunde, und ich schaffe es nicht mehr, pünktlich da zu sein, um ihn in Empfang zu nehmen. Könntest du das für mich erledigen? Ich bitte dich nur ungern, aber ich habe keine andere Wahl. Ich stecke im Stau fest und war ohnehin schon spät dran, ehe ich mich auf den Rückweg ins Büro gemacht habe."

„Natürlich. Mit wem willst du dich treffen?“

„Matthew DeLuca. Hast du von ihm gehört?“

„Was? Natürlich habe ich das. Er und mein Bruder sind gut befreundet“, antworte ich schockiert. Wieso will Matt sich mit Sharon treffen? Wieso trifft er sich nicht mit mir? Wenn das was mit seinem neuen Weingut zu tun hat, dann bin ich jetzt aber doch beleidigt. Ich habe schon Gerüchte gehört, dass er überlegt, es zu renovieren. Ich wollte es mir unbedingt anschauen, um zu sehen, was genau gemacht werden muss.

Nicht, dass ich in der Nähe von Archer sein will … Oder?

Natürlich willst du das, du liebeskranke Idiotin.

„Oh, wunderbar. Wenn du ihn so gut kennst, ist es für dich ja kein Problem, mit ihm zu reden und herauszufinden, was er möchte.“ Sie rattert ein paar weitere Fakten herunter, ehe sie das Gespräch beendet.

Ich lege den Hörer auf, noch immer ziemlich überrascht.

Okay, eigentlich eher genervt. Wieso hat er nicht zuerst Kontakt mit mir aufgenommen? Der wird was zu hören kriegen, dass er sich nicht als Erstes an mich gewandt hat!

Selbstverständlich wird mich das Treffen mit Matt auch an Archer erinnern, und das wird wehtun. Vor allem deshalb, weil Matt derjenige war, zu dem Archer all diese entsetzlichen, verletzenden Sachen über mich gesagt hat. Er hat unseren gesamten Streit mitbekommen und den Grund, warum die Sache zwischen uns in die Brüche gegangen ist.

Ich hasse das. Aber irgendwann muss ich ihm ja unter die Augen treten. Wie heißt es so schön, je eher daran, je eher davon.

Bereits Minuten später höre ich es am Eingang summen. Die Tür ist tagsüber verschlossen, damit nicht irgendwelche Leute unangemeldet hereinspazieren. Ich stehe auf, streiche meinen Rock glatt und gehe hinaus in die Lobby – nur um abrupt stehen zu bleiben, als ich sehe, wer auf der anderen Seite der Glastür wartet.

Es ist nicht Matt.

Es ist Archer.

Ich drücke den Rücken durch, marschiere zur Tür und halte davor an. „Geh weg", sage ich zu ihm, weil ich weiß, dass er mich verstehen kann.

Langsam schüttelt er den Kopf und sieht dabei so verzweifelt, so traurig aus, dass es mir fast das Herz bricht.

Dummes, viel zu weiches Herz.

„Ich kann nicht weggehen", erklärt er. „Erst wenn ich mit dir geredet habe, Ivy."

„Ich will aber nicht hören, was du zu sagen hast."

„Verflucht schade. Wenn du mich nicht reinlässt, werde ich dir eben alles durch diese verdammte Glastür sagen.“

Stures Arschloch. „Wo ist Matt? Ich dachte, er hätte einen Termin vereinbart.“

„Hat er auch … damit ich mit dir reden kann.“ Er hält kurz inne und holt tief Luft. Unter seinen Augen entdecke ich dunkle Ringe, seine Wangen sind mit Bartstoppeln übersät, allerdings ist er wie immer perfekt gekleidet. Er trägt einen toll aussehenden Anzug, aber sein Haar ist zerzaust. Als wenn er ständig mit der Hand hindurchgefahren wäre. „Obwohl er wirklich deine Hilfe braucht, Ivy. Sein neues Weingut ist ein einziges Desaster.“

Es schmeichelt mir, dass er mein Talent so bewundernswert findet. Das ändert jedoch nichts an der Tatsache, was er mir angetan hat. Und wie sehr das wehgetan hat. Vielleicht habe ich überreagiert – na und? Ich muss mein Herz beschützen, wenn es um Archer geht. „Also hast du wieder einmal gelogen und Matt benutzt, um an mich ranzukommen.“

„Du hast auf meine Anrufe und meine SMS nicht reagiert. Was sollte ich denn sonst machen?“

„Mich in Ruhe lassen?“, schlage ich vor.

Wieder schüttelt er den Kopf. „Das kann ich nicht.“

„Wieso nicht?“

„Weil ich dich liebe.“

Seine Worte gehen mir, gegen meinen Willen, zu Herzen. „Das glaube ich dir nicht.“

„Es ist aber die Wahrheit.“ Er greift nach der Klinke und rüttelt daran, bis das Glas klirrt. „Mach die Tür auf, Ivy, damit ich dir diese Sache von Angesicht zu Angesicht sagen kann.“

„Kannst du doch jetzt auch.“

„Ich komme mir wie in einem gottverdammten Gefängnis vor, wenn ich so durch das Glas mit dir reden muss.“ Er funkelt mich böse an, den Mund zu einer geraden Linie verzogen. Damit bringt er mich fast zum Lachen.

Fast.

Ich sollte ihm nicht aufmachen. Jeder, den ich kenne, würde mir raten, Archer zu sagen, er solle sich davonscheren. Ich brauche diese Art von Ärger nicht. Und Archer bedeutet nichts als Ärger.

Aber er ist außerdem jemand, mit dem man Spaß haben kann … Und er ist süß und liebenswert und sexy und clever. Und er behauptet, er würde mich lieben.

Ich liebe ihn auch.

Okay, vielleicht habe ich voreilige Schlüsse gezogen, doch wer könnte mir das verdenken? Archer hat sich nicht unbedingt mit Ruhm bekleckert, wenn es um Frauen geht. Ich wollte so gern glauben, dass er mich liebt, aber ich hatte Angst. Angst davor, dass er mich nach den zwei gemeinsamen Wochen sitzen lassen würde. Das war doch schließlich unser ursprünglicher Deal, oder nicht? Zwei Wochen. Und ehe ich mich versehe, bin ich bereit, die Sache mit ihm auf ein ganzes Leben auszudehnen, und das ist ja nun wirklich beängstigend.

Womöglich habe ich auch überreagiert, weil ich Angst hatte, mich auf eine feste Beziehung einzulassen. Keiner von uns ist vollkommen.

Und dann ist da noch diese idiotische Wette, von der Gage mir berichtet hat. Warum hat Archer das nicht gleich am Anfang erzählt? Es wäre mir egal gewesen. Die drei Kerle schließen ständig irgendwelche albernen Wetten ab, bei denen es um riesige Beträge geht. Sie sind lächerlich. Die Wette ist lächerlich.

Dennoch hat er sie wie ein schmutziges Geheimnis vor mir verborgen. Weiß er denn nicht, dass ich inzwischen an ihr idiotisches Verhalten gewöhnt bin? Und ihn trotzdem liebe?

Er mustert mich. Sein Blick wirkt so gehetzt, dass ich instinktiv die Hand ausstrecke und den Code eingebe, der den Alarm ausschaltet und die Tür öffnet. Im nächsten Moment stürmt Archer herein und reißt mich in die Arme, sodass mein Kopf gegen seine Brust gepresst wird. Ich atme seinen vertrauten, köstlichen Duft ein, während er sein Gesicht in meinen Haaren vergräbt und am ganzen Körper zittert.

Es ist verrückt, aber ich kann nicht anders: Ich schlinge meine Arme um seine Mitte, schließe die Augen und genieße es einfach, wieder in seinen Armen zu liegen.

„Es tut mir so leid", murmelt er an meiner Schläfe, ehe er mich küsst. „Ich habe es versaut, und es tut mir so leid. Wirst du mir jemals vergeben? Du musst mir vergeben, Ivy. Ich brauche dich in meinem Leben. Ohne dich fühle ich mich völlig verloren."

Ich bin den Tränen nahe. Natürlich. Wann habe ich in letzter Zeit mal nicht geheult? „Es tut mir auch leid."

„Wieso?" Er klingt erstaunt.

„Ich habe überreagiert. Ich habe dir die Schuld an allem gegeben und mich anfangs maßlos darüber geärgert, dass du mir diese blöde Wette verheimlicht hast. Aber vielleicht … vielleicht hatte ich auch bloß Angst." Ich löse mich ein wenig von ihm, damit wir uns anschauen können. Es fühlt sich so natürlich an, so richtig, ihn hier zu haben. Von ihm berührt zu werden, mit so viel Liebe, und so voller Gefühl angeschaut zu werden. All das lässt mich Hoffnung schöpfen. „Wenn du mir gleich von dieser bescheuerten Wette erzählt hättest, dann wäre mir das egal gewesen."

Er runzelt die Stirn und zieht die Brauen zusammen. „Wirklich?"

„Archer. Ich weiß, wie ihr drei funktioniert. Ich hätte dir geholfen, diese eine Million Dollar zu gewinnen, wenn du mich in das Geheimnis eingeweiht hättest." Das hätte ich tatsächlich getan. Jetzt allerdings nicht mehr.

Nein. Nun bin ich bereit, ihn den Wölfen zum Fraß vorzuwerfen, ihn zahlen zu lassen.

„Ich bin ein Idiot", meint er seufzend. „Hat dein Bruder auch gesagt."

„Du hast mit Gage über mich gesprochen?" Das schockiert mich etwas.

„Ich wollte seinen Segen." Ernst zieht er erneut die dunklen Brauen zusammen. „In Anbetracht der Tatsache, dass ich seine Schwester liebe, musste ich ja die Luft zwischen uns bereinigen und sicherstellen, dass ich seine Zustimmung habe."

„Und? Hast du sie bekommen?" Ich halte den Atem an, weil ich Angst habe, wie mein Bruder wohl reagiert hat.

„Habe ich." Er lächelt, auch wenn seine Miene noch immer angespannt wirkt. „Ich glaube, er hat begriffen, wie sehr ich dich liebe. Dem Himmel sei Dank. Vergiss nicht, ich bin ein Idiot, wenn es um solche Dinge geht.“

Ich nicke zustimmend. Das ist er wirklich. „Bist du. Ich aber auch. Vielleicht passen wir deshalb so gut zusammen.“

Allmählich hellt sich sein Gesicht auf. „Ich habe das Ganze echt versaut.“

„Das stimmt.“

„Du bist nie, echt niemals, *nur* Ivy für mich gewesen.“ Er umschließt meine Wange und lässt die Fingerspitzen sanft über meine Haut gleiten. „Du bist mein Ein und Alles.“

Mein Puls beschleunigt sich, als er mit dem Daumen meinen Mundwinkel berührt. „Ich habe dich vermisst“, sage ich leise.

„Ich habe dich auch vermisst.“ Er beugt sich vor und küsst mich, und in diesem Kuss schwingen all die aufgestaute Liebe und die Hoffnung mit, die wir anscheinend beide verspürt haben. „Ich liebe dich, Ivy. Verdammt, ich liebe dich so sehr, dass es mich umbringt, wenn du nicht an meiner Seite bist. Ich brauche dich. Ich möchte, dass du in jeder Hinsicht meine Partnerin wirst.“

„Was meinst du damit?“ Mein Herz schlägt so schnell, ich schwöre, es zerspringt fast.

„Komm und lebe mit mir zusammen. Arbeite mit mir zusammen. Mach dein eigenes Design-Studio in Napa auf. Weißt du, wie viele Anrufe ich nach der Eröffnung vom *Crave* schon bekommen habe? Alle haben sich nach dir erkundigt. Ich könnte dir eine vorgefertigte Klientenliste übergeben."

Das erfüllt mich mit Stolz. Ich hatte ja keine Ahnung. „Matt eingeschlossen?"

Er lacht. „Ja. Er sträubt sich noch, aber ich bin dabei, ihm gut zuzureden. Der Kerl ist echt knauserig."

Ich lache und fühle mich auf einmal beschwingter als seit Wochen. „Was ist mit uns?"

Sofort wird Archer wieder ernst. „Ich liebe dich, Ivy. Ich möchte, dass du für immer an meiner Seite bleibst."

„Für immer?", frage ich atemlos.

„Ja." Er küsst mich erneut, diesmal noch leidenschaftlicher, und ich öffne seiner drängenden Zunge meine Lippen. Schließlich löst er sich von mir. „Heirate mich, und dann gründen wir eine gemeinsame Firma. Bancroft und Bancroft."

„Bancroft und Emerson?", scherze ich, obwohl mir fast schwindelig wird, wenn ich daran denke, was er gerade gesagt hat … und was es bedeutet.

„Baby, wenn du mich heiratest, musst du meinen Namen annehmen. Da bin ich ziemlich altmodisch." Er runzelt die Stirn. „Scheiße. Habe ich das gerade wirklich gesagt? Ich klinge ja wie ein Supermacho."

Lachend schlinge ich die Arme um seinen Nacken und drücke seinen Kopf an mich, damit er mich wieder küsst. „Ich finde die Idee schön. Ich nehme gerne deinen Namen an, Archer. Wobei ich allerdings die erste Bancroft in Bancroft und Bancroft bin. Das ist dir hoffentlich klar."

„Das glaube ich nicht", murmelt er lächelnd. „Mein Vorname beginnt mit A, deiner mit I. Tut mir leid, ich komme vor dir."

„Solltest du mir nicht höflich den Vortritt lassen? Ladies first und so?", ziehe ich ihn auf, während er sich näher an mich drängt.

„Na gut, das kann ich wohl machen." Er lehnt seine Stirn an meine und schaut mir tief in die Augen. „Ich muss es von dir hören, Ivy."

„Was?" Ich bin verwirrt. Geblendet. Verliere mich in seinen braunen Augen mit den goldenen Pünktchen, die vor Glück strahlen.

Er schweigt und starrt mich weiter an, bis es mir langsam dämmert. „Oh." Ich hebe den Kopf und küsse ihn. Ganz sanft. Fast ehrfürchtig. „Ich vergebe dir, Archer."

„Ich vergebe dir auch, Ivy." Er lächelt, weil er genau weiß, dass ich ihn ein bisschen ärgern will, um die Spannung zu erhöhen. „Und?"

„Und: Ich liebe dich. Ich liebe dich so sehr, dass ich fast geglaubt habe, ohne dich während der letzten beiden Wochen sterben zu müssen.“

„Mir ging es genauso, Baby. Wirklich genauso. Verlass mich nie wieder.“

„Das werde ich nicht. Versprochen.“

„Werde einfach nur meine Frau. Nichts weiter. Einfach nur meine Ivy.“ Er wiederholt seine früheren Worte, aber dieses Mal tun sie nicht weh.

Dieses Mal erfüllen sie mich mit so viel Liebe, denn ich weiß, dass er der Richtige für mich ist.

„Nur, wenn du auch nur mein Mann wirst“, erwidere ich lächelnd.

„Das bin ich doch schon“, gibt er zurück. „Ich gehöre dir, Ivy. Mein Herz gehört dir. Es gibt niemanden, dem ich lieber gehören würde.“

Ich küsse ihn, weil ich es nicht länger abwarten kann. Mein Herz und meine Seele öffnen sich, als ich die drei schlichten Worte höre, die er flüsternd hinzufügt.

„Nur dir allein.“

– ENDE –

DANKSAGUNG

Wie immer danke ich meinem Mann und meinen Kindern dafür, dass sie mich unterstützen, wenn ich fleißig an meinem Schreibtisch arbeite und mir schon die Augen wehtun, weil ich Tag und Nacht auf meinen Computer starre. Ihr seid einfach toll, steht immer ganz grandios hinter mir und beklagt euch nur selten (haha). Was würde ich ohne euch tun?

An meine Leserinnen: Ohne euch, euren immerwährenden Enthusiasmus und die Zuneigung, die ihr mir entgegenbringt, wäre ich nichts. Vielen Dank, ihr bedeutet mir alles. Dieses Buch ist (so wie die gesamte Serie) ein wenig anders, und ich hoffe, dass es euch genauso viel Spaß macht, die Geschichten zu lesen, wie es mir Spaß gemacht hat, sie zu schreiben. Aber mit sexy Single-Milliardären kann man ja nichts falsch machen, oder?

Ein großes Dankeschön geht außerdem an meine Lektorin Chelsey Emmelhainz. Sie hat meine Worte hin- und hergeschoben und damit diesen Roman so viel besser gemacht. Mein Dank natürlich auch an das gesamte Team von Avon: Ihr alle habt diese Serie ebenfalls begeistert unterstützt – ihr seid die Besten. Danke an KP Simmon und Kati Rodriguez dafür, dass ihr mich erdet. Und an Katy Evans dafür, dass du Archer von Anfang an geliebt hast.

Vorhang auf für "Stepping Up", die aufregendste Tanz-Castingshow von Las Vegas: Sinnliche Rhythmen auf der Bühne – hemmungsloses Verlangen hinter den Kulissen!

Band-Nr. 35069
9,99 € (D)
ISBN: 978-3-95649-235-8
eBook: 978-3-95649-490-1
432 Seiten

Lisa Renee Jones
Play with me

TV-Produzentin Meagan hat eigentlich schon genug Stress beim Dreh von „Stepping Up“. Da hat Sam ihr grade noch gefehlt. Denn der sexy Sicherheitschef des Senders, sorgt mit seinen sinnlichen Blicken dafür, dass ihr ganz heiß wird …
Moderatorin Darla wird in Versuchung geführt: Sie muss bei der Tanzshow ausgerechnet mit Blake, dem arroganten Playboy vom Konkurrenzsender, zusammenarbeiten. Schon lange weckt er in ihr unwiderstehliche erotische Fantasien …
Tänzerin Kat ist glücklich, einen Job in der berühmten Castingsendung ergattert zu haben. Bis sie erfährt, dass ihr verführerischer Exmann Jason der Regisseur ist. Zu oft hat er ihr das Herz gebrochen. Dennoch setzt sie es für eine wilde Nacht erneut aufs Spiel …

"Faszinierend und verführerisch."
Library Journal

Band-Nr. 35067
9,99 € (D)
ISBN: 978-3-95649-185-6
eBook: 978-3-95649-437-6
352 Seiten

Megan Hart
Flying

Angst vorm Fliegen? Kennt Stella nicht. Jedes Wochenende nimmt sie den günstigsten Flug aus der Stadt, egal wohin. Hauptsache die Airport-Bar ist akzeptabel – und der Fremde, den sie sich dort für eine Nacht aussucht, willig. Stella lebt für diese wilden, hemmungslosen One-Night-Stands am Flughafen. Keiner ihrer Spontan-Lover hinterlässt bleibenden Eindruck, bis sie bei ihren erotischen Streifzügen auf den atemberaubenden Matthew trifft. Ihre Affäre ist so turbulent wie intensiv, und obwohl Stella spürt, dass dieser Mann ein dunkles Geheimnis hat, kann sie nicht genug kriegen von seinen heißen Verführungskünsten …